KB164619

보이지 않는 길을 걷다

오지여행

보이지 않는 길을 걷다

오지여행

조민석 지음

도서출판 더로드
The Road Books

• 세계일주

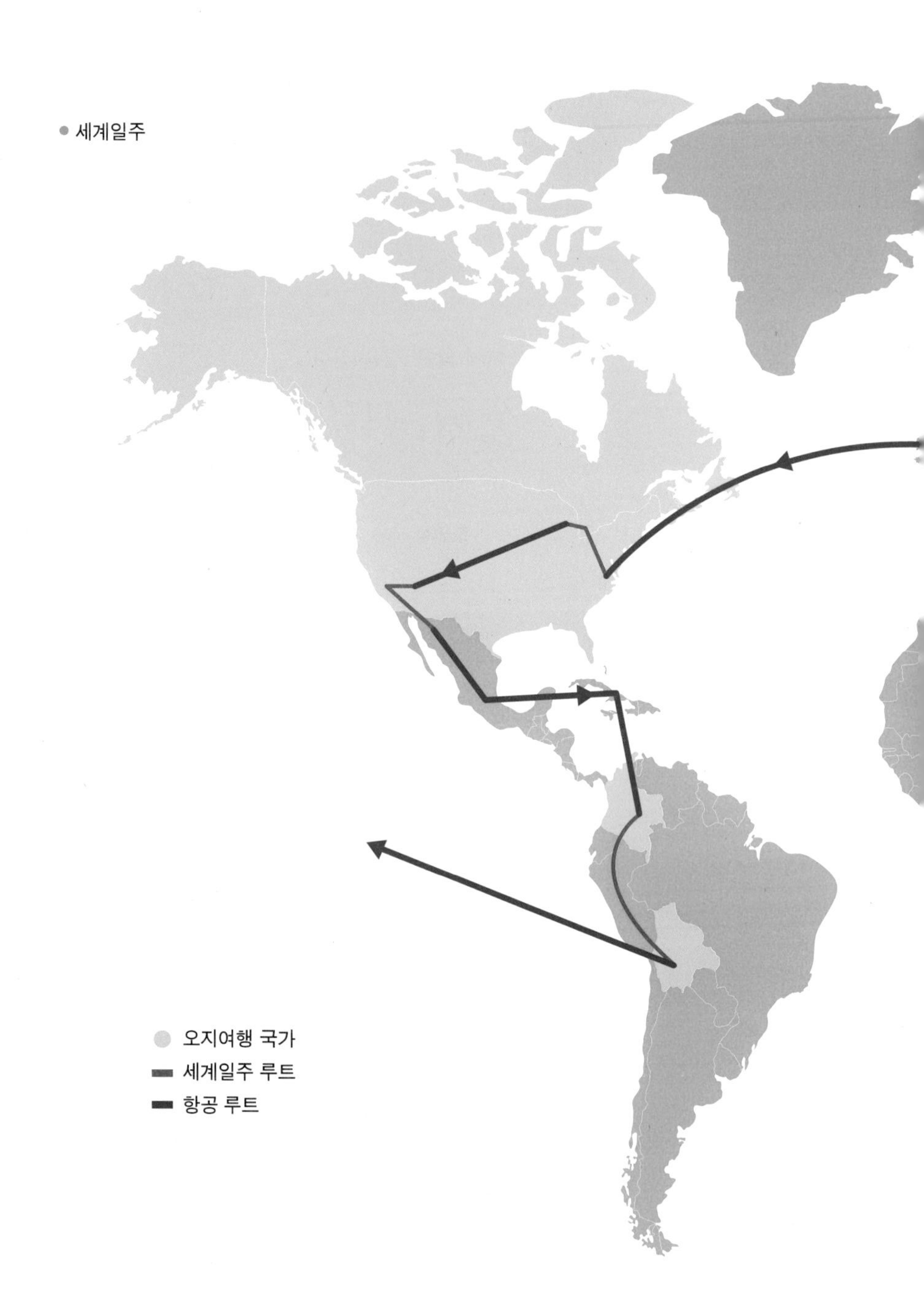

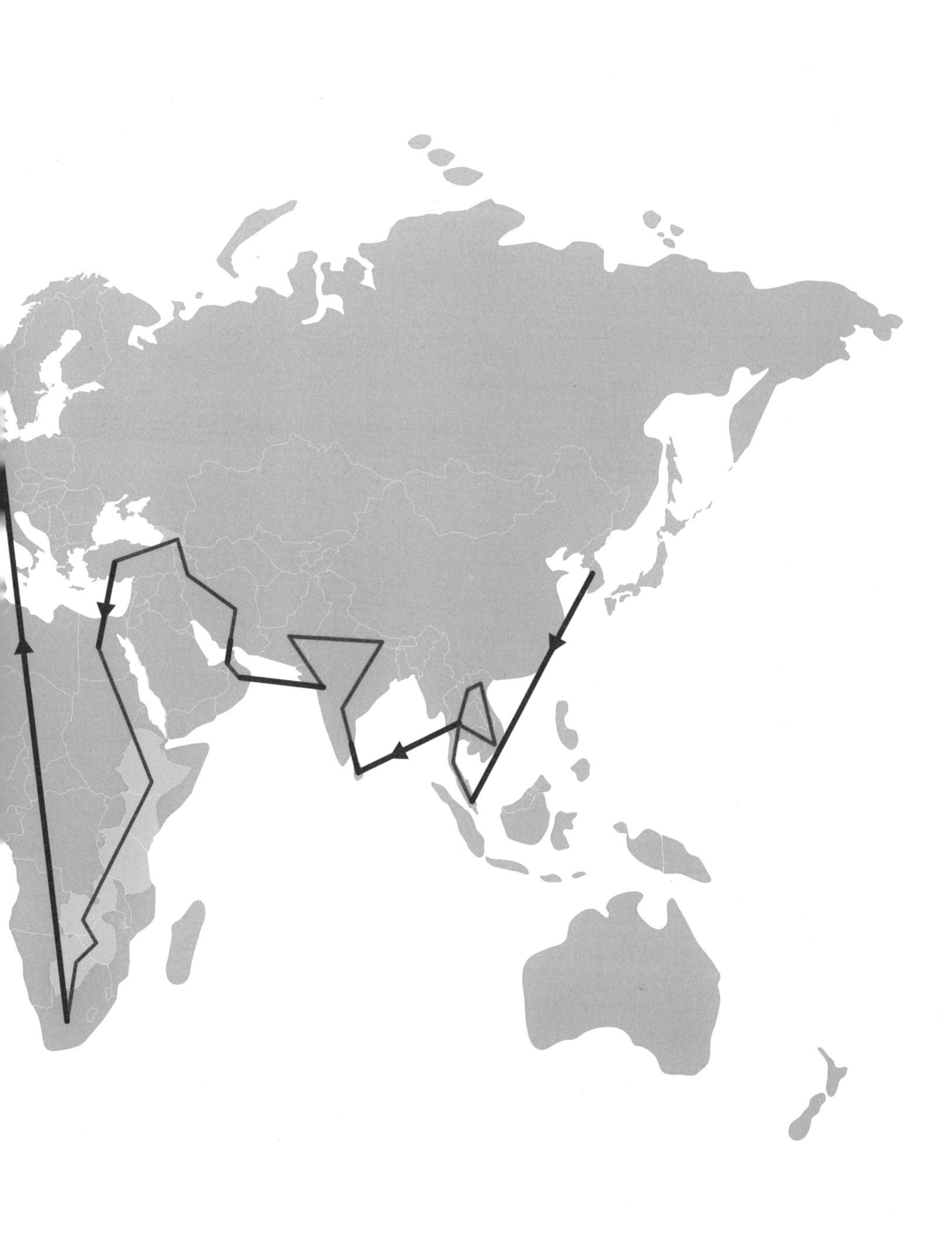

프롤로그

새로운 길을 향해 걸어가다!

직장생활 1년 6개월이 지났다. 아침에 눈을 뜨고 일어나 문 밖으로 나가니 매캐한 공단 냄새가 어김없이 나를 반긴다. 아침을 먹고 공장 기계가공실로 들어갔다.

'또 하루가 시작되는구나.'

매일 반복되는 일상과 갈수록 늘어나는 야근과 특근, 내 미래에 대해 앞으로 어떻게 살아갈지 고민했다.

'대학교를 갈까? 다른 회사로 이직을 할까? 아니면 여기서 계속 일을 할까?"

21살. 앞으로 정년퇴직까지 40년 동안 일만 할 생각을 하니 인생이 너무나도 허망하고 재미없어 보였다. 또 전문적으로 새로운 것을 더 배우고 싶은 마음이 없었기에 대학교를 가는 것도 무의미하다는 생각이 들었다. 하지만 새로운 도전이 없으면 변화도 없다. 나는 좀 더 즐겁고 행복한 삶을 바랬다. 그러다 한 순간 '여행' 이란 단어가 내 머릿속을 스쳐 지나갔다. 여행은 마치 내가 그토록 찾고 있었던 단어였던 것처럼 무척이나 반갑게 느껴졌고 머릿속에서 떠나지 않았다.

"결심했어! 산업기능요원이 끝나면 딱 2년만 세계여행을 하자!"

처음엔 세계여행이 내 인생의 너무 큰 프로젝트 같아서 덜컥 겁이 나기도 했지만 인터넷이나 관련 자료들을 찾아보니 이미 세계여행을 다녀 온 사람이 많았고, 그들을 통해 여러 정보를 얻을 수 있었다.

세계일주는 돈이 많아야 할 수 있다고 생각했지만, 하나씩 계획하고 꼼꼼히 준비해 보니 생각했던 것보다 적은 금액에 못할 것도 없어 보였다. 2년이라는 여행 시간은 길어 보였지만 평균 수명이 80살인 걸 생각하면 80년 중에 2년을 나 자신에게 투자한다고 생각하니 그렇게 긴 시간처럼 느껴지지도 않았다. 여행을 떠나면 무척이나 즐거울 것 같았고 행복할 것 같았다. 그리고 여행을 떠나고 나서 내가 생각했던 즐거운 여행이 아니라면 언제든지 부담 없이 한국으로 돌아오기로 다짐했다.

2014년 4월 11일, 마침내 여행을 떠나는 날이 다가왔다. 이 날이 오지 않을 것만 같았지만 시간은 흘러가고 있었다. 첫 번째 국가인 싱가폴에 도착하니 모든 게 새로웠고 신기했다. 한국에서 볼 수 없었던 풍경과 새로운 언어를 들으니 다른 나라에 와 있다는 걸 실감할 수 있었다. 여행은 원래 내가 처음 계획했던 대로 흘러갔고, 유명한 유적지나 관광지를 중심으로 이동했다. 그런데 여행이 오랫동안 지속되자 새로운 유적지를 보아도 마치 전에 보았었던 것 같이 익숙한 기분이 들었다. 나는 궁금증이 생겼다.

'여행자에게 알려지지 않은 시골 마을의 현지인들은 어떻게 살아가고 있는 걸까?'

나는 여행자들에게 알려지지 않은 나만의 새로운 여행루트를 개척하기로 결심했다.

오지여행은 이렇게 시작되었다.

내가 책을 집필한 계기는 아프리카에서 만난 캐나다 여행자 알렉스(Aleks)를 만나고 나서 부터이다. 알렉스는 내 여행기를 듣고 너무 재미있다며 책으로 나오면 좋겠다고 강력히 추천했다. 이 책은 독자가 세계의 다양한 문화와 현지인의 삶을 간접적으로 체험하고, 내가 여행하면서 느낀 감정들을 공유할 수 있도록 제작했다.

이 책을 지금 읽고 있는 독자님께 감사의 말을 전한다.

오지여행자 조민석

The unique joy of travelling is the characters who will grace your journey along the way. People not places will bring laughter, adventure, and new insights into the world we live in. Some will be fleeting while others, such as Joy, immensely memorable. He came shining into our YWCA dorm in Dar es Salaam after a lengthy bus ride from northern Tanzania. Emphatic enthusiasm oozed from him. We got along like an old team: walking at the same speed, having similar plans, and aiding each other immediately. Somehow, despite our differences in nationality, gender, language and age, I found easy companionship with him after only a few hours. What I found most endearing about Joy was his sincerity. Never before had I met a traveller so willing to learn, take part, and understand new cultures, places and people. Joy has an admirable ability to view the world without prejudice or assumption. His stories are remarkable because they are authentic, random, and real. Whether it's swimming across the Nile in Egypt or sleeping in a supermarket in rural Zimbabwe, Joy immerses himself in travel. Joy inspired me from the moment I met him and I'm sure his book will inspire many more to open their eyes to the beauty the world beholds.

- Aleks From Canada -

여행의 특별한 즐거움은 길을 걷는 동안 당신의 여행을 즐겁게 해줄 사람들이에요. 어떤 장소가 아닌, 사람들. 사람들은 우리가 살고 있는 세상에 웃음, 모험, 그리고 새로운 통찰들을 가져다 줘요. 몇몇 사람들은 그냥 지나쳐 버리지만 반면에 Joy 같은 사람들은 굉장히 기억에 오랫동안 남아요. 그는 북 Tanzania로부터 장거리의 버스를 타고 Dar er Salaam에 있는 우리가 머물고 있던 YMCA기숙사에 들어왔어요. 그에게는 어떤 강렬한 열정이 풍겨져 나왔으며, 우리는 마치 오랫동안 알고 지냈던 것처럼 같은 속도로 걷고, 비슷한 계획을 가지고, 서로를 즉각적으로 도우며 여행했어요. 국적, 성별, 언어, 나이와 같이 우리의 다른 점들에도 불구하고, 나는 불과 몇 시간 만에 그와 친해질 수 있었어요. Joy에 대해서 가장 뜻 깊게 여기게 된 것은 그의 진정성이에요. Joy처럼 배우고, 나누고, 새로운 문화와 장소 그리고 사람들을 이해하려는 의지를 가진 여행자를 본 적이 없었어요. Joy는 세상을 편견 혹은 어떠한 추측 없이 바라볼 수 있는 능력을 갖고 있어요. 그의 이야기는 진실되고, 예측할 수 없고 또한 그럼에도 사실이라는 점에서 너무나 놀라웠어요. 이집트에 있는 나일강을 헤엄쳐 건너고, 짐바브웨의 시골에 있는 슈퍼마켓에서 숙박을 하는 등 Joy는 여행을 하는 동안에 자신에게 온전히 몰두해요. Joy는 내가 그를 만난 순간부터 나에게 영감을 주었고, 나는 그의 책이 많은 다른 이들에게 세상이 지니고 있는 아름다움에 눈을 뜰 수 있을 것이리라 확신합니다.

- Aleks From Canada -

알렉스

● 목차

프롤로그 새로운 길을 향해 걸어가다!

01 우연히 마주친 원주민 부족

1-1 때 묻지 않은 순수한 원시 부족을 찾아서 18
1-2 이해 할 수 없는 원주민의 문화 23
1-3 마음의 선물 37

02 고아원 봉사활동

2-1 흙비가 내리는 특이한 버스 44
2-2 환경은 나를 변하게 한다 51
2-3 틀에 박힌 생각 58

03 알려지지 않은 땅을 찾아서

3-1 성희롱 범 64
3-2 예측 불가능한 아프리카 72
3-3 직접 찾아간 첫 오지마을, 이소카 79
3-4 숙소도 없고 식당도 없는 곳 91
3-5 삶과 죽음 110

04 또 하나의 가족

4-1 개에 물리다 116
4-2 오지마을 촌장님과 마을회관 125
4-3 다시 만난 디순뽀 가족 131

05 여기는 아메리카

5-1 공항에서 억류되다 142
5-2 내가 가지고 있었던 소중함 149
5-3 이타카 160
5-4 낯선 사람과 친구의 경계 170
5-5 돈 그리고 행복 176
5-6 꿈속에서 꿈을 찾다 181

06 와이나포토시 _ 트레킹

6-1 포기하기 싫어도 포기해야 할 때가 있다 186
6-2 재도전 198
6-3 정상을 향해 205

07 보르조미의 악몽 _ 트레킹

7-1 훼손되지 않은 땅 216
7-2 공포 222
7-3 나는 내가 생각하는 것보다 강하다 229

08 제 2의 고향 _ 세상에서 가장 행복한 마을

8-1 되돌아가다 236
8-2 다르다는 것과 틀리다는 것 240
8-3 친구 249
8-4 행복이라는 감정 257
8-5 축제 265
8-6 친누나를 마을에 초대하다 275
8-7 632일간의 여행이 끝나다 278

09 또 다른 이야기

9-1 사건사고 288
9-2 인상 깊었던 경험 298

다양한 여행 스타일의 세계 여행자 인터뷰 302

01
우연히 마주친 원주민 부족

1-1 때 묻지 않은 순수한 원시 부족을 찾아서

1-2 이해 할 수 없는 원주민의 문화

1-3 마음의 선물

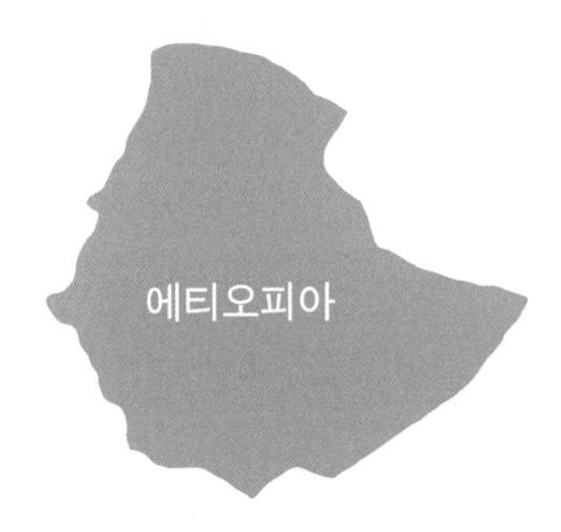

1-1
때 묻지 않은 순수한 원시 부족을 찾아서

여기는 에티오피아. 나는 무르시족에게 실망했다. 마을에 도착하자 내 기대는 산산이 부서졌다. 문명에 물들지 않고 자연 그대로의 삶을 살아가는 원주민들이 있을 거라 믿었는데, 차에서 내리자 부족민들은 서로서로 자기 사진을 찍어 달라며 "Photo!"를 외쳤다. 나는 부족민들이 어떤 음식을 먹으며 어떻게 살아가는지 또 그들의 문화는 우리와 무엇이 다른지 알고 싶었지만, 여행사를 통해 갔던 무르시 부족 마을은 이미 '돈'에 물들어 있었다. 입술에 끼워 넣는 접시의 크기가 클수록 미인이라는 특이한 문화 때문에 무르시족을 찾는 많은 여행자가 사진을 찍다 보니 무르시족이 상품화되어 버린 것이다.

자신들이 사는 구역에 들어가려면 200비르(한국 돈 약 11,000원), 또 사진 한 장당 5비르(약 280원)를 지불해야 했다. 내가 사진을 찍을 때마다 그들을 점점 상품으로 만드는 것 같아 찝찝한 마음에 사진도 몇 장 찍을 수 없었다. 그리고 원래 입술에 끼워 넣는 접시는 특별한 행사 때만 착용한다고 들었는데, 이제 그들은 여행자들을 유혹하려고 여행자들이 올 때마다 입술에 커다란 접시를 끼워 넣고 사진을 찍어달라고 요구했다.

여행사와 계약한 무르시족들은 점점 더 자신들 삶의 방식을 잃어갔다. 원래 소를 키워서 돈을 벌었는데, 지금은 여행자들이 지불하는 돈

무르시족 (접시 부족이라고도 불린다.)

으로 수익을 만들고 있었다. 다시는 여행사를 통해 원주민 마을을 구경하지 않을 거라 다짐했다.

나는 진카 마을에서 다른 여행자에게 하메르족이라는 원시부족 정보를 들었다. 때마침 오늘 저녁에 아주 특별한 의식이 열린다는 소식을 듣고 하메르족이 살고 있는 투르미 마을로 가기로 했다. 하지만 터미널에 가보니 버스는 매일 있지 않고 1주일에 두 대 밖에 없었다. 그래서 일단 미니버스를 타고 마을 외곽 지역으로 향했다. 이곳에서 투르미 마을까지 약 50km. 걸어가기에 너무 멀다. 그래도 휴대폰 GPS를 확인하고 투르미 마을로 걸어갔다.
'지나가는 차가 있으면 잡아서 타야겠다.'
걸어가고 있었는데 한 시골 마을이 조금 특이해 보였다.
'원시부족민이 사는 마을은 아니겠지? 하지만 뭔가 재미있을 것 같아.'
마을 안으로 들어가 보았다. 마을 입구에는 물을 퍼 담을 수 있는 펌프가 하나 있었는데, 모든 마을 사람이 이 펌프 하나에만 의지해서 물을 퍼 담다 보니 많은 사람들이 길게 줄지어 있었다. 펌프를 이용해서 물을 푸는 모습이 새롭기도 하고 재미있어 보이기도 해서 나도 펌프질을 한 번 해 보았다. 마을 사람들은 이렇게 해야 한다며 나에게 펌프질을 알려주었다. 그리고 한 친구가 자기 집으로 안내했다. 그들은 원시부족민이 아니었지만, 원시부족민처럼 지내고 있었다. 전기가 없었고, 그릇 대신 호리병 박을 사용했다. 그 집에 태어난 지 1년 된 아기가 있었다.
"한 번 안아볼래?"
나는 아기를 감싸 안았다. 그런데 갑자기 바지에서 따뜻한 온기가 느껴졌다. 무언가 이상하다? 바지를 보았더니 아기가 오줌을 쌌다! 주위 사람들 모두 깔깔깔 웃어댔다.
"으악! 혹시 여기 물 있어?"
"집 뒤편에 빗물을 받아둔 게 있는데 그걸로 바지를 씻어내."
재빨리 빗물로 옷을 씻었지만 아무리 씻어도 찝찝함이 사라지지 않았다. 일단 빨래 봉지에 담아놓고 나중에 빨기로 했다. 그렇게 아기에게 작은 선물을 받고 마을을 떠났다.

나 홀로 1시간 동안 쓸쓸히 길을 걸어갔다. 지나가는 차가 한 대도 없었다. 그런데 걷다 보니 다른 부족민들이 눈에 들어왔다. 투르미에 사는 하메르족으로 생각했는데, 사람들에게 물어보니 반나부족이라고 한다.

마을 사람들이 물을 퍼기위해 줄을 서서 기다리고 있다.

반나부족은 어떤 매력을 지니고 있을까? 그들에게 조심스럽게 다가가서 웃으며 인사했다.

"안녕!"

"……"

웃으면서 친근하게 다가가면 그들도 마음을 열 것이라 생각했는데, 그들은 뜻밖에도 외부인을 경계했다.

30분 정도 더 걸어가고 있는데 우측 언덕 위쪽에 한 현지인과 옆에 반나부족처럼 보이는 사람이 한 명 서 있는 것을 발견했다. 웃으며 손을 흔드니 그들도 웃으며 손을 흔들었다. 반응이 좋다. 이 부족민들은 정말 순수하지 않을까? 그들에게 조심스럽게 다가갔다.

"(손을 흔들며) 안녕!"

"(손을 흔들며) 안녕!"

"(손짓 발짓을 하며) 내가 너희 사는 집을 구경해도 될까?"

"(손으로 들어오라는 표시를 하며) 들어와."

1-2
이해할 수 없는 원주민의 문화

원주민은 영어가 통하지 않았지만, 옆에 있던 현지인 아저씨는 간단한 영어를 할 수 있었다. 울타리를 넘어 3분 정도 안쪽으로 걸어 들어가니 반나부족이 사는 집이 나왔다. 현지인 아저씨는 원주민 가족들을 소개해주었다. 가족 형태는 일반적인 핵가족과 비슷했는데, 아이들이 정말 많았다. 6~7명은 되어 보였다. 현지인 아저씨는 그늘 집 밑에 소가죽을 깔아주며 나보고 소가죽을 깔고 누워서 쉬라는 표현을 했다.

먼저 원주민들의 허락을 받고 그들이 사는 집을 둘러보았다. 집 안으로 들어 가 보니 전구 하나 달려 있지 않아서 집이 무척이나 어두웠다.

집 천장에 옥수수를 매달아서 말리고 있었고, 다른 한쪽 구석에 태어난 지 얼마 되지 않은 아이가 누워서 자고 있었다. 어두운 데다 고요히 자고 있어서 아이가 있는지조차 눈치채지 못했다. 집 외부보다 내부가 더 더울 거라 생각했는데, 습하지 않아서 그런지 집 내부는 무척이나 쾌적했다.

"저...혹시 여기 사진을 찍어도 돼요?"

"5비르."

"네... 안 찍을게요."

나는 그들과 충분한 시간을 가졌기에 사진을 허락해 줄 거라 믿었는데 예상 밖의 대답이 돌아왔다. 난 그냥 이 경험들을 그냥 내 기억 속에 남기기로 했다. 그런데 아저씨는 다시 생각해 보곤 말했다.

"Photo okay. No problem. (사진 찍어도 괜찮아.)"

"Thank you so much. (정말 고맙습니다.)"

아저씨는 소가죽 장판을 한 장 더 가지고 오시더니 두 장은 있어야 편하게 누울 수 있다며 한 장을 더 나에게 전해주었다. 그렇게 아저씨와 함께 그늘 집 아래에서 쉬고 있는데 원주민가족의 큰형이 호리박에 술을 담아 왔다. 맛이 굉장히 독특했다. 다 마시면 배탈이 날 것 같아서 딱 한 모금만 마셨다. 그리고 아저씨가 다시 말을 걸었다.

"Sleep? (너 여기 잘 거야?)"

"Sleep? No, no, no, no, no. (아니요. 여기서 안 자요.)"

갑작스럽게 잘 거냐는 말에 당황해서 반사적으로 거절했는데, 생각해 보니 이만한 기회가 없을 것 같았다.

'지금 아니면 언제 원주민 집에서 자 볼 수 있겠어? 그래, 여기서 자게만 해 준다면 한 번 자 보는 것도 좋은 경험이 될 거야!'

"Sleep okay? (여기서 자도 돼요?)"

"OK, OK. No problem. (그럼, 그럼. 문제없어.)"

그런데 이곳은 원주민들의 집인데 결정은 현지인 아저씨가 했다. 원주민들의 의견도 묻지 않고 그냥 괜찮다며 허락을 하셔서 조금 당황스러웠다. 그렇지만 일단 아저씨를 믿고 텐트를 치고 있다가 원주민들이 나를 내쫓으면 밖에 나가서 아무 곳에 텐트를 치고 자야겠다고 생각했다. 텐트를 배낭에서 꺼내 치기 시작하는데 아저씨가 텐트 치는 것을 도와 주셨다. 텐트를 처음 보는 원주민 친구들은 텐트가 완성되어 가는 모습이 너무나 신기했는지 온 가족이 다 몰려와서 구경했다. 텐트가 완성되자 그들은 텐트 내부가 궁금해서 안으로 들어가 보기도 했다.

텐트 안에 배낭을 넣고 짐을 풀고 나니 배가 많이 고파졌다. 이 때 마

그늘 밑에서 소가죽을 깔고 휴식을 취하고 있다.

현지인의 도움을 받으며 텐트를 치고 있다.

침 한 원주민 친구가 또 다른 호리박을 들고 왔다. 박 안에 이상하게 생긴 음식이 있었는데 도무지 뭔지 알 수가 없었다. 그들이 이것을 집어 먹는 모습을 보니 음식 같아 보이긴 했지만 어떤 재료를 사용해서 만든 건지 정말 궁금했다. 겉은 염소 똥이나 진흙처럼 보였는데 먹어보라는 손짓을 계속하기에 하나 먹어보았다. 그런데 아무 맛도 나지 않았고, 촉감은 생각보다 부드러웠다. 먹으라면 몇 개 정도는 먹을 수 있겠지만, 오늘 하루를 버티기에 무리였다. 이곳에 있으면 굶어 죽을 것 같아서 마을로 나가서 밥을 먹고 또 저녁에 먹을 음식을 사 오는 게 좋을 것 같았다.

"Hungry, hungry. Go town, go town. (배가 고파서 마을에 가요.)"

"OK, OK. (그래 좋아.)"

이곳에서 마을까지 걸어서 1시간 30분이나 걸리지만 다른 방법이 없었다. 그런데 한 15분 정도 걸었을 무렵 뒤편에서 트럭 소리가 들렸다. 손을 마구 흔들었다. 다행히 트럭은 멈춰 섰고, 나는 가까운 마을까지 편하게 갈 수 있었다. 그리고 식당에 가서 인젤라를 주문했다.

처음 에티오피아에 왔을 때 전통 음식 인젤라가 너무 맛이 없어서 에티오피아 여행이 힘들 거라고 생각했는데, 원주민의 음식을 먹고 나니 인젤라가 얼마나 맛있는 음식인지 깨달았다. 점심밥을 먹고 구멍가게로 가서 오늘 저녁에 먹을 과자, 물, 참치를 잔뜩 샀다. 정말 두 손 가득히 짐을 들고 다시 원주민의 마을로 걸어갔다. 차가 지나가기를 바랐지만, 원주민 집에 다다를 때까지 한 대도 지나가지 않았다. 원주민 집에 도착하자 사서 온 음식들을 텐트에 내려놓고 원주민 친구들을 따라다니며 그들이 무엇을 하는지 지켜보았다. 원주민 집에 있는 가장 큰형과 둘째 동생은 항상 같이 붙어 다녔다.

그들은 집 근처에 있는 나무를 베어서 불을 지폈다. 왜 나무를 베어서 태우는지 궁금했지만 언어가 통하지 않으니 그저 지켜보아야 했다.

정체를 알 수 없는 음식

영토 확장이 아닐까? 원시 부족이 사는 곳이어서 땅문서나 부동산 같은 개념이 없고, 그냥 나무를 베어서 터를 만들고 그곳에 집을 지으면 자기 것이 되는 게 아닌가 싶다.

원주민 집은 두 채가 있었는데, 큰 집은 큰길로 나갈 수 있는 바깥쪽에 있었고 작은집은 큰 집과 100m 정도 안쪽에 있었다.

나는 주로 큰형과 둘째 동생을 하루 종일 졸졸 따라다녔는데, 큰형은 조금 무뚝뚝하지만 호기심이 많았고 둘째 동생은 부끄러움이 많지만, 항상 웃으며 표정이 밝았다. 둘째 동생은 심심하면 나무를 타고 올라갔는데, 자세히 보니 신발도 신지 않았다. 나는 고무 슬리퍼를 신고 다녀도 가끔 큰 가시가 슬리퍼를 뚫고 발을 찔렀는데, 슬리퍼조차 신고 다니지 않는 아이들도 있었다.

나무를 태우고 있는 큰 형

그들은 나무를 태우다가 나를 뒤편에 있는 작은집으로 안내했다. 그리고 큰형이 나를 불러 이쪽으로 오라며 손짓했다. 그는 집 한쪽 구석에서 무언가를 꺼내기 시작했다. 그것은 사진이었다. 그들이 사진을 가지고 있으리라 생각도 못 했는데, 한 장의 낡은 사진을 나에게 보여주면서 여기 이 사진 속에 있는 사람이 나라며 마치 자랑하는 것처럼 보였다. 사진을 보고 큰형을 보니 사진을 찍은 지 3~4년은 된 것으로 보였다. 그리고 동전 지갑 비슷한 걸 꺼내더니 그곳에 다시 사진을 넣고 지퍼를 잠그는데 지퍼가 잘 잠가지지 않자 옆에 차고 있던 칼을 꺼내서 고치기 시작했다. 칼로 무언가 자르기도 하고 누르기도 하면서 동전지갑을 고치다가 실수로 지퍼를 완전히 뜯어버렸다. 할 수 없이 고치는 걸 포기하고 한쪽 구석에 놓은 후 방에 누워서 쉬었다.

한국에서 온 헌 옷을 입고 있는 한 원주민

나는 그들과 대화를 할 수 없었고, 이곳에 같이 온 친구도 없었지만, 그냥 원주민들과 함께 있다는 것 자체로 너무나 신기하고 좋았다. 내가 정말 지금 원주민들과 함께 있다는 게 믿어지지 않았고, 마치 TV 다큐멘터리 속에 들어온 것 같았다. 둘째 동생은 큰형이 무언가를 할 때마다 옆에서 보조역할을 했다. 큰형이 집을 나가면 같이 나가고, 나무를 를 태우면 옆에서 도와주었다.

그리고 다시 큰집으로 갔는데, 새로운 원주민 친구들이 놀러 와 있었다. 그 순간, 내 눈을 의심했다. 이웃집 원주민 친구 중 한 명이 한국어로 글씨가 새겨진 옷을 입고 있었다. 등에 크게 '에스텍' 이라는 세 글자가 눈에 확 띄었다. 그는 AK소총을 들고 있었는데, 마치 에스텍의 뜻을 알고 골랐는지 그에게 너무나 잘 어울렸다. 한국에서 만들어진 옷이

에티오피아 일반 도시도 아닌 이런 외딴 원주민 마을에서 발견되다니 난 상상도 할 수 없었다. 나는 한국어가 너무나 반가워서 수첩과 볼펜을 꺼내 수첩에 똑같이 에스텍을 적어 보이며 네 등에 적힌 글씨가한국어라고 그들에게 설명해 주었는데, 그들이 이해했을지 모르겠다.

이웃 마을 친구들은 내 텐트가 무척이나 신기했는지 텐트를 열어서 내부를 구경했다. 그들은 텐트를 정말 한참 동안 둘러보았다. 이렇게도 둘러보고 요렇게도 둘러보고 툭툭 쳐 보기도 했다가 텐트 바닥도 한 번 쳐다보았다. 그리고 간식으로 다시 한 번 정체 모를 음식을 꺼내서 먹기 시작했다. 나도 아까 마을에서 사 온 과자를 꺼내어 먹었다. 그리고 원주민 가족의 가장인 아빠 원주민에게 과자 한 상자를 주었더니 아이들을 차례 례대로 불러서 조금씩 나누어 주었다. 원주민 아이들은 부모님의 말씀을 정말 잘 들었다. 태어난 지 얼마 안된 어린아이들이 많았는데, 신기한 점은 이곳에 있으면서 아이들이 우는 모습을 한 번도 볼 수 없었다. 그리고 아이들은 아빠가 무언가를 시키면 바로 달려가서 시킨 일들을 재빠르게 처리했다.

아빠는 간식을 먹고 주머니에서 작은 유리병을 꺼내더니 그 안에 든 가루를 손에 털어내고 코로 킁킁 빨아들이다가 갑자기 기침했다.

"콜록콜록!"

"……?"

저것은 무슨 행동일까? 나는 궁금한 게 있으면 참지 못하고 따라 해 보는 성격이지만, 코로 가루를 빨아들이는 느낌이 너무 이상할 것 같아 감히 도전할 수 없었다. 그 원주민은 어디론가 가더니 나를 보며 이쪽으로 오라고 손짓했다. 원주민을 따라 집에서 5분 정도 걸어나가니 나무로 지은 작은 건물이 하나 보였다. 그곳에 커다란 기계 한 대가 놓여

완성된 텐트를 신기한 눈빛으로 바라보고 있다.

아빠 원주민이 아이들에게 과자를 나누어 주고 있다.

있었는데 그 기계로 콩이나 옥수수를 갈아서 가루로 만들고 있었다. 그리고 많은 반나부족민들이 줄을 서서 자신이 가지고 온 콩을 들고 기다리고 있었다. 나는 이곳에서 그 현지인 아저씨의 정체를 알 수 있었다. 그 현지인 아저씨는 원주민의 콩과 옥수수를 갈아주면서 돈을 벌고 있었다. 곡물을 한 번 갈 때마다 양에 따라 1~2비르(50~100원)를 받았다.

그리고 원주민들은 자급자족 생활을 하다 보니 돈을 쓸 일이 크게 없어 보였다. 그곳에 딱 한 대의 기계가 있었는데 많은 사람이 자기 차례를 기다리고 있었다. 기다리는 게 지루하지 않을까라는 생각도 들었는데 아프리카에서 기다림은 일상의 한 부분처럼 느껴졌다.

그곳에 있던 다른 원주민들은 패션이 정말 특이했다. 선글라스를 세 개, 네 개씩 머리 위에 쓰는 사람도 있었고, 번쩍이는 손목시계를 펼쳐서 목걸이로 쓰는 원주민도 있었으며, 형형색색의 머리핀을 머리 전체에 패션으로 꽂은 친구도 있었다. 원주민들은 치장이 화려할수록 더 멋있어 보인다고 생각했다.

방앗간을 둘러보고 다시 원주민가족이 있는 집으로 돌아왔는데, 원주민 아이들이 갓난아기를 돌보고 있었다. 갓난아기를 돌보고 있는 아이들도 4~5살밖에 되지 않은 어린아이였는데, 그 모습이 참 귀여우면서 기특했다. 아이들은 심심했는지 마당에서 풀을 뜯고 있는 염소에게 소리를 지르며 달려가면서 염소와 술래잡기를 했다. 그러다 염소만으로 성에 차지 않았는지 이번엔 마당에서 뛰어놀던 닭들까지 잡으러 다녔다. 둘째 동생은 염소를 묶어놓고 뿔을 발로 누르며 염소와 힘겨루기도 했는데, 아이들이 밝은 표정으로 동물들과 장난치는 그 모습이 너무 순수하고 행복해 보였다.

원주민 가족은 식구가 많아서 집이 항상 시끌벅적했다. 그리고 해가 질 무렵 현지인 아저씨의 아들로 보이는 한 소년이 원주민의 집으로 놀

갓난아기를 돌보고 있는 아이들

러 왔다. 현지인과 원주민은 다르지만 사이가 좋아 보였다. 그 현지인 친구는 영어를 조금 할 줄 알았다. 오늘 하루 종일 아무 말도 못 해서 너무나 답답했는데, 그래도 그 친구가 잠시나마 이곳에 놀러와 주어서 위안이 되었다. 그리고 그 친구는 아빠를 따라 다시 마을로 돌아갔다.

저녁이 깊어지자 마당에 불을 붙여서 물을 끓이기 시작했다. 저들은 저녁에 어떤 음식을 먹을까? 나는 마을에서 챙겨온 과자들과 비상식량 참치를 꺼내서 먹으려고 했는데, 원주민 아저씨는 내가 그 정체를 알 수 없는 음식을 잘 먹지 못하니 계란을 삶아주겠다며 닭장에 있던 싱싱한 달걀을 꺼내어 주었다. 정말 고마웠다. 서로 말은 통하지 않았지만, 아저씨의 마음은 전해 받을 수 있었다.

밤은 점점 더 어두워졌고, 전기가 없어서 타오르는 불빛에만 의존했다. 저녁밥을 먹는데 기분이 새로웠고 묘했다. 너무 어두워서 서로의 얼굴도 잘 보이지 않았다. 휴대폰 플래시로 밝게 비춰서 저녁을 먹고 싶었지만, 원주민들에게 오히려 그 불빛이 방해가 될까봐 그들의 방식을 따르기로 했고 저녁 시간은 그냥 내 기억 속에 남기기로 했다.

아저씨가 계란을 준 덕분에 저녁을 맛있게 먹고 후식으로 또 차를 마시러 집 안으로 들어갔다. 집안은 달빛조차 들어오지 않아서 더욱더 어두웠다. 불을 지폈지만 그래도 잘 보이지 않았다. 어둠 속에서 갖는 식사는 불편하기보다는 낭만적이었고, 지금 같이 있는 원주민들이 오늘 처음 본 사이라는 게 신기하게만 느껴졌다.

원주민 엄마가 나에게 뜨겁게 끓인 차를 박에 담아서 주었다. 그런데 이상하게 다들 한두 모금 마시다가 마시고 있던 차를 다시 팔팔 끓는 물에 넣었다. 그리고 또 끓이다가 다시 한 모금 마신 뒤 다시 넣기를 반복했다. 무슨 의미일까? 잘 모르겠지만 나도 그들처럼 한 모금만 마시고 다시 끓는 물에 넣었다. 그리고 비상식량으로 가지고 온 참치를 꺼냈다. 캔 껍질을 까고 한 번 맛을 보라고 했더니 다들 처음 보는 음식에 겁을 먹고 있는 것 같아 보였다.

내가 먼저 이렇게 먹으면 된다며 한 입 먹었다. 원주민들은 처음에 조금만 떠서 맛을 보더니 정말 맛있었나 보다. 한 번 맛을 보더니 참치는 순식간에 다 사라져 버렸다.

그런데 손에 다들 기름이 묻어서 생전 처음 느껴보는 그 기름의 느낌이 이상했는지 바닥에 손을 문질러댔다. 나는 휴지를 조금 뜯어서 주었다.

저녁을 먹고 시계를 보니 7시. 전기가 없는 이곳은 해가 지면 딱히 할 일이 없어서 모두 잘 준비를 했다. 나도 일찍 잠자리에 들기로 했다. 저녁 8시쯤 되니 무척이나 조용해서 모두 자나 싶었는데, 갑자기 무슨 쓱

저녁 식사 시간

싹쓱싹하는 소리가 들렸다. 밖에 나가보았더니 원주민의 첫째 딸이 돌로 곡물을 갈고 있었다. 그 정체를 알 수 없는 음식의 원재료가 이것이 아닐까 싶다. 나는 5분 정도 지켜보다가 다시 텐트로 들어와 쓱싹쓱싹 소리와 함께 잠이 들었다. 그러나 불청객이 있을 줄이야!

꼬끼오오옥!

닭 우는 소리에 잠에서 깨었다. 닭은 15분마다 울어 대었다. 내 텐트는 닭장 바로 옆에 있었는데 닭 우는 소리가 얼마나 크게 들리던지 잠을 자다가 계속해서 화들짝 놀라며 일어났다. 잠귀가 예민해서 조금만 시끄러워도 잘 깨는 편인데, 닭이 자꾸 울어 대니 아침이 곧 올 건가

첫째 딸이 돌로 곡물을 갈고 있다.

싫어서 시계를 보았는데, 시계는 새벽 3시 30분을 가리키고 있었다.

'저 닭은 왜 저렇게 일찍 일어나…? 아침형 닭인가?'

다른 닭들은 다 자는 것 같았는데 그 닭 혼자만 막 울어댔다. 그런데 저 닭이 울어 대니 옆집에 있는 닭도 우리 닭이 우는 소리를 듣고 깨었는지 막 울어 대기 시작했다. 급기야 이 집 저 집에 있는 닭들이 다 깨어서 사방팔방이 닭 울음소리다.

'오늘 잠은 다 잤네……'

원주민들은 어떻게 이렇게 시끄러운 곳에서 잘 자는지 모르겠다. 닭 우는 소리도 평생을 듣다 보니 적응이 된 걸까?

1-3
마음의 선물

다음 날 아침, 해가 뜨자마자 첫째 형이 닭장을 열었다. 문이 열리자마자 닭들이 기다렸다는 듯이 닭장에서 뛰쳐나왔다. 나는 간단히 과자로 아침을 먹고 양치질을 하는데 첫째 형이 내가 양치질을 하는 모습이 신기해 보였는지 옆에서 내가 양치질하는 모습을 지켜보다가 나를 툭툭 치더니 칫솔과 치약을 달라는 표현을 했다. 그는 칫솔을 뒤집어 보기도 하며 신기한 듯 관찰하였다. 자신도 칫솔질을 한 번 해보고 싶었는지 칫솔에 치약을 발라서 그의 입에 넣는 것이었다!

난 그가 그저 칫솔을 관찰만 하다가 돌려줄 거라 생각했는데, 이번에 선물로 그에게 그냥 줘야겠다. 그는 칫솔질을 몇 번 해 보더니 갑자기 기침을 하면서 땅에 침을 퉤퉤 내뱉기 시작했다. 치약을 처음 맛본 그는 상당히 매웠나 보다. 그래서 내가 그럴 땐 입에 물을 넣고 뽀글뽀글 가글을 하면 된다고 알려주었다.

"잘 봐. 이렇게 뽀글뽀글."

그는 내가 알려준 가글을 몇 번 하더니 삼켜버렸다!

"그게 아니야. 삼키면 안 돼. 하하하. 이렇게 하고 이렇게 뱉어야 해."

그렇게 가글을 몇 번 하고 나니 입안이 많이 상쾌했나 보다. 다시 기분이 좋아진 것 같아 보였다.

"헤헤."

평소 무엇으로 이빨을 닦는지 모르겠다. 원주민들이 이빨을 닦는 모습을 한 번도 보지 못했다. 그런데 음식에 설탕도 없고 소금도 없고 그냥 자연 그대로 만든 음식이다 보니 이빨을 닦을 필요가 없지 않을까라는 생각도 들었다.

원주민 친구들이 문명사회에서 가지고 온 물건들을 신기해하는 것 같아서 또 뭐가 있을까 가방을 뒤지다가 이번엔 자물쇠를 꺼내 보여 주었다. 열쇠가 있어야 열리는 자물쇠. 잠그는 방법과 여는 방법을 설명해주니 눈이 휘둥그레졌다. 나는 원주민 집에서 더 생활하고 싶었지만, 더 머물면 그들의 생활에 지장이 있을 것 같아서 떠나기로 했다. 원주민 친구들에게 갈 거라고 말하니 온 가족이 나와서 내가 짐 정리하는 걸

양치질을 처음 해 보는 큰형

자물쇠를 열어보고 신기해 하는 형제들

옆에서 지켜보았다. 첫째 형이 내가 어제 발랐던 선크림을 갖고 싶었는지 막 몸에 바르는 걸 손짓 발짓으로 표현하면서 보여 달라는 것처럼 말했다. 선크림을 꺼내어 주었더니 한 번 짜서 발라보고 느낌이 좋았는지 해맑게 웃었다. 그가 선크림을 너무나 좋아해서 이것도 주었다. 그리고 선물로 터키에서 구입한 기념품도 나누어 주었다.

우리는 마지막으로 온 가족이 모여 사진을 찍었다. 그들이 먼 훗날 사진을 보면서 나와 함께 했던 즐거운 추억을 떠올리기를 바라며 사진을 인화해 주고 싶었지만, 근처에 사진을 뽑을 수 있는 곳이 없었다. 그래서 할 수 없이 카메라 LCD 화면으로만 보여주었다.

사진을 찍고 나서 자세히 보니 한 꼬마가 내가 어제 나누어 주었던 과자 상자를 장난감처럼 들고 다녔다. 생각해 보니 이곳은 종이 한 장도 없어서 과자 상자 또한 신기한 물건이었다. 여기에 놓고 가면 다 쓰레기가 될 것 같아서 어제 먹었던 참치 캔부터 휴지 그리고 과자상자까지 비닐봉지에 하나씩 수거를 하는데 과자 상자는 마음에 들었는지 놓지를 않는다. 그래서 과자 상자만 남겨놓고 쓰레기를 다 챙겨서 원주민들과 작별인사를 했다.

언어가 다르고 외모가 다르고 문화가 달라도 우리는 친구가 될 수 있다는 걸 그들에게 알려주고 싶었고, 또 여행자를 '돈벌이 수단' 으로 생각하기보다 친구가 될 수 있다는 것도 말하고 싶었다. 내 마음의 선물이 그들에게 잘 전달되었을지 모르겠다. 특별한 하루였던 만큼 그들에게도 특별한 날로 기억되지 않을까?

원주민 가족

02
고아원 봉사활동

2-1 흙비가 내리는 특이한 버스

2-2 환경이 나를 변하게 한다

2-3 틀에 박힌 생각

2-1
흙비가 내리는 특이한 버스

에티오피아 국경을 넘어 케냐에 입국했다. 노르웨이 친구와 함께 숙소를 알아보는데 가격이 극과 극이다. 저렴한 숙소도 많았고 비싼 숙소들도 있었다. 싼 숙소는 무척이나 싼 가격의 시설을 갖추고 있었고, 비싼 숙소는 가격에 맞는 고급 시설을 갖추고 있었지만, 적당한 가격대의 숙소는 보이지 않았다.

"야, 넌 어떻게 생각해?"

뭐 비싼 곳 갈 거 아니면 그냥 제일 싼 곳으로 가는 게 어때? 비슷비슷 한 것 같은데?"

더 돌아다니기도 힘들어서 방만 대충 둘러보고 가장 싼 숙소에서 숙박하기로 했다. 하루 숙박비가 겨우 2달러(약 2,200원). 짐을 풀고 샤워를 하려고 샤워실을 찾으러 둘러보는데 화장실이 하나 있고 샤워실은 보이지 않았다. 설마 숙소에 샤워실 하나 없을까? 주인아저씨에게 물었다.

"아저씨, 여기 샤워실 없어요?"

"저기 안쪽으로 들어가 봐. 화장실 옆에."

"화장실 옆에 갔었는데 창고 같은 것밖에 없었어요."

"그게 샤워실이야. 물은 여기서 받아 가면 돼."

"네?"

충격적인 샤워실 입구

샤워실은 정말 충격이었다. 바닥에 바퀴벌레들이 줄지어 지나가고, 샤워기도 없었고, 양동이에 물을 퍼 담은 뒤 가서 씻어야 했다. 그 샤워실은 전구도 없어서 문을 닫으면 어두워서 아무것도 보이지 않았다. 그래서 그냥 문을 열고 샤워실 입구에서 씻기로 했다. 양동이 하나로 부족할 것 같아서 2개를 들고 와서 씻고 있는데 숙소에서 일하는 여직원과 잠깐 마주쳤다. 그녀는 놀라지도 않고 태연히 휙 지나갔다. 이곳은 남녀 모두 이렇게 씻어서 부끄러워할 필요가 없는 것 같다.

다음 날 새벽 5시, 노르웨이 친구와 케냐 수도인 나이로비로 향하는 버스를 타기 위해 아침 일찍 일어나서 짐을 부랴부랴 싸고 버스를 타러 갔다. 에티오피아에서부터 새벽 버스만 타다 보니 이제 적응할 법도 한데 일어날 때마다 비몽사몽이었다. 케냐 또한 법으로 밤에 버스가 다니는 게 금지되어 있다 보니 아프리카를 여행하면서 밤에 버스를 탄 적이 거의 없는 것 같다. 새벽 5시 30분에 사람들이 다 타서 바로 떠나지 않을까 싶었지만, 케냐 또한 아침 6시 이전에 버스가 출발할 수 없어서 사람이 다 탔더라도 6시까지 기다려야 했다. 배낭을 버스에 실으려고 하는데 한 아저씨가 포대 자루를 옆에서 팔고 있었다.

"자네 이거 하나 사지 않겠나?"
"네? 이거 어디에 쓰는 건가요?"
"너 가방 여기 포대에 넣어서 보관하면 먼지도 안 들어가고 좋아."
"아... 하하. 제 가방은 이미 더러워졌어요. 괜찮아요."
"으음...그래."

그런데 다른 몇몇 사람은 포대 자루를 사서 안에 가방이나 짐을 넣어서 보관했다. 나는 사람들이 왜 그러는지 이해할 수 없었고, 6시가 될 때까지 버스에서 그 노르웨이 친구와 수다를 떨었다.

"조이. 우리 이제 푹 자고 일어나면 케냐 나이로비에 도착할 거야."
"그래? 진짜 버스에서 좀 편하게 자면 좋겠다."
"걱정하지 마. 에티오피아에 있을 때 독일 여행자들이 말하던데, 이 구간은 아스팔트 도로로 포장되어 있어서 그냥 편하게 자면 된다고 하더라."
"아, 진짜? 그럼 나도 오늘 버스에서 하루 종일 잠이나 자야겠다."
"그래, 같이 푹 자자."

마침내 6시. 버스가 움직이기 시작했다. 그러나 예상과 달리 시작부터 버스는 비포장도로에서 빠른 속도로 달리기 시작했다. 땅이 움푹 파진 곳도 많았는데, 버스는 마치 브레이크가 고장 난 것처럼 미친 듯이 달렸다. 버스는 무척이나 흔들렸고, 가끔 내 몸이 공중에 붕 뜨기도 했다. 버스가 이렇게 팡팡 뛰면서 달리는데 지금까지 고장이 나지 않은 게 신기했다. 버스는 심한 진동과 충격으로 부품이 하나둘씩 통통 튕겨서 떨어져 나갈 것만 같았다.

"이건 우리가 생각했던 그런 도로가 아니잖아......(덜컹덜컹)"
"아마 처음에만 그럴 거야......(덜컹덜컹) 곧 포장도로가 나올 거야. (덜컹덜컹) 일단 기다려보자.......(덜컹덜컹)"

갑자기 흔들림이 사라졌다. 마침내 아스팔트 도로로 진입했다.

"휴우~"

버스 안에 타고 있던 사람들은 한숨을 쉬며 안도했다. 하지만 기쁨도 잠시. 얼마 가지 않아 다시 비포장도로가 나왔다. 사람들은 긴장한 모습으로 앞좌석에 있는 의자를 붙잡기 시작했고, 몇몇 사람은 덜컹거릴 때의 충격으로 엉덩이가 너무 아팠는지 의자에 반만 걸터앉았다. 그러다 가끔 바이킹을 탈 때처럼 심장이 쿵 떨어지는 기분이 들 때도 있었는데, 그럴 때마다 사람들이 소리를 질렀다.

"꺄아아악!"

"으아악!"

나는 제일 뒷자리에 앉아 있었는데 마치 하늘을 나는 기분이 들었다. 내 자리가 가장 안 좋은 자리일 거라고 생각했는데, 내 앞에 있던 사람은 버스 천장이 낮다 보니 버스가 뜰 때마다 머리를 쿵 부딪치기도 했다. 그리고 내 바로 옆자리에 앉아 있는 친구도 자리가 좋지 않았다. 비포장도로를 달리다 보니 흙이나 먼지 같은 게 버스 안으로 많이 들어왔는데, 이때 이 흙먼지들이 하늘을 날아다니다가 버스 천장에 쌓이고 뭉쳐서 땅으로 비처럼 떨어지기도 했다. 내 옆에 앉은 현지인 친구는 처음에 옷이 말끔했는데, 나중에 흙비 테러를 당해서 온몸이 다 흙에 물들어버렸다. 그래도 그 친구는 아무렇지 않은 듯 태연하게 버스를 타고 갔다. 그리고 다시 한 번 버스에 정적이 흘렀다. 버스는 다시 포장도로로 진입했다.

"……휴우."

이제 정말 모든 게 끝난 거라 생각했다.

"야, 이제 끝이겠지?"

"그럴 거야. 그 독일 친구가 분명 아스팔트 도로는 무조건 일직선이라 흔들림도 없고 편하게 갔다고 했거든."

그리고 10분이 흘렀다.

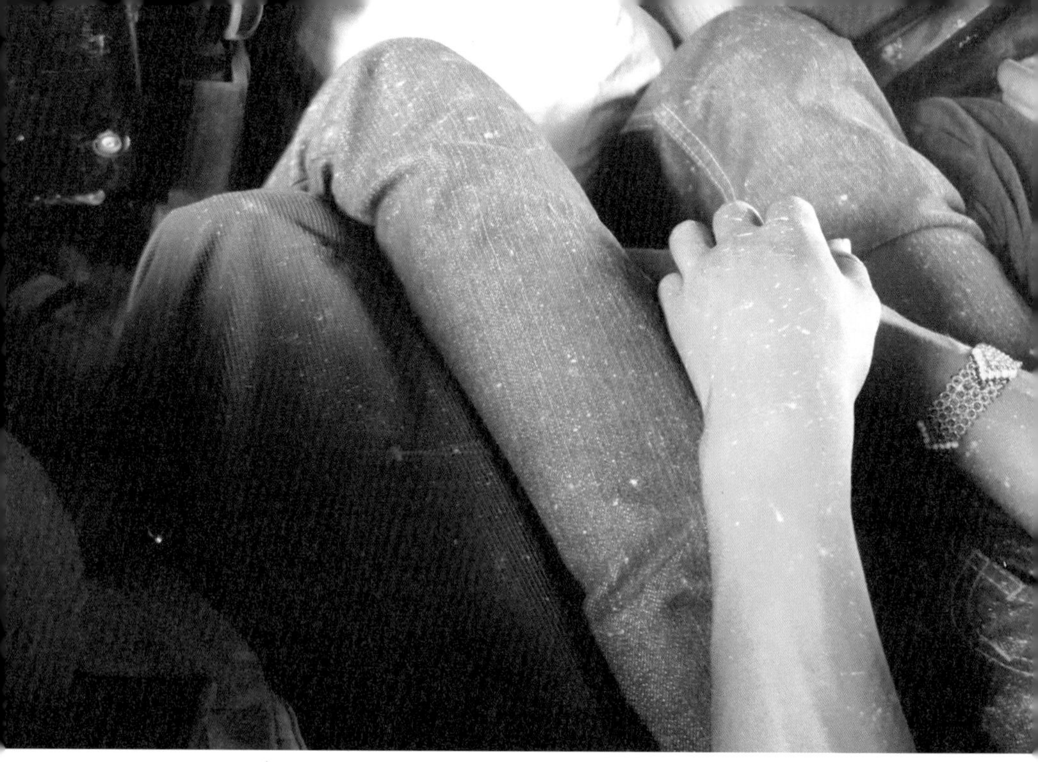

흙비를 맞으며 가고 있는 승객

"이제 끝인가 보다. 진짜 계속 아스팔트로 된 도로만 나오네."

"그래. 이제 나도 제대로 잘 준비해야겠다. 고생 많이 했어.

하지만 비포장도로는 기대를 저버리지 않고 또다시 나타났다.

"이게 뭐야! 다시 시작이잖아.(덜컹덜컹)"

"What the hell!(이게 무슨 일이야!) 나 이제 포기했다.(덜컹덜컹)"

"나도...... 이제 더는 기대 안 해. 왠지 나이로비 도착할 때까지 이럴 것 같아. 지금 이게 몇 번째야?(덜컹덜컹)"

버스가 정신없이 흔들리며 통통 튀는데 한쪽에서 웃음소리가 들려왔다.

"꺄르르~"

이런 상황에 누가 이렇게 신나서 웃고 있나 쳐다보았더니 바로 아이들

웃음소리였다. 버스가 튈 때마다 충격이 너무 강하다 보니 아이들이 울지는 않을까 싶었는데, 버스가 자꾸 통통 튀니까 재미있었는지 계속해서 까르르 웃었다. 그리고 사람들이 "꺄아악~" 소리를 지를 때마다 아이들은 그게 너무 웃겼는지 더욱더 크게 웃어댔다. 그런 장면들을 사진으로 남기려고 사진을 찍는데 사진을 찍으려고 할 때마다 버스가 흔들리는 충격이 너무 커서 화면에 이런 문구가 떴다.

'드롭이 감지되었습니다. 전원을 껐다 켜 주세요.'

카메라를 떨어트린 것과 같은 충격이었나 보다.

"야, 아무래도 우리 속은 것 같다."

"뭐가?"

"그 독일 여행자 있잖아. 그 친구가 우리한테 장난친 것 같아. 사실은 도로 상태가 무척이나 안 좋은 구간인데 엄청 좋았다고 거짓말한 것 같아. 우리에게 희망을 심어 주다니, 젠장!"

"내 생각에도 그런 것 같아. 우린 당했어."

"우리도 다음 여행자들 만나면 여기 이 구간 진짜 좋다고 장난치자. 도로가 좋아서 편하게 자면서 갈 수 있다고 말이야. 하하!"

"그럴까? 하하!"

노르웨이 친구와 나는 이제 포기한 상태로 마치 낙지처럼 흐물흐물하게 쭉 퍼져서 반쯤 정신을 잃은 상태로 빨리 이 지옥 같은 구간이 끝나기만을 바랐다. 그리고 버스를 탄 지 약 13시간이 지나서 휴게소에 잠시 들렀다. 저녁 6시 30분, 드디어 오늘 첫 끼를 먹을 수 있는 시간이 주어졌다. 하지만 우리는 아직도 갈 길이 멀어서 20분 만에 재빨리 밥을 해치우고 버스에 올라탔다. 버스는 다시 2시간 30분을 더 달리고 나서야 마침내 나이로비에 도착했다. 사람들이 차례대로 밖으로 나오는데 마치 한바탕 전쟁을 치르고 나온 모습이었다. 나도 온 몸이 녹초가 되어서 휘청거리며 버스 밖으로 나갔다. 그리고 내 배낭을 짐칸에서 꺼내는데 가방은 마치 흙, 먼지 폭탄을 맞은 것처럼 보였다.

"아, 이제 알겠다. 그 아저씨가 왜 포대 자루를 팔고 있었는지……."

"그러게……."

우리는 미리 알아봐 둔 숙소로 버스를 타고 갔다. 숙소에 도착하니 다른 여행자들이 많이 있었는데 우리 모습을 처음 딱 보더니 이렇게 말했다.

"너 지금 모얄레에서 왔지?"

겉모습만 봐도 어디에서 왔는지 바로 티가 나나 보다.

2-2
환경은 나를 변하게 한다.

다음 날 같은 숙소에 머물고 있던 일본인 친구 준뻐는 숙소를 떠날 준비를 했다. 어디로 가냐고 물었더니 나이로비에서 2시간 정도 떨어진 곳에 있는 한 작은 마을에 있는 고아원에 봉사활동 하러 간다고 말한다. 나도 봉사활동 한 번 해보고 싶었는데 잘 되었다 싶어서 같이 가자고 그에게 제안했다. 너무나 갑작스럽게 제안해서 준뻐는 조금 당황하는 것 같아 보였지만 같이 갈 친구가 있다는 것에 그 또한 좋아서 한 번 알아보겠다며 고아원에 전화를 했다. 그 고아원 담당자는 수십 년 전에 일본에서 건너온 할머니였다.

나이로비에서 고아원까지 거리는 가까웠지만, 버스가 뱅글뱅글 돌아가서 그런지 나이로비 시내에서 2시간 정도 걸렸다. 가는 길에 사람들과 경찰들이 이 길거리를 걸어갈 때 항상 조심하라며 계속해서 당부했다. 좀 무섭기도 했지만 준뻐와 함께 가다 보니 부담감이 덜했다. 가는 길에 조금 헤매기는 했지만 사람들에게 묻고 물어서 마침내 고아원에 도착할 수 있었다. 그곳은 정말 나이로비와 상반된 빈민가였다. 모든 거리는 아스팔트가 아닌 흙길이었고, 거리에 주인 없는 동물들이 돌아다니고 쓰레기가 널려 있었다. 고아원 담당자는 준뻐와 나를 어떤 방으로 안내했다.

고아원으로 가는 길거리

"이곳은 빈집을 터는 도둑이 많이 있으니 귀중품이 있으면 꼭꼭 잘 숨겨서 보관해주세요."

"고아원을 털어가는 도둑도 있나요?"

"네. 외부에서 손님이 올 때마다 도둑들이 눈여겨 보았다가 잠깐 어디 나간 사이에 싹 털어가곤 해요. 심지어 새벽에 한 도둑이 벽을 부수고 들어와 컴퓨터를 훔쳐 가기도 했어요."

고아원에 있는 동안 숙지해야 할 사항들을 담당자분께 듣고 고아원에 있는 친구들과 한 명씩 인사했다. 먼저 첫날은 서로에 대해 알아가는 시간을 가졌다. 아이들은 무척이나 호기심이 많았고, 내가 무언가를 하고 있으면 옆에 와서 호기심 많은 눈빛으로 물어보기도 했다.

"이게 뭐야?"

새에게 모이주는 아이들

"이건 또 어떻게 쓰는 거야?"

아이들은 특히 노래 듣는 것을 굉장히 좋아했다. 브루노 마스(Bruno Mars)의 Just the way you are는 고아원에 있는 아이들이 다들 너무나도 좋아해서 매일 같이 모여서 노래를 부르곤 했다. 그리고 아이들은 아침이 되면 새벽 6시부터 일어나 청소를 했다. 아이들은 무척이나 부지런했다. 누가 시키지 않아도 다들 맡은 구역들을 청소했다. 뭔가 대충대충 하는 감은 있었지만 말이다.

아이들은 아침 7시가 되면 학교로 등교했다가 오후 12시쯤이면 점심을 먹으러 다시 고아원으로 돌아왔는데, 자신들이 먹을 밥을 스스로 만들어 먹었다. 밥은 주로 나무줄기 비슷하게 생긴 것을 쪄서 먹었다. 맛은 특이했다. 고구마 같기도 하면서 감자 같기도 했는데 처음엔 먹을 만했지만 먹다 보니 금방 질리곤 했다. 원래 밥은 고기와 함께 먹어야 맛있는데, 이들에게 고기는 워낙 비싼 음식이다 보니 고기는 고아원에 있는 동안 딱 한 번 먹을 수 있었다. 하루는 아이들이 요리하려고 버터를 뜯었는데 개미 수백 마리가 버터 안에서 득실거리고 있었다.

"그거 버터 안에 개미가 너무 많지 않아? 다 버리자."

"아니야. 이거 다 먹을 수 있는 거야."

아이들은 그냥 숟가락으로 겉에 붙어있는 개미를 대충 걸러내고 버터를 한 숟갈 듬뿍 퍼서 국에 넣었다. 금방 퍼 올린 버터에 개미가 100마리는 넘게 빠진 것 같다. 그리고 국을 팔팔 끓여서 그릇에 담았다. 아직 숟가락으로 푸지도 않았는데 개미들이 둥둥 떠다녔다. 처음엔 개미들을 일일이 다 걸러내면서 먹었는데, 준뽀도 아이들도 아무도 개미에 대해 신경 쓰지 않고 너무나 잘 먹고 있었다. 나 혼자 괜히 깔끔한 척하는 것처럼 보여서 나도 그냥 개미들을 냠냠 씹어 먹었다. 옛날에 어른들이 했던 말이 생각났다.

"그래 다 피가 되고 살이 되겠지."

난 주변 사람들이 더러워하면 나도 더럽게 느껴졌고, 다 아무렇지 않게 생각하면 나도 아무렇지 않은 듯 행동했다. 주변 사람들이 밝게 웃으면서 나를 대해주면 나도 밝아졌고, 분위기가 차가운 곳으로 가면 나도 차갑게 변했다. 나는 성격이란 나 자신이 만들어 나가는 거라고 생각했는데, 주변 환경이 내 성격에 미치는 영향도 매우 크다는 생각이 들었다. 내가 나를 바꾸는 게 아니라 나는 마치 카멜레온처럼 환경에 따라 변하고 있었다.

밥을 먹고 있는데 고아원에서 키우는 거위 3형제가 밥 냄새를 맡고 몰려왔다. 거위들은 배가 고프다며 꽥꽥 울어댔다. 고아원 아이들은 그 맛없는 나무줄기 같은 걸 던져주었다. 거위들은 나무줄기를 몇 번 먹어

나무 줄기처럼 생긴 음식

개미가 득실거리는 버터

보더니 맛이 없다는 걸 깨달았는지 던져 줘도 먹지 않았다. 한 아이는 거위들과 장난을 치는 걸 참 좋아했다. 그는 거위를 교육해야 한다며 갑자기 거위를 향해 소리를 지르며 달려갔다.

"이야야야야아~"

그랬더니 거위들이 다 놀라서 도망가기 시작했다.

"꽤애애애액~"

"저 녀석들 진짜 말 안 들으면 내가 엉덩이를 그냥 확 차 버릴 거야! 저기 뒤쪽에 가면 다른 불만 많은 거위 한 녀석이 더 있는데, 볼 때마다 나한테 씩씩거리고 또 도망가지도 않아. 그 녀석은 아직 교육이 덜 되어서 그래. 그런데 그 녀석은 지금 임신 중이라 나중에 임신이 끝나면 엉덩이를 확 차 버릴 거야!"

아이들은 거위를 위협하는 것처럼 보였지만, 실은 그저 순수한 마음으로 거위와 장난치고 싶어 했다. 우리는 해가 질 무렵 마당에서 아이들과 공을 찼고, 저녁이 되면 텔레비전을 보거나 컴퓨터를 하기도 했다.

그런데 나도 가져 본 적 없는 플레이 스테이션을 본 것은 충격이었다.

음식을 달라며 조르고 있는 거위 삼형제

누군가가 기부했나 보다.

아이들은 하루하루 정해진 시간표에 따라 움직였다. 나와 준뽀는 오전과 오후 시간을 나누어 양털을 분류하는 일을 했다. 이곳은 양털을 이용해서 수작업으로 인형을 만드는데, 그 인형들을 판매해서 수익을 얻고, 그 수익의 일부를 고아원 운영에 썼다. 고아원에 인형을 만드는 사람들도 따로 있었는데, 모든 게 수작업이어서 인형 하나 만드는데 많은 시간이 걸렸지만, 수공예인형인 만큼 비싸게 팔렸다. 완성품은 나이로비에 있는 기린보호센터에서 팔았는데, 많은 여행자가 그곳에서 인형을 사 갔다.

내가 맡은 일은 양털 손질. 양털은 똥과 먼지로 꼬여 있는데 이것들을 다 가위로 오려내고 깨끗한 양털만 뽑았다. 쉬울 것 같지만 시간이 오래 걸렸다. 8시간을 일해도 한 자루가 나오지 않았다. 그래도 고아원 담당자분께서 이 정도면 충분히 도움이 되었다며 고마워하셨다.

양털 손질 중

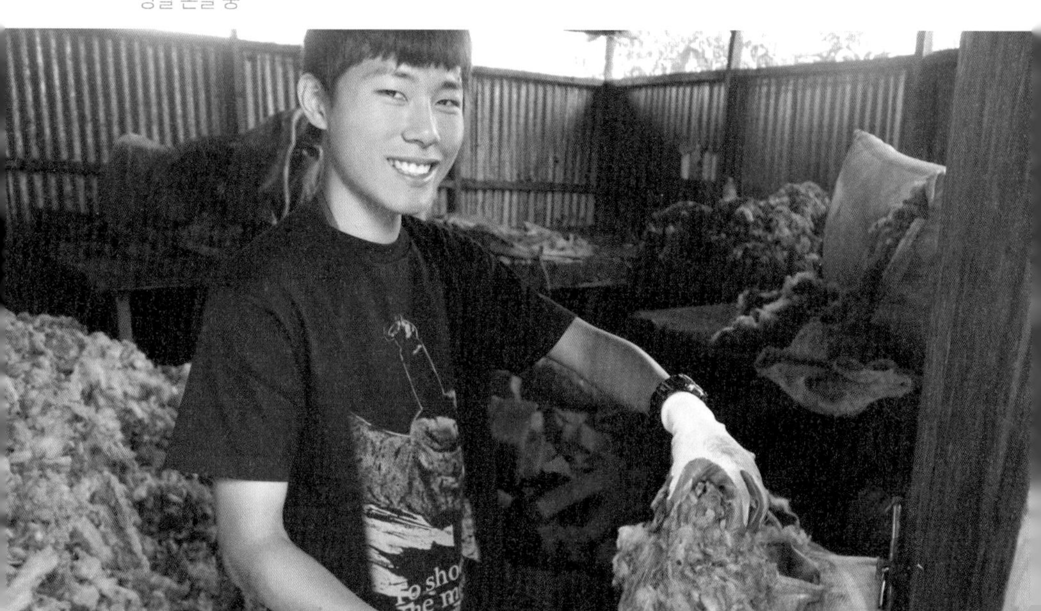

2-3
틀에 박힌 생각

양털을 다 손질하면 무척이나 배가 고팠는데 매번 나무줄기만 먹다 보니 준뽀도 고기를 먹고 싶어 했다.

"준뽀, 고기 먹으러 가는 거 어때?"

"아, 나도 고기가 필요했어. 가자! 가자!"

고기는 내 주요 에너지원이었는데 몇 일째 고기를 안 먹었더니 힘이 빠지는 것 같았다. 그래서 준뽀와 나는 마트에 가서 소시지와 닭고기를 사서 에너지를 보충했다.

아이들에게도 고기를 사 주고 싶었는데 10명 넘는 아이들에게 사주기에는 무리일 것 같았다. 그래서 과자와 음료수를 사 주기로 했다. 우리는 고아원으로 돌아왔고, 저녁에 온 가족이 모여서 같이 저녁을 먹었다. 아이들은 저녁을 먹을 때마다 고아원을 관리하시는 할머니께 감사의 인사를 전했다.

"오늘도 저희를 보살펴 주시고 챙겨주신 우리 어머니께 감사드립니다. 맛있게 잘 먹겠습니다."

아이들은 그 할머니를 "엄마" 또는 "어머니"라고 불렀다. 고아원 담당자 할머니가 그들을 직접 낳지는 않았지만, 엄마의 정의는 어쩌면 나를 낳아준 사람이 아니라 나를 사랑으로 길러 준 사람이지 않을까라는 생각도 들었다.

저녁을 먹고 깜짝 선물로 아이들에게 과자와 음료수를 나누어 주었다.

"예! 예! 초콜릿~"

"난 이거 먹을래."

"난 저거."

세상 어디를 가나 과자를 싫어하는 아이는 없는 것 같다.

저녁을 먹은 아이들은 밤 9시까지 공부방에 모여서 공부를 하거나 숙제를 했다. 또 특별히 할 게 없는 친구들은 책을 읽기도 했다. 나는 아이들에게 뭐라도 알려주고 싶은 생각이 들어서 한 아이에게 일기를 쓰는 방법을 알려주기로 했다.

"너 혹시 일기 쓸 줄 알아?"

"아니, 그게 뭐야?"

"오늘 있었던 일 중에서 기억에 남는 일들을 글로 적는 거야."

"잘 모르겠어. 어떻게 쓰는 거야?"

"오늘 학교에서 어떤 일이 있었는지 생각나는 거 없어?"

"음……"

그 아이는 한참 동안 뜸을 들이다가 글을 쓰기 시작했다. 학교에서 있었던 이야기를 적었는데, 세 문장을 적더니 잠이 들었다. 그런데 일기를 쓰는 게 재미있었는지 다음 날은 말도 꺼내지 않았는데 혼자 일기장을 펴서 쓰기 시작했다. 이런 모습을 보니 뿌듯했다.

어느덧 닷새가 지나갔다. 더 있고 싶었지만, 케냐의 다른 모습도 보고 싶어서 떠나기로 했다. 떠나기 전날 아이들에게 줄 선물을 사러 마트에 갔다. 선물은 어떤 게 좋을까?

'아! 아이들이 잡기도 어려운 몽당연필을 쓰고 있었지! 필기구를 선물해야겠다.'

공책 한 권, 연필과 볼펜 각각 한 자루씩 샀다. 공책 겉표지를 보니 누가 봐도 아프리카에서 만든 제품이란 걸 알 수 있듯이 사자와 코뿔소같은 동물 사진이 크게 그려져 있었다. 아이들에게 깜짝 선물을 해주고 싶어서 검정 봉지에 선물을 담아 꽁꽁 묶어서 돌아갔다. 저녁을 먹고 아이들을 불렀다.

"짧은 시간이었지만 너희와 함께해서 정말 즐거웠어. 그리고 이곳을 소개해준 준뽀에게도 너무나 고마워. 내가 생각했던 것보다 너희는 너무나 밝고 긍정적이라 여기에 있는 동안 매일매일 행복했어. 모두 고마워."

아이들은 내가 간다는 말에 무척이나 아쉬워했고, 나는 아이들에게 선물을 나누어주었다.

"우와, 펜이다!"

"고마워, 조이……이곳을 방문한 사람은 많았지만 이렇게 선물까지 챙겨 준 사람은 네가 처음이야!"

고아원에서 보낸 5일은 참 값진 시간이었다. 나는 지금까지 고아원을 어둡고 침울한 이미지로 상상했는데, 이곳은 밝고 행복한 분위기였다. 나는 봉사를 하러 갔지만, 오히려 내가 더 봉사를 받았고, 즐거운 추억까지 얻을 수 있었다.

공책을 선물받고 기뻐 하는 아이들

03
알려지지 않은 땅을 찾아서

3-1 성희롱 범

3-2 예측 불가능한 아프리카

3-3 직접 찾아간 첫 오지마을, 이소카

3-4 숙소도 없고 식당도 없는 곳

3-5 삶과 죽음

3-1
성희롱범

여기는 탄자니아. 아프리카에 왔으니 사파리 여행도 하고 부족민들도 보았는데 아직도 미련이 남는 건 무엇 때문일까? 나는 조금 더 아프리카에 대해 알고 싶었다. 아프리카 시골 마을에 있는 사람들은 어떻게 살아가는지 너무나도 궁금했다. 그래서 여행자들이 아무도 가지 않고 그곳에 대한 어떠한 정보조차 존재하지 않는 그런 깡촌 시골 마을에 한 번 가 보고 싶었다. 어디를 여행할지 생각하고 있는데 같은 숙소에 있던 한 탄자니아인이 나를 툭툭 쳤다.

"너 한국에서 왔어?"

"응. 왜?"

"아니, 내가 한국을 정말 좋아하거든. 한국 드라마가 정말 재미있긴 한데, 너 혹시 왜 한국드라마는 남자나 여자 둘 중의 한 명은 진짜 부자고 한 명은 가난한 줄 알아?"

"음... 글쎄..."

질문이 참 어려웠다.

"그런데 있잖아, 한국은 가난한 사람도 스마트폰을 쓰고 무척이나 깨끗하고 멋진 집에 사는 게 사실이야? TV보니까 가난한 사람들도 그렇게 잘 살던데..."

"글쎄..."

계속해서 이어지는 난처한 질문에 대답할 수 없었다. 다음 날 탄자니아 모시에서 하룻밤을 머물고 있는데 한 프랑스 여행자가 정보 하나를 알려주었다.

"너 여기 다음엔 어디로 가?"

"글쎄... 좋은 곳 있으면 네가 한 번 추천해 줄래?"

"너 혹시 시골 마을 여행 좋아해?"

"좋지!"

"탄자니아 서쪽 해변에 팡가니라는 조그만 마을이 있어. 사람들도 좋고 개인적으로 정말 좋았어."

"오! 해변도 있어? 내일 거기로 가야겠다."

모시에서 팡가니까지 꼬박 하루가 걸렸다. 새벽 일찍 출발했지만, 오

팡가니해변에서 바라본 일몰

후 늦게 팡가니에 도착했다. 다음 날 마을을 한 바퀴 둘러보는데, 이곳 마을 사람들은 정말 친절했다. 눈빛을 마주치면 미소를 지었고, 걸어가다 보면 아이들이 말을 걸기도 했다. 그리고 팡가니 해변에 도착했다.

팡가니 바닷가는 다른 바닷가와 달리 조금 특별했다. 물 깊이가 너무 얕았다. 그런데 주변을 둘러보니 깊어 보이는 곳이 한군데 보였다. 바로 강과 바다가 만나는 지점이었다. 이집트 나일강도 건넜는데 이 정도 강을 못 건널까 싶어서 그 강을 한 번 건너보기로 했다. 하지만 한 걸음씩 앞으로 걸어가니 강 쪽은 수심이 금방 깊어졌다. 몇 발자국만 갔는데 벌써 물이 가슴까지 왔다. 한 걸음 더 내딛자 발이 닿지 않았다. 갑자기 쑥 물 밑으로 빠졌다. 게다가 그곳에 급류가 흐르고 있었다. 한 발자국 차이인데 이렇게 물살이 달라질 줄 몰랐다. 엄청난 급류가 나를 바다로 밀어냈다. 물이 강에서 바다로 엄청 빠르게 흘러가는 것이다. 나는 겁이 나서 다시 해변으로 헤엄쳐 왔다.

그런데 다시 해변으로 돌아오니 무척이나 지루했다. 할 것도 딱히 없어서 다시 한 번 도전했다. 하지만 내가 기분을 잘못 느낀 것이 아니었다. 그 순간을 넘어가자 또다시 급류에 휩쓸렸다. 열심히 헤엄쳐서 제자리로 돌아왔지만 잘못하면 죽을 수도 있을 것만 같아서 수영을 포기하고 숙소로 돌아갔다.

다음 주 화요일 잠비아로 가는 기차를 예약하기 위해 탄자니아 수도 다르에스살람에 가야 한다. 다음 날 아침 바나나를 먹고 버스를 기다리면서 양치질을 하는데 한 사람이 나에게 소리쳤다.

"야! 너 길에서 양치질하면 안 돼! 화장실에 가서 하거나 숨어서 해!"

"응?"

"여기선 사람들 앞에서 양치질 하는 게 사람들 보는 앞에서 소변을 누는 거랑 똑같아."

"아, 정말? 미안해... 몰랐어."

지금까지 시골 마을들을 여행하면서 길에서 양치질한다고 혼난 것은 처음이다. 나는 버스를 하루 종일 타고 다르에스살람으로 갔다. 다르에스살람에 YWCA라고 여행자들에게 잘 알려진 여행자 숙소가 있다. 그곳에 케냐 나이로비에서 만났던 일본인 친구 키키가 있었다. 아프리카는 여행자들이 가는 숙소가 다 비슷해서 루트가 비슷하면 나라를 옮겨도 몇 번씩 마주쳤다.

"어! 키키 너 여기에 있었어?"

"조이! 와우! 넌 어디 갔다 여기로 온 거야?"

나는 키키와 오랜만에 만나서 서로 있었던 일들을 풀어나가기 시작했다. 키키는 나와 같은 방인 8인실에 있었는데, 이 방에 다른 일본인 2명이 더 있었다. 아프리카는 일본인 여행자가 많다. 간단히 인사하고 수다를 좀 떨다가 나는 배가 고파서 저녁을 먹으러 나갔다. 그런데 여러 식당을 둘러보니 가격이 생각보다 상당히 비쌌다.

"여기, 아프리카 맞아?"

주로 현지인들이 찾는 식당인데 한 끼에 한국 돈으로 4,000~5,000원씩이나 한다. 내가 싼 음식을 못 찾는 걸까? 일단 밥을 먹고 숙소로 돌아왔다.

"어? 너희 아직 숙소에 있었네."

"응. 아까 오후에 돌아다니다 한 인도인을 만났는데, 일본에 대해 정말 관심이 많고 또 친구 중에서 일본대사관에서 일하는 친구가 있다며 저녁을 우리랑 같이 밥을 먹고 싶대. 그래서 이제 준비하고 나가려고."

"아, 그래? 그럼 재미있게 놀다 와."

하루 종일 버스를 타고 와서 그런지 무척이나 피곤해서 일찍 자기로 했다. 일단 따뜻한 물로 샤워하고 침대에 누웠다. 아프리카는 항상 더

울 거라고 생각했는데, 날씨는 생각보다 선선했으며, 특히 아침과 밤에 쌀쌀했다.

잠을 자는데 계속 부스럭거리는 소리가 난다.
"부스럭……. 부스럭……."
원래 내 옆자리에 아무도 없었는데 밤에 누군가 새로 들어왔나 보다. 그는 잠이 안 오는지 자꾸 몸을 이리저리 뒤척였다. 그냥 무시하고 잠을 자려고 하는데 그 친구는 계속해서 알 수 없는 행동을 했다. 가만히 누워 있다가 갑자기 앉아 있기도 했다가 다시 누워서 혼잣말한다. 그가 바로 내 옆자리다 보니 계속해서 신경이 거슬렸다. 그래서 일단 자는 척하면서 그의 행동을 계속 지켜보기로 했다. 행동이 너무 이상해서 무슨 짓을 저지를 것 같았다.
'저 녀석 설마...우리가 잠든 사이 물건을 털어가지 않을까? 도둑인가?'
심장이 두근거렸다.
'내가 만약 모른 체 하고 자버리면 무슨 일이 벌어지지 않을까? 막을 수 있는 사고인데 이대로 무시해 버리는 건 무책임하지 않을까?'
그는 움직이기 시작했다. 정말 무언가 음모를 꾸미고 있는 것 같다. 그는 반대편에 자는 일본인 여자에게 다가갔다.
'설마... 도둑이 아니라 성희롱을 할 생각인가?'
난 머릿속이 갑자기 복잡해 졌다.
'어쩌면 이미 성희롱하고 있지 않을까? 일본인 여자애는 소리 지르고 싶어도 못지르는 상황이 아닐까? 지금 나서야 하나? 일단 자기 자리를 떠나서 반대편에 위치한 그 일본인 여자애 자리까지 간 것만 해도 말이 안되니까 증거라도 남기게 사진을 찍자.'
나는 이불 속에서 사진기를 플래시 모드로 설정했다. 그리고 플래시

성희롱을 하려고 하는 인도인

를 터트리며 사진을 찍었다.

번쩍!

"너 지금 뭐 하는 거야!"

나는 소리를 지르며 일어나서 불을 켰다. 그러자 숙소에서 자던 사람들이 다 일어났다. 그리고 다시 물었다.

"너 지금 거기서 뭐 하는 거야!"

"뭐? 뭐 하긴 뭐해? 넌 내 일에 신경 쓰지 말고 잠이나 자."

"조이, 무슨 일이야?"

"아니, 이 이상한 애가 자기 자리도 아닌 일본인 여자애한테 이 시간에 가는 게 이상해서. 그런데 지금 몇 시야?"

"지금 새벽 4시."

새벽 4시에 화장실을 가는 것도 아니고 반대편에 누워있는 여자에게 가는 이유가 뭘까? 그는 이렇게 말했다.

"이 일본인 여자애는 내 친구야. 너희가 간섭할 일이 아니야. 잠이 안 와서 집에 가려고 그 말해 주려고 온 것뿐이야."

"말이 돼? 그게?"
그리고 그 일본인이 잠에서 깨어, 그녀에게 물었다.
"얘가 하는 말이 진짜야? 너 얘 친구야?"
"응… 어제 만난다고 했던 그 인도인이 이 친구야."
"봐. 맞다고 하잖아! 왜 넌 소리치고 난리야! 진짜 내가 여기서 뭐라도 했어?"
"……."
친구라고 하니 할 말이 없었다. 다시 그 일본인 여자에게 물었다.
"쟤가 너한테 무슨 짓 했어? 너 괜찮아 진짜?"
"나 괜찮아… 친구 맞아."
순간 많이 당황스러웠다. 더는 할 말도 없어졌다. 마치 내가 사과해야 할 입장이 되어 버린 것 같았다. 그러자 옆에서 지켜보던 캐나다 친구 알렉스가 그 인도인에게 말했다.
"너 아까부터 자는 척하면서 자꾸 내 쪽으로 다가와서 정말 불편했거든? 너 방금 이제 집에 간다는 말하려고 그 일본인에게 갔다고 했지? 그럼 말 했으니까 이제 집에 가."
"그래. 가려고 했어. 여기 애들은 왜 난리야!"
그 인도인이 떠나고 우리의 관심은 그 일본인 여자에게 쏠렸다.
"어떻게 된 거야? 저 인도인은 왜 여기까지 왔어?"
"아니… 어제 저녁을 같이 먹고 헤어지려고 작별인사를 했는데, 자꾸 따라올 거라고 해서… 내가 안 된다고 했는데도 끝까지 따라 왔어… 그리고 그 인도인도 여행자인 것처럼 숙소 주인아저씨를 속여서 돈을 지불하고 여기에 방을 배정받았어."
"아…그렇게 된 거구나. 그런데 너 진짜 괜찮아? 저 인도인이 아무 것도 안 했어?"
"아니… 어제부터 막 강제로 키스하려고 했는데 아까는 그 인도인 친구도 있고 부담스러워서 말을 못했어."

알렉스는 답답하다는 듯이 말했다.

"그 인도인은 네 친구가 아니야. 그리고 그 인도인 또한 너를 친구라고 생각하지 않을 거야. 그는 그저 너를 이용하려고 했을 뿐이라고."

"응... 미안해."

나도 그 일본인 여행자에게 똑같은 말을 하고 싶었다. 왜 그 인도인을 친구라고 말하는지 알 수가 없었다. 알렉스와 내가 어리둥절해 하고 있는데 키키가 다가와서 말했다.

"그녀는 전형적인 일본인이라 그래. 문제를 크게 만드는 걸 싫어하고, 자기주장도 굉장히 조심스러워해. 나도 여행을 나오기 전엔 그랬는데, 여행을 다니면서 많이 변했어. 이제 아무도 나를 일본인으로 보지 않아."

"그래? 그래도 아무 일도 없어서 다행이다."

"맞아. 나도 저 인도인이 자꾸만 치근덕거려서 싫었는데, 네가 때마침 일어나서 그 인도인을 내쫓아서 너무나 고마워. 나도 그렇게 해야 했는데... 정말 고마워. 조이"

"아, 아니야."

알렉스가 이렇게 말해주니 갑자기 쑥스러워졌다.

"하하! 난 조이가 막 소리치길래 우리 아침에 일찍 기차표 사러 가는 거 깜빡하고 늦잠 잔 줄 알았어."

그리고 날이 밝았다.

3-2
예측 불가능한 아프리카

알렉스와 키키는 나와 탄자니아 국경까지 가는 루트가 비슷해서 기차표를 사러 기차역으로 갔다. 그런데 기차가 떠나기 하루 전날이다 보니 침대칸은 매진이었다.

'어떻게 50시간을 앉아서 가지? 그냥 버스를 타고 일단 국경도시로 가야겠다.'

버스터미널은 시내에서 공항으로 가는 시간보다 버스터미널까지 가는 시간이 더 오래 걸릴 만큼 멀리 떨어져 있었다. 터미널에 도착했더니 이런! 국제선 버스터미널이 아니라 국내선 버스터미널로 왔다. 1km를 걸어서 국제버스터미널로 가는데 버스회사에서 일하는 호객꾼 한 명이 따라 붙었다.

"이쪽 버스가 제일 싸. 진짜. 이리 와."

키키와 나 그리고 알렉스는 여행 경험이 풍부해서 호객꾼은 그냥 무시하고 가는 게 제일 편하게 떼어 낼 방법이라는 걸 알고 있었다.

"오라고 거기 가지 마. 우리 회사도 국경으로 가는 표가 있어."

그런데 이 호객꾼은 떨어질 생각을 하지 않는다. 그렇게 20분을 걸었다. 이렇게 끈질긴 호객꾼은 처음 봤다. 안 되겠다 싶어서 그에게 말했다.

"우리 너희 회사 버스표 안 살 거야."

"……."

하지만 그는 내 말을 무시하고 계속해서 우리를 따라다녔다. 마침내 국제버스터미널에 도착하니 그곳에 더 많은 호객꾼들이 기다리고 있었다. 우리를 따라서 오던 호객꾼은 끝까지 우리를 따라오려고 했지만, 그곳에 있던 다른 호객꾼들에게 추방을 당했다. 호객꾼도 자기들 영역이 있나 보다. 알렉스, 나, 키키 이렇게 외국인 세 명이 버스터미널 앞을 어슬렁거리니 수많은 호객꾼이 붙었다. 그래서 우리는 서로 흩어져서 버스 가격을 알아보고 다시 중앙에서 모이기로 했다. 여러 군데를 둘러보니 내가 찾은 버스회사가 가장 저렴한 티켓을 판매하고 있었다.

"저, 혹시 버스 한 줄에 좌석이 몇 개나 있나요?"

"4개 있어요."

"에어컨 나와요?"

"그럼요. 에어컨 다 달려있어요."

"좋아요. 그럼 표를 세 장 살 테니 싸게 해 주세요."

우리는 이렇게 가장 싼 버스회사에서 티켓을 구입했다.

버스 출발시각은 다음 날 새벽 6시. 새벽 4시 30분에 일어나 짐을 챙기고 5시쯤 택시를 타고 다시 버스정류장으로 향했다. 그런데 이렇게 정신없는 버스터미널은 처음이다. 새벽이지만 버스가 수없이 많았고, 사람들도 바글바글했다. 내가 타야 할 버스도 찾기가 힘들어서 현지인들에게 표를 보여주며 계속 물어보았다. 탑승구 번호도 따로 없었다.

"이 버스를 타고 싶은데 어디에서 타야 해요?"

"저기 저쪽으로 더 뒤로 가."

마침내 내가 타고 갈 버스를 발견하고 안으로 들어갔다. 버스 상태는 충격이었다. 버스표를 살 때 보여줬던 깔끔한 버스 사진과 너무 달랐다. 나는 놀랐지만 키키와 알렉스는 이미 예상했던 것처럼 아무 내색도

하지 않았다. 나는 어제 표를 살 때 "버스가 뭐 다 똑같겠지. 제일 싼 것을 타자." 라고 말했는데, 미안한 마음이 들었다.

그리고 버스에 에어컨도 있었지만, 고장 났는지 버스를 타고 가면서 한 번도 틀지 않았다. 그래도 버스가 빨리 달려서 예상 시간보다 일찍 도착할 줄 알았는데, 버스는 한참을 달리다 갑자기 속도가 느려지더니 도로 한가운데에서 퍼져 버렸다. 아프리카 버스는 워낙 고장이 흔해서 고장 한 번쯤은 별로 신경이 쓰이지 않았다. 버스가 고장 나면 자연스럽게 내려서 수리했다. 보통 1시간 이내로 고치는데, 이번엔 1시간 30분이나 수리하고 승객들은 다시 버스에 올라탔다. 버스는 다시 씽씽 달리기 시작했다.

'혹시 기사님은 전직 카레이서가 아닐까?'

버스가 국립공원 지역으로 들어섰나 보다. 도로 옆으로 원숭이와 기린들이 돌아다니고 있었다. 다시 사파리 투어를 하는 기분이었다. 그런데 버스는 또 괴상한 소리를 내기 시작했다.

툭툭투투투투투투.

무언가 땅에 끌리는 소리 같았다. 버스를 대충 고쳐 놓다 보니 시도 때도 없이 고장 나는 것 같다. 그래도 이번엔 다행히 도로 한 가운데가 아닌 어느 작은 마을에 도착해서 버스가 고장 났다. 에티오피아에서 짝퉁 기술자에게 카메라를 수리받았을 때가 생각난다. 에티오피아 화산 투어에서 삼각대를 놓고 사진을 찍고 있었는데 삼각대가 바람에 날려서 카메라가 고장났다. 그래서 에티오피아 수도 아디스아바바로 가서 현지인 기술자에게 내 카메라를 맡겼다. 하지만 수리를 받은 지 1시간 만에 고장이 났고, 정상적으로 작동되는 다른 부분마저도 고장을 냈다.

버스도 마찬가지였다. 고치면 또 고장 나고 또 고치면 또 고장 나고… 언제 고칠지 모르는 버스 때문에 밥을 사 먹으러 갈 수도 없었다.

버스는 1시간이 지나도 출발할 생각을 안 했고, 나는 너무 배가 고파서 길거리 음식이라도 사 먹으러 갔다. 버스가 갑자기 휙 떠나버릴까 걱정이 되어 계속 버스를 주시하며 음식이 있는 도로 반대방향으로 걸어갔다. 그리고 구운 옥수수 하나와 땅콩 한 봉지를 샀다.

그때, 익숙한 그림들이 보였다. 〈태왕사신기〉, 〈시티헌터〉 등 한국 드라마가 들어있는 CD를 길거리에서 팔고 있었다. 한류 열풍은 아프리카까지 불고 있었다.

길 한가운데 고장나 멈춰버린 버스

버스를 고치고 있다.

버스는 고장 난 지 2시간이 지나서야 다시 출발했다. 승객들은 과속이 고장의 원인이라며 속도를 좀 줄여야 한다고 기사님께 항의했다. 그래서 버스가 정말 천천히 달렸다. 그러나 버스는 한 시간 만에 풀숲 한가운데에서 다시 고장 났다. 버스를 타고 가면서 한 번 고장은 잦았지만 세 번이나 고장 난 적은 처음이었다. 현지인들도 참지 못해서 히치하이킹으로 목적지까지 가는 사람이 있었고, 지나가던 구급차를 잡아타고 가는 사람들도 있었다.

또 한 시간을 수리해서 버스는 다시 움직이기 시작했다. 우리는 예상시간보다 5시간 이상 늦어져서 밤 10시쯤 국경 마을에 도착했다. 20~30시간이 넘는 버스도 많이 타 보았지만, 오늘 탔던 버스는 밥 한 끼도 제대로 먹지 못해서 힘들었던 것 같다.

다음 날, 숙소 근처에 있는 식당에 아침밥을 먹으러 갔다. 다들 아침밥을 그렇게 많이 먹는 편이 아니라서 계란에 감자튀김이 섞인 탄자니아 현지 음식 하나를 시켜서 나눠 먹기로 했다. 그리고 밥을 먹다가 키키는 너무 싱겁다며 식탁에 있는 소금을 들고 뿌렸는데, 알고 보니 그것

은 소금이 아니라 이쑤시개였다. 키키는 이쑤시개를 소금으로 착각했던 것이다. 그 모습을 보고 다들 배꼽을 잡고 웃었다.

키키는 참 별난 것 같다. 어떻게 보면 순수한 것 같기도 하다. 배낭 가방은 또 어찌나 큰지 내 배낭 가방도 크다는 소리를 많이 들었는데 키키 배낭 옆에 있으면 애기 같아 보인다. 무게도 23kg이나 되는데 정말 체력도 좋다.

그리고 나는 키키, 알렉스와 작별인사를 나누었다. 나는 잠비아로 향했고, 키키와 알렉스는 말라위로 떠났다.

"키키, 알렉스. 같이 여행해서 재미있었어!"

"그래, 조이. 우리도 너와 같이 여행해서 진짜 재미있었어. 조심히 여행해."

다시 만날 수 있을까 싶었지만 키키는 한국에서, 알렉스는 남아공에서 다시 만날 수 있었다.

3-3
직접 찾아간 첫 오지마을, 이소카

탄자니아 국경을 지나 잠비아 출입국사무소로 갔다. 비자를 발급받는데 직원이 비자 스티커를 떼는 도중에 실수로 스티커가 찢어졌다. 여권을 좀 깨끗이 쓰고 싶은 마음에 이거 말고 새 걸로 붙여달라고 말했지만, 그녀는 당당하게 여권에 비자스티커를 붙이면서 "웰컴 투 잠비아" 라고 말했다. 당황스럽지만 웃음이 나왔다. 직원도 웃겼는지 같이 웃었다.

잠비아에 들어왔으니 어디로 갈까? 수도 루사카로 갈까? 너무 멀리 떨어져 있어서 국경 마을에서 쉬고 싶었다. 지도를 살펴보니 국경 근처에 이소카(ISOKA)라는 마을이 보였다. 누구에게도 들어 본 적 없는 작은 마을에 간다는 게 조금 부담스러웠지만 "이런 깡촌마을 여행을 해보면 재미있지 않을까?" 라는 생각에 한번 가 보기로 했다.

마을이 워낙 작고 가는 사람들이 없다 보니 이소카로 향하는 버스도 별로 없었다. 도로에서 히치하이킹을 했는데, 차 한 대가 멈춰 서더니 돈을 좀 주면 거기까지 태워 주겠다고 한다. 아프리카는 공짜가 거의 없는 것 같다. 도와주면 그 대가로 항상 돈을 요구했다. 그래도 버스보다 훨씬 빨리 갈 수 있다는 생각에 차에 올라탔다. 차 안에는 나 말고도 많은 사람이 타고 있었다. 내가 외국인이어서 내게만 돈을 받고 차에 태우는 줄 알았는데, 이 사람들도 돈을 내고 히치하이킹을 했다. 차 안은 무척이나 비좁아서 불편했지만 그래도 2시간 정도밖에 걸리지 않아서 조금만 참기로 했다. 이소카에 도착하기 직전 갑자기 경찰이 검문했다.

"여권 있나요?"

"네."

"어디에 가시나요?"

"이소카에 가요."

"이소카에 무슨 일로 가요? 거기는 여행자가 가는 곳이 아닌데……"

"여행하러 가요. 제가 시골 여행을 좋아하거든요."

"이소카에서 숙박은 어떻게 할 건가요? 이소카에 아는 사람이 있나요?"

"처음 가는 거라 딱히 아는 사람은 없어요. 숙소는 가서 한 번 찾아볼 거에요."

"음……"

그 경찰에게 잘못 말했다간 이소카로 들어가지 못할 것 같았다. 이때 옆에 있던 현지인이 말했다.

"야, 너 저 경찰이 뭐라 하면 그냥 돈 좀 줘. 그럼 보내줘. 여기는 그게 빨라."

"그래?"

그래도 일단 기다려 보기로 했다. 계속해서 나를 붙잡아 놓으면 3,000원 정도 줘야겠다고 생각했다. 그런데 그 경찰관은 다른 경찰관들에게 무언가 계속해서 속닥속닥하더니 나를 그냥 통과시켜주었다.

마침내 이소카에 도착했다. 이소카는 생각했던 것처럼 정말 작은 마을이었다. 마을에 내리자마자 시장에 떨어졌는데, 역시나 여행객은 한 명도 찾아볼 수 없었다. 마을 사람들 시선이 모두 나를 집중했다. 조용한 시골마을에 중국인처럼 보이는 동양인 한 명이 들어왔으니 말이다. 홍콩영화의 영향으로 아프리카 사람들은 동양인만 보면 다 중국인으로 안다. 또 동양인들은 다 싸움을 잘하는 줄 알고 있다. 그래서 나를 보면 쿵후를 보여 달라니, 어떤 무술을 배웠는지부터 물어본다.

먼저 숙소를 알아보는데 호텔이라고 적혀 있는 간판을 보았다. 숙박비를 물어보니 처음엔 6,000원 정도를 불렀다. 하루 더 머무를 테니 좀 더 깎아달라고 했더니 4,000원까지 깎아주었다. 숙소 침대 시트는 깨끗해서 좋았는데, 천장에 말벌집이 있었다. 어쩐지 벌들이 자꾸 방을 들락날락한다 싶었다. 이곳도 샤워시설이 제대로 되어 있지 않아서 바가지에 물을 퍼서 씻어야 한다. 주인아저씨는 밤마다 물을 끓여서 나에게 따뜻한 물을 양동이에 채워서 주었다. 그 숙소는 작은 식당도 운영하고 있었는데, 한 끼에 1,500원으로 저렴했지만 맛있었다. 주로 흰 떡처럼 생긴 것과 고기 그리고 삶은 채소가 들어있는 밥을 사 먹었다.

다음 날 아침, 마을을 한 바퀴 둘러보는데 마을이 아주 마음에 들었다. 마을은 걸어서 20분이면 다 돌아다닐 수 있을 만큼 아담했는데, 내가 마을을 돌아다니면 아이들이 하나둘 몰려왔다. 그러다가 한 아이가 소리를 질렀다.

"외국인이 떴다!"

아이들은 그 소리를 듣더니 갑자기 20명 정도 우르르 몰려왔다. 그래서 당황스러웠는데, 아이들은 내가 가는 곳은 지구 끝까지라도 따라올 것 같은 기세로 계속해서 나를 따라왔다. 그리고 한 아이가 내게 사진을 찍어달라고 말했다.

"뽀또! 뽀또!"

adidas
14

milk

사진기를 꺼내서 찍는데 처음엔 부끄러워하는 듯 잠시 멈칫했지만 갑자기 자신만의 포즈를 취했다. 사진을 찍는 걸 조금 두려워하는 아이들도 있었는데, 한 아이가 찍는 걸 보고 서로 찍히려고 카메라 앞에서 포즈를 취했다. 아이들은 무척이나 해맑게 웃었다. 뭐가 그렇게 재미있는 건지 잘 모르겠지만 사진 찍을 때만큼은 웃지 않는 아이가 없었다. 그러다 보니 그냥 카메라 셔터를 누르기만 해도 예쁜 아프리카 아이들 사진이 나왔다.

마을 위쪽에 있는 시장으로 갔다. 아이들은 여전히 나를 떠날 생각을 하지 않았다. 시장에 들어서니 온 마을 사람들 시선이 내게로 집중되었다. 토마토 하나 사러 가는데도 어린이 20명이 우르르 따라다니는데 마치 골목대장이 된 기분이었다. 이곳 아이들은 쓰레기로 장난감을 만들어서 들고 다녔는데, 한 아이는 박스에 줄을 매달아서 끌고 다녔고, 한 아이는 나무를 깎아서 자동차 같은 걸 만들어 끌고 다니기도 했다.

대부분의 아이는 전혀 나를 경계하지 않고 내게 다가왔지만, 3~4살처럼 보이는 꼬마 소녀는 낡고 문드러진 곰 인형을 등에 업고 다니면서 나를 몰래 따라오며 힐끔힐끔 쳐다보았다. 내가 그 꼬마 소녀와 눈이 잠깐 마주치면 너무나도 부끄러워서 도망갔고, 어딘가에 숨기도 했다. 그리고 내가 다른 곳으로 가면 또다시 졸졸 따라오곤 했다.

마을 뒤편에 병원과 학교가 있다. 병원에 가보니 의사는 한 명인데 대략 80~100명의 환자가 자신의 차례를 기다리고 있었다. 그런데 이곳은 병원이 아니라고 한다. 알고 보니 병원은 마을에 없고 이곳은 간단한 질병만 치료할 수 있는 보건소였다. 이곳에서 먼저 진단하고 상태가 심각한 사람들만 따로 모아서 병원으로 보낸다. 줄이 워낙 길어서 진료를 받는데 하루 종일 기다려야 하는 상황이다. 그래도 그들은 익숙한지, 묵묵히 자기 차례를 기다렸다. 나도 그들의 기분을 느껴보려고 앉아서 같이

마을에 단 하나밖에 없는 진료소. 많은 사람들이 진찰을 받기위해 기다리고 있다.

기다려 보았는데, 10분 만에 답답해서 바로 나왔다. 조금 더 올라가니 학교가 있다는 간판이 보였다. 잠비아의 시골학교는 어떻게 생겼을까 궁금해서 가 보았다. 일반적으로 학교는 외부인이 함부로 들어가지 못하지만 선생님 동의를 얻으면 출입할 수 있다. 학교에 들어가자마자 급식소가 보였다. 그곳은 조리사나 영양사가 없고 요리를 가르치는 선생님이 한 분 계셨다. 그 선생님이 아이들에게 요리 실습을 지도하면서 점심을 만들었다. 오늘의 메뉴는 닭. 닭을 조리하는데 그냥 책상 같은 곳에 올려서 칼로 팍팍 내리찍어서 손질하는데 비위생적으로 보였다.

학교는 넓었다. 땅이 넓은데 인구가 적어서 그런지 학교 건물들을 넓게 퍼져서 지었다. 왼편에 조금 특이하게 생긴 건물이 있어서 들어가 보니 기숙사였다.

닭고기를 손질하는 아이들

기숙사 내부

시골학교 학생들

'나도 고등학교 때 기숙사 생활을 했었지.'

그런데 안에 들어가 보니 마치 마피아소굴 같다. 검은색 벽지를 붙였는데 학생들이 컬러 페인트 락카로 온 벽지에 낙서해 놓았다. 기숙사 내부는 무척이나 지저분했고, 따로 관리하는 사람이 없어 보였다. 하지만 학생들은 모두 밝고 친절했다. 그들은 열악한 환경에서 자라고 있었지만 불평하지 않고 매 순간을 즐기면서 사는 것처럼 보였다. 나는 텔레비전에서 보았던 병들고 가난해서 항상 슬퍼 보이는 아프리카 사람들을 아프리카 현지 어디에서도 찾아볼 수 없었다.

마을로 돌아가는 길에 미용실이 보여서 한 번 들어가 보았다. 미용실 한쪽 벽면에 약 50가지 다양한 머리스타일 사진이 붙어 있었는데 내 눈에 다 똑같아 보였다. 아프리카 사람들 머리스타일을 보면 대부분 빡빡

50가지의 다양한 머리 스타일

이였는데 미용실에 붙어있는 50가지 헤어스타일도 모두 빡빡이 스타일이었다. 그 미용실에서 머리를 자르고 있는 사람도 머리를 빡빡 밀고 있었다. 아프리카에서 머리를 자르면 나도 빡빡이가 될 것 같았다. 이집트에서 미리 짧게 자르고 오길 잘한 것 같다.

내일 잠비아의 수도 루사카로 떠나기 위해 버스표를 사러 갔다. 버스회사 두 곳이 있었는데 가격은 160콰차로 똑같았다. 일반적으로 표에 가격이 적혀 있으면 고정가격이라 흥정이 안 될 때가 많았지만 일단 한번 해 보기로 했다.

"160콰차? 혹시 할인 안 돼? 너무 비싸잖아."

"음……. 그럼 140콰차로 해 줄게. 어때?"

안될 줄 알았는데 20콰차나 깎았다. 더 깎을 수 있을 것 같아서 110콰차를 외쳤다.

"110콰차 해줘, 친구. 140콰차도 너무 비싸."

"그럼 130콰차. 정말 더 이상은 안 돼."

사실 140콰차도 그렇게 비싸지 않았지만, 가격을 협상할 땐 싼 가격도 그냥 비싸다고 말해서 장사꾼의 심리를 흔들어야 한다. 130콰차로 버스표를 사려는데 장부를 보니 현지인들은 110콰차에 표를 산 흔적이 남아 있었다.

"이건 뭐야? 여기 봐봐. 110콰차잖아. 나도 110콰차 해줘."

"아니야. 그건 루사카 가는 게 아니라 다른 구간이야."

"여기 루사카라고 적혀있는데? 그럼 나 그냥 옆에 있는 다른 버스 회사도 둘러보고 표 조금 있다가 살게. 나중에 올게."

"아, 알겠어. 미안해. 110콰차에 해 줄게."

"그래, 110콰차 좋아."

다음 날, 루사카로 가는 버스에 올라탔다. 겉보기에 고급버스처럼 생졌는데 좌석이 정말 비좁았다. 한 줄에 5개의 좌석이 있었고, 번호가 70번까지 있었다. 그래도 버스에 사람이 많지 않아서 조금 넓게 갈 수 있었는데, 저녁 9시쯤 어떤 아주머니가 내 옆에 앉았다. 자리는 무척이나 비좁았는데 아주머니 덩치가 엄청 커서 끼어서 갔다. 게다가 버스에선 노래를 최대 음향으로 틀었는데, 소리가 무척이나 커서 귀가 터질 것만 같았다.

'밤이 깊어지면 끄겠지.'

하지만 밤 12시가 지나도 끌 생각을 하지 않는다. 귀마개를 쓰면 조금 낫지 않을까 싶어서 귀마개를 썼는데 아무 효과가 없었다. 주위를 둘러보니 다른 사람들은 잘 자고 있다. 어떻게 저렇게 잘 잘 수 있을까?

'노래는 도대체 언제 꺼지는 거야...'

생각하며 꾸벅꾸벅 졸았다. 어쩌면 현지인들도 나처럼 생각하면서 자려고 노력만 하는 것일 수도 있겠다는 생각이 들었다. 소리를 좀 줄여달라고 말할까도 싶었지만 어쩌면 이게 기사님의 졸음운전을 방지하는 방법이 아닐까 싶어서 그냥 참기로 했다.

새벽 6시, 루사카에 무사히(?) 도착했다. 잠을 한숨도 못 잔 것 같다. 돌아다니다가 괜찮아 보이는 한 숙소를 발견하고 그곳에서 머무르기로 했다. 그리고 그동안 밀린 빨래를 했다. 숙소 옆에 빨랫줄이 걸려 있어서 옷들을 널어놓고 점심을 사 먹으러 밖으로 나갔는데 갑자기 비가 쏟아졌다.

쏴아아아아아아.

"아, 맞다! 빨래 널어놓고 왔는데 다 젖었겠다."

지금 숙소까지 뛰어가도 이미 다 젖은 게 뻔해서 그냥 포기하고 비가 그칠 때까지 마트 안에서 기다렸다. 비는 두 시간이 지나도록 계속 왔다. 가방 안에 노트북과 다른 전자기기들도 들어 있어서 비를 맞으면 고장 날 것 같아 비가 완전히 그친 뒤에 나가기로 했다. 한 시간이 더 지나자 비가 그쳐서 숙소로 돌아가 자기 전에 다시 한 번 빨래하고 밖에 널어놓고 잠을 잤다. 아침이 되어 빨래를 걷으러 갔는데 또 새벽에 비가 왔나 보다. 옷들이 다 젖어 있었다.

그래도 어제 하루 종일 비가 와서 그런지 오늘 아침은 햇빛이 쨍쨍했다. 다시 빨래를 하고 널었다. 밖에 나가서 놀고 있는데 또다시 먹구름이 몰려왔다.

"어! 이러면 안 되는데…"

빗물이 한 방울씩 뚝뚝 떨어지기 시작했다. 이건 마치 내 눈물 같았다.

"이러지 마… 내가 뭘 잘못한 거니?"

하늘은 내 마음을 아는 건지 모르는 건지 빗소리가 더욱더 커지기 시작했다.

투투투투툭.

그리고 또다시 비가 쏟아지기 시작했다.

쏴아아아아.

여행하면서 빨래를 두 번 한 적은 간혹 있었지만, 빨래를 세 번이나 한 것은 처음이다. 세 번째는 도저히 안 되겠다 싶어서 저녁을 먹고 와서 다시 빨래하고 다리미질을 두 시간 동안이나 했다. 오늘 밤에도 비가 올 수 있다 보니 옷들을 이번엔 숙소 방 안에 널어놓았다.

다음 날 아침, 새벽에 비가 오지 않은 것 같다. 방 안에 널어놓은 옷들은 조금 덜 마른 것 같았지만, 그냥 가방에 집어넣고 떠났다.

3-4
숙소도 없고 식당도 없는 곳

루사카에서 빅토리아 폭포가 있는 리빙스톤을 지나 다음 목적지인 짐바브웨로 향했다. 잠비아 국경에서 짐바브웨 돈으로 환전하려고 했는데 돈 단위가 세계에서 가장 컸다. 환전상들은 나에게 1,000억, 10조 단위의 돈을 보여주면서 이게 짐바브웨 돈이라며 10달러와 바꾸자고 했다. 뭔가 가짜 지폐 같기도 해서 다른 사람들에게 물어봤다.

"10조, 이거 진짜 쓸 수 있는 돈이에요?"

"그거 지금은 못써. 그냥 기념품이야. 짐바브웨는 자국 화폐를 쓰지 않고 미국 달러를 사용해."

"아... 그렇군요."

여행하면서 미국 달러가 얼마나 강력한 돈인지 다시 한 번 실감했다. 미국 달러는 짐바브웨, 캄보디아, 에콰도르 등 여러 나라에서 자국 화폐처럼 쓰이고 있었다.

나는 짐바브웨도 시골 마을 여행을 한번 해 보고 싶었다. 하지만 지도를 확인해 보니 근처에 갈만한 시골 마을이 하나도 보이지 않았다. 그래서 뿔라와요라는 도시에 가기로 했다. 버스로도 갈 수 있었는데 기차로 갈 수 있다는 말을 듣고 기차를 타고 싶어서 기차역으로 갔다.

기차역에서 목적지와 가격이 적혀 있는 표를 보니 뿔라와요로 가는 길에 무수히 많은 기차역이 있었다. 그런데 휴대폰을 켜서 지도를 확인해 보았지만 아무것도 보이지 않았다.

'도대체 얼마나 마을이 작으면 지도에도 표시가 되어 있지 않은 걸까? 한 번 가볼까?'

매표소로 갔다.

"뻘라와요 갈 거지?"

아저씨는 나를 보자마자 기다렸다는 듯이 뻘라와요행 기차 티켓을 건네주었다. 아무래도 모든 여행자가 이곳에서 뻘라와요로 가다 보니 그런 것 같다.

"아니요. 아저씨 여기 표에 적힌 마을로 가는 기차표 주실 수 있어요?"

"뭐? 너 거기 간다고? 거기는 아무것도 없어. 풀숲이야 풀숲!"

"진짜요? 기차역이 있으면 사람들이 살지 않아요?"

"사람들이 있기는 한데... 진짜 아무것도 없어. 숙소도 없고 식당도 없고 다 없어."

"괜찮아요. 제가 오지 마을 여행하는 걸 좋아해서요. 저 텐트도 있고 비상식량도 가지고 가요. 갔는데 아무것도 없으면 하루 텐트에서 지내다 다음날 떠날게요."

"그래, 그곳에 가면 나올 수 있는 유일한 방법이 하루에 1대 운행하는 기차뿐이야. 가게 되면 일단 하루는 꼭 그곳에서 지내야 해. 참나 이런 곳에 가는 여행자는 처음 봤어."

"네, 감사합니다."

다음 날 저녁, 음식을 잔뜩 사고 기차에 올라탔다. 기차 요금은 일등석, 이등석, 삼등석이 각각 1달러밖에 차이 나지 않아서 일등석 티켓을 끊었다. 일등석은 한 방에 2~4인이 사용하는데, 기차 차장님은 오늘 일등석을 쓰는 사람이 없다며 나 혼자 이 기차 칸을 통째로 다 쓰라고 말씀하시고 나가셨다. 정말 시간이 지나도 일등석 칸은 단 한 명도 타지 않았다. 그래서 조금 심심하기도 했다. 기차는 한참을 달리다가 갑자기 멈췄다. 여긴 어디지 싶어서 창밖을 보았는데 불빛조차 하나도 보이지 않았다. 가로등 하나 없는 곳이 기차역이라니… 짙은 어둠 속 풀숲 사이에서 사람들이 나와서 기차에 올라탔다.

'내가 가는 곳도 이런 곳일까? 마을에 정말 아무것도 없을까? 그냥 뽈라와요로 갈 걸 그랬나? 갔는데 정말 사람 한 명 없으면 어떡하지? 아니겠지…지금까지 내가 여행한 곳도 다 가기 전엔 무서웠지만, 막상 그곳에 도착하면 괜찮았으니까…괜찮겠지… 이번에도 괜찮을 거야… 겁먹지 말자.'

그리고 잠이 들었다. 목적지에 도착하기 30분 전, 기차 차장님께서 나를 깨웠다.

"일어나. 곧 도착해."

아침 6시 30분이 되었다. 기차는 아무것도 없는 허허벌판에 멈춰 섰다.

"여기가 네가 가려고 했었던 마을이야."

상상은 했지만 정말로 기차역에 아무것도 없었다. 매표소도 없고 탑승하는 곳도 따로 없고 그저 기찻길 한가운데에 기차가 멈춰 섰다. 기차 차장님은 내가 걱정이 많이 되었는지 그곳에 사는 마을 사람들에게 나를 잘 안내해 달라고 부탁했다. 나는 마을 사람들과 인사를 나누고 마을 안으로 들어갔다. 나무 사이를 지나가자 바로 조그마한 마을이 보였다. 마을이라기보다 집이 몇 채 있다고 말하는 게 더 맞는 표현일지도 모르겠다. 마을에 구멍가게가 두 곳 있었다. 그리고 그 중 로날드라는 한 친구가 나를 그의 구멍가게로 안내했다.

"너 오늘 어디서 잘 거야?"

"음... 글쎄 여기 어디 잘 만한 숙소 없어?"
"하하, 여기 그런 곳 없어."
"그럼 뭐 밖에다 텐트 치고 자도 괜찮을까?"
"그럼 그러지 말고 내 가게에서 하룻밤 지내."
"응? 여기? 하하."
"농담 아냐. 진짜 지내도 돼. 밖에서 자는 것보단 아무래도 우리 집에서 지내는 게 더 안전하니까."
기차를 타고 오면서부터 마을에 숙소가 없으면 어디서 자야 하나 많이 걱정했었는데, 다행히 오자마자 머무를 곳을 구할 수 있었다.
"고마워 로날드. 아, 그런데 이 마을은 밥을 사 먹을 수 있는 곳이나 식당 같은 곳은 없어?"
"응. 여기는 식당도 따로 없어. 자기가 먹을 건 다 해먹어."
숙소도 없고 식당도 없다. 이곳은 정말 아프리카 오지 그 자체였다. 그래도 그나마 다행이었던 건 오지라 하더라도 사람들이 영어를 웬만큼 잘 사용해서 의사소통은 전혀 문제가 되지 않았다. 나는 로날드네 구멍가게에 짐을 풀고 로날드 그리고 마을 친구들과 함께 밖으로 나가서 마을을 둘러보았다. 로날드는 마을에 대해서 하나씩 설명하기 시작했다. 로날드는 마치 여행사에서 일해 본 경험이 있는 것처럼 자세하게 설명해주었다.
"이곳은 옛날에 학교였는데 지금은 사용 안해."
"뭐? 여기가 학교였다고? 이렇게 작은 건물이?"
"옛날에 사람이 많이 살았는데 지금은 다 떠나고 없어."
"아…… 그렇구나."
"그리고 여기 울타리 쳐진 곳 보이지? 여기는 옛날에 소를 파는 곳이었어. 10년 전까지만 해도 백인들이 이곳에서 소를 많이 사 가곤 했어."

"뭐? 백인들도 왔었어? 이 작은 마을에?"

"응. 옛날엔 가끔 보였는데, 10년 전부터 아무도 안 와. 여기 봐봐. 소를 가두어 둔 울타리. 여기에 서서 경매를 했었고, 모든 흔적이 남아 있잖아."

그는 여행가이드처럼 설명을 잘 해주어서 나는 소 울타리 구경을 하는데도 마치 고대 도시를 둘러보는 묘한 기분이 들었다.

"아! 그리고 내가 재미있는 이야기 해 줄게."

"응. 좋아. 무슨 이야기인데?"

"내가 어릴 때 백인들이 많이 들어 왔었는데, 그때 한 백인이 우리 집 돼지를 막 잡아가려고 하는 거야."

"응."

"그래서 내가 막 뭐라 했지. 우리 집 돼지 왜 잡아가냐고! 그랬더니 백인이 당황해서 이 돼지 얼마냐고 물어보더라. 그래서 내가 이 돼지 한 마리에 300달러라고 했더니 조금 더 깎아주면 안 되냐고 하는 거야. 조금 깎아줘서 240달러에 팔았어. 그런데 사실은 그 돼지가 우리 집 돼지가 아니라 그냥 길거리 돼지였어. 하하!"

"진짜? 그런 일도 있었어? 하하!"

로날드는 항상 재치가 있었고 농담도 잘했다. 그래서 로날드와 같이 있으면 항상 즐거웠다. 우리는 좀 더 마을 안쪽으로 걸어갔는데, 큰 벌레 한 마리가 눈에 들어왔다. 자세히 보니 벌레가 똥을 굴리고 있었다. 실제로 쇠똥구리를 본 것은 처음이었다.

"와! 이게 쇠똥구리구나. 진짜로 똥을 굴리고 있네."

나는 쇠똥구리가 신기해서 사진을 찍었다.

"그게 그렇게 신기해? 너희 나라에 이런 거 없어?"

"응. 우리나라는 보기 드물어."

쇠똥구리는 생각했던 것보다 조금 컸고, 장수풍뎅이와 조금 비슷하게

열심히 똥을 굴리고 있는 쇠똥구리

생긴 것 같다. 그리고 쇠똥구리 주변에 수많은 날파리가 날아다녔다.

"그리고 여긴 우리 마을 촌장님댁이야."

"아, 그래? 여기가 마을 촌장님댁이야? 역시 촌장님 댁이라 그런지 마당이 넓네."

마을은 워낙 작다 보니 가는 곳마다 친구네 집이거나 친척 집 그리고 아는 지인의 집이었다.

"저기는 내 친구 집이고, 저 집은 친구의 삼촌 집이고, 또 저 집은 마을 경찰관의 집이야."

"마을에 경찰서도 있어?"

"아니. 따로 경찰서를 두지 않고 그냥 마을을 관리하는 경찰관이 1~2명 정도 있어."

그리고 조금 더 마을 깊숙이 들어가니 옥수수밭이 나왔다. 가는 길에

사탕수수를 먹고 있는 아이

사탕수수도 보여서 사탕수수를 하나씩 뜯어먹으며 걸어갔다. 에티오피아 사탕수수는 조금 더 굵고 크기도 컸는데, 짐바브웨 사탕수수는 얇고 색깔도 달랐다. 사탕수수를 처음 보았을 때 이걸 어떻게 먹지 싶었는데, 한 입 베어 먹고 나니 그 맛에 푹 빠져버렸다. 잘 익은 사탕수수를 먹을 때면 달달한 즙이 입안에 퍼졌다. 나무줄기에서 이렇게 달콤한 즙이 나오는 게 무척이나 신기했다. 사탕수수는 마치 자연이 주는 신선한 과자 같았다.

로날드는 나에게 소젖 짜는 걸 알려주겠다며 소 농장으로 데려갔다. 평소에 소들을 많이 보긴 했지만, 소젖은 한 번도 짜보지 않아서 한번 해 보고 싶었다. 로날드가 시범을 보였다. 손으로 젖을 잡고 쭉쭉 잡아

싱싱한 우유를 마시고 있는 로날드

당기니 소젖이 쭉쭉 나왔다. 겉보기에 그렇게 어렵게 보이지 않아서 나도 할 수 있을 것 같았다.

"나도 한번 해 볼래. 재미있겠다."

"그래, 한번 해봐. 이렇게 쭉쭉 잡아당기면 돼."

"그래!"

하지만 아무리 잡아당겨도 우유가 한 방울도 안 나온다. 로날드가 짜면 쭉쭉 나왔는데 내가 뭘 잘못했는지 알 수가 없었다.

"어라? 이게 생각보다 어렵네. 어떻게 해야 해?"

"그러니까 여기를 잡고 끝에서부터 쭉쭉 잡아당기면 돼."

"그러니까 여기를 잡고 쭉쭉 잡아당기면 된다는 거지?"

"그래."

그런데 아무리 해 보아도 소젖은 한 방울도 나올 생각을 하지 않았다.
"이거... 생각보다 어려운데?"
"그럼. 처음 할 땐 어려울 수도 있어. 우유나 좀 마셔야겠다."
로날드는 싱싱한 우유를 마시고 싶다며 그냥 소젖을 입에다 대고 쭉쭉 짜서 마시기 시작했다.
"야, 그거 그렇게 마셔도 괜찮아? 배탈 나. 너 큰일 나. 진짜."
"아니야. 괜찮아. 어릴 때부터 계속 이렇게 마셨어. 너도 한 번 마셔봐 맛있어."
"아, 하하... 난 괜찮아."
"내가 소랑 친해지는 방법 알려줄까?"
"뭔데?"
로날드는 갑자기 소 똥구멍을 긁기 시작했다.
"너 지금 뭐하는 거야? 그건 왜 긁어?"
"여기 잘 봐."
그리고 로날드는 나에게 무언가를 보여 주었다.
"으... 징그러워... 저게 뭐야?"
알고 보니 소 똥구멍에 살고 있는 기생충을 잡고 있었다.
"기생충을 잡아주면 소들이 좋아해. 그래서 친구처럼 금방 소들과 친해질 수 있지."
"그래? 그냥 안 친해질래. 하하!"
우리는 로날드 가게로 돌아갔다.
"로날드! 그런데 여기 화장실 있어?"
"응. 저기 작은 건물 보이지? 저곳이 화장실이야."
로날드가 알려준 작은 건물 안으로 들어가 보았는데 화장실에 문이 따로 없었다. 그냥 건물 안으로 들어가서 오른쪽으로 한 번 꺾으니 조그만 구멍이 하나 있었다. 화장실을 다녀오니 로날드는 배가 고팠는지 점심을 먹고 있다. 잠비아에서 먹은 떡과 비슷한 것으로 보였는데 맛이 워낙 특이해서 먹을 수가 없었다. 로날드는 내가 밥을 잘 먹지 못하는 모습이 안타까웠는지 닭을 한 마리 잡아먹자고 말했다. 아무것도 없는 이 마을 어디에서 치킨을 사서 먹지? 로날드는 밖으로 나가 아이들을 불러 모았다. 그리고 아이들에게 "오늘 닭 한 마리 잡자!" 라고 말했더니 아이들은 닭을 잡으러 달려갔다.

"와~ 닭 잡자!"

닭들은 잡히지 않으려고 온 동네를 다 도망쳐다녔지만 결국 아이들 손에 잡히고 말았다. 로날드 친구 가운데 닭요리를 전문으로 하는 사람이 있었다. 아이들이 그에게 닭을 바쳤더니 그는 닭 목을 비틀고 칼로 닭 목을 단번에 슥 베어버렸다. 닭 머리가 뚝 떨어져 나가서 바로 죽을 줄 알았는데 닭은 한참이나 바둥바둥 움직였다. 그는 닭이 움직이지

저녁 식사용 닭

지 못하게 꽉 잡고 있었다.

"머리도 없는데 어떻게 저렇게 움직이지? 혹시 저거 풀어주면 어떻게 돼?"

"그냥 머리 없는 채로 도망가."

"아, 진짜?"

3분 후 닭이 완전히 죽고 나서 뜨거운 물에 담갔다.

"뜨거운 물에 닭을 넣으면 털이 잘 뽑혀?"

"응. 그냥 쑥쑥 뽑혀. 한 5분 정도 넣어두고 뽑으면 돼."

그는 털을 뽑기 시작했다. 털을 다 뽑자 마트에서 판매하는 알몸 닭이 나왔다.

'아, 이렇게 닭이 나오는구나!'

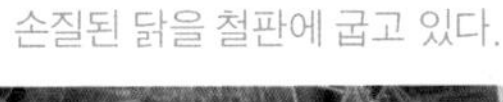

손질된 닭을 철판에 굽고 있다.

그는 닭을 잘게 잘라 철판에 올려서 굽기 시작했다. 닭 냄새가 온 마을에 퍼졌는지 많은 아이들이 몰려왔다. 로날드는 아이들에게 닭을 조금씩 잘라서 나누어 주었다. 닭 내장은 로날드가 키우는 강아지에게 던져 주었다.

"저런 거 그냥 개한테 던져 줘도 괜찮아?"

"괜찮아. 우리 개 아무거나 다 잘 먹어."

"아니, 그게 아니라, 배탈이나 병 안 나?"

"응. 아주 튼튼해."

"그렇구나! 하하."

치킨을 다 먹고 해 질 무렵 공터로 축구경기를 하러 갔다. 골대도 없고, 운동화도 없고, 축구화도 없었지만, 마을 사람들은 신나게 축구 경기에

마을아이들과 축구 게임

에 임했다. 나는 축구를 잘 못 하다 보니 한 게임만 참여하고 옆에서 축구를 지켜보는데, 앵그리버드 모자를 쓴 한 소년이 내 옆으로 왔다.

"안녕, 조이. 난 네가 우리 마을에 와서 너무 좋아."

"나도 이곳에 오게 되어서 정말 기뻐."

"여기 마을에 있으면서 외국인은 처음 봤어."

"정말? 지금까지 한 명도 안 왔어?"

"몇 번 다른 나라에서 온 외국인은 있었지만 아프리카 사람들이었어."

"그렇구나. 여기 마을 사람들은 정말 다들 친절하고 활기찬 것 같아."

"응. 나도 내 마을이 정말 좋아. 조이는 언제까지 여기에 있을 생각이야?"

"나 아무래도 내일 가지 않을까 싶어."

"내일? 그렇게 빨리 가?"

"응. 아무래도 숙소도 없고 식당도 없다 보니 조금 더 오랫동안 있기엔 로날드도 많이 불편해할 것 같아서."

"그렇구나. 그래도 오늘 하루 조이랑 같이 다녀서 무척이나 즐거웠어."

"나도 오늘 재미있었어."

그는 너무나도 순수해 보였다. 오늘 하루 로날드와 같이 다녔을 뿐인데 마치 오랫동안 알고 지낸 사이 같았다. 축구 경기가 끝나고 밤이 깊어지자 마을 친구들은 각자 집으로 돌아갔고, 나도 로날드의 구멍가게로 돌아갔다. 마을은 가로등 하나도 없어서 집 밖을 바라보면 온통 암흑세계였다. 그래도 로날드의 가게에 들락날락하는 사람들이 있었다. 구멍가게는 저녁 8시까지 열려 있었다.

"조이, 너 언제 갈 생각이야?"

"나? 내일 아침 기차 타고 가려고. 7시 30분쯤 기차가 오지 않아?"
"아니야. 기차 시간은 매일 바뀌어. 내가 내일 알려줄게."
나는 텐트 안에 들어가서 잠을 잤다. 로날드는 구멍가게 안쪽에 조그만 방이 하나 있었는데 그곳에서 잠을 잤다.

아침이 되었다. 로날드가 소리쳤다.
"들린다! 들려! 기차 온다. 지금 오고 있어. 조이, 일어나!"
"뭐? 벌써 기차가 오고 있다고? 그래, 빨리 짐을 챙겨야겠다."
"천천히 해. 괜찮아."
나는 기차가 오고 있는데 천천히 준비하라는 로날드를 이해할 수 없었다. 그리고 허겁지겁 가방을 메고 기찻길로 나갔는데 기차가 없었다.
"로날드, 기차가 어디에 있는 거야? 기차 소리도 안 들리는데?"
"아니야. 지금 기차가 오고 있어. 이 소리 안들려? 기차 오는 소리?"
정신을 집중해서 귀를 기울여 보았다.
"아무 소리도 안 들리는데? 너 장난치는 거지?"
"아니야. 진짜 너 이 소리 안 들려?"
"응. 전혀. 기차는 언제 올 것 같아?"
"지금 15~20km 정도 떨어져 있으니까 한 30분 정도 있다가?"
"뭐? 넌 지금 그렇게 멀리 떨어져 있는 기차 소리가 들린다고 생각해?"
도저히 믿어지지 않아서 기차를 기다리고 있는 다른 사람들에게 물어보았다.
"야, 넌 지금 기차 오는 소리가 들려?"
"응. 들리는데. 지금 오고 있어."
이건 말도 안 될 정도로 신기했다. 어제 만난 앵그리버드 소년에게도 물어보았다.

"너 들려?"
"응. 들려."
"와… 이럴 수가! 기차 소리가 들린다고?"
내가 놀란 표정을 짓고 있으니 친구들은 다른 소리를 들을 수도 있다고 한다.
"조이, 너 혹시 여기 마을에서 주인 없이 그저 떠돌아다니는 소들 본 적 있지?"
"응. 봤었지."
"소 목을 자세히 보면 종이 하나씩 달려 있는데, 그 종소리만 들어도 누구 집 소인지, 또 지금 소가 어디에 있는지 다 들을 수 있어."
"이건 정말 믿을 수 없어… 지금도 종소리가 들려?"
"응. 지금 저기 왼쪽 저편에 옆집 친구네 소 두 마리가 걸어가고 있어."
"아무것도 안 들리는데?"
"조이, 너도 여기 마을에서 살다 보면 그렇게 될 거야. 계속 지내다 보면 멀리 있는 기차 소리나 소 종소리까지 다 들려."
다시 한 번 정신을 집중했지만 기차 소리는 여전히 안 들리고 마을에 정적만 흘렀다. 그리고 조금 있다 앵그리버드 소년이 말했다.
"어! 기차 소리 이제 안 들린다."
"응? 기차 소리가 왜 갑자기 안 들려?"
"아무래도 지금 다른 역에 정차한 것 같아."
"하하"
이 사실을 정말 받아들여야 하나? 내 귀를 의심했다.
"이제 정말 가까이 왔어. 기차는 10분 후에 여기로 도착할 거야."
그가 그렇게 말하고 나서 5분 후 나도 기차 소리를 들을 수 있었다.
우우우웅.

"드디어 들린다! 들려! 이제 들려! 너희 귀 진짜 좋구나!"

기차가 마을 앞 기찻길에 멈춰 섰다. 앵그리소년은 나에게 팔을 X자로 만들어서 가슴에 대고 말했다.

"조이, 이 마크를 기억해. 우린 멀리 떨어져 있어도 절대 잊지 않을 거야. 가끔 생각날 때마다 팔을 접어서 X모양을 만들고 가슴에 대면 우리는 하나가 될 거야!"

조금 유치했지만 그의 말은 진심처럼 들렸다. 그 한 마디가 내 마음을 흔들었다.

"그래, 고마워, 앵그리소년. 우리 서로 잊지 말자. 생각날 때마다 X를 만들게."

친구들에게 인사하고 뽈라와요로 향하는 기차에 올라탔다. 아프리카 오지 마을 여행은 무척이나 새로운 모습들을 계속해서 내게 보여주었는데, 나 혼자만 이런 아프리카 오지 여행을 하는 것이 항상 아쉬웠다.

다른 누군가와 이런 경험들을 같이 하고 싶었지만, 오지로 가고 싶어 하는 여행자를 아직 한 명도 만나지 못했다. 동행과 함께 여행할 때도 그들은 들어본 적도 없고 아무 정보도 없는 마을에 가기를 꺼려했다.

그래서 나는 혼자 다니는 시간이 많았다.그래도 아프리카 오지 여행을 다니면서 크게 외로웠던 적은 없다. 현 지인들이 영어를 잘 하다 보니 누군가와 이야기를 하고 싶을 때면 그곳에 사는 현지인들과 쉽게 대화를 나누고 친구가 될 수 있었다.

긴 시간이 지난 지금까지 나는 가끔 그곳이 생각날 때마다 가슴에 팔을 굽혀서 X자 모양을 만들어 그와 소통한다. 어쩌면 그도 지금 X자를 만들어 나를 기억하고 있지 않을까?

손을 가슴에 모아 X자를 만들고 있는 앵그리버드 소년

앵그리버드 소년(맨 왼쪽)과 친구, 나, 로날드

3-5
삶과 죽음

이번엔 삼등석을 탔다. 삼등석은 일등석과 달리 많은 현지인이 타고 있었다. 들어가자마자 사람들이 나를 신기하게 쳐다본다. 나는 빈자리에 앉았다. 내 옆자리에 앉은 친구는 농담을 잘했는데, 말을 어찌나 끊임없이 재미있게 하는지 기차에 있는 많은 사람이 그의 농담을 듣고 낄낄낄 웃어댔다. 마치 토크쇼를 보는 기분이 들 정도였는데, 어떻게 모르는 사람들끼리 이렇게 잘 웃고 떠들 수 있는지 신기했다.

기차는 한참을 달리다가 갑자기 중간에 멈춰 섰다. 10분이 지나도 20분이 지나도 기차가 움직일 생각을 하지 않자 사람들은 한 명씩 기차 밖으로 나가기 시작했다. 밖에서 낮잠을 자는 사람도 있었고 뛰어노는 사람들도 있었다. 그런데 한 시간이 지나자 갑자기 기차가 움직이기 시작했다.

"어어? 기차 움직이기 시작한다. 다들 들어와!"

"어어! 빨리 뛰어! 기차가 떠나고 있어!"

밖에 있던 사람들이 허겁지겁 올라탔고, 기차는 다시 달리기 시작했다. 그러자 기차 안에 정체를 알 수 없는 한 할아버지가 왔다. 할아버지는 객실 한가운데 서서 무슨 말을 외쳤는데 그 말을 들은 사람들이 낄낄낄 웃어댔다. 할아버지는 영어를 쓰지 않고 현지어로 말했는데 그 내용이 궁금해서 그 농담 잘하는 친구에게 물었다.

96|97|98
91|92|93

POWERLAND

“저 할아버지 뭐라고 말하길래 사람들이 저렇게 낄낄낄 웃는 거야?”

“나는 하늘에서 온 신이다. 그러니 나를 따르면 영원히 살 수 있느니라. 이런 내용이야.”

옆에서 한동안 토크쇼를 쉬고 있던 그는 그 할아버지가 오자 또다시 입을 열었다.

“아이고, 신께서 오셨어요? 우리의 위대하신 신이시여!”

그는 할아버지를 비꼬며 농담을 했는데 사람들은 또 그 말에 웃음을 터트렸다. 열차 안의 분위기는 마치 공연을 보는 것처럼 시선이 그 두 명에게 집중되었다. 어떻게 열차 안에서 이런 분위기가 만들어질 수 있는지 신기했다.

기차는 뿔라와요에 도착했다. 먼저 숙소를 잡고 점심을 먹으러 갔다. 밀린 빨래를 끝내고 잠깐 쉬고 있는데 숙소 주인아주머니께서 내게 왔다.

“밖에 무슨 사고가 난 것 같아. 무슨 사고인지 보고 와 줄 수 있어?”

“네? 사고요? 일단 한 번 가 볼게요.”

나는 무슨 사고를 말하는 건가 싶어서 일단 나가보기로 했다. 그런데 숙소에서 약 100m 떨어진 곳에 구급차 한 대가 있었고 구급대원 한 분이 계셨다. 구급차는 가로등 하나 없는 6차선 도로에서 옆으로 주차되어 있었는데 도로가 무척이나 어둡다 보니 구급차가 잘 눈에 띄지 않았다. 그래서 그 상황도 위험해 보였다.

“그쪽에 서 계시면 위험해요. 이쪽으로 들어오세요.”

“여기 무슨 일인가요?”

“여기 쓰러진 사람이 무단횡단을 했는데 차가 과속으로 달렸는지 보행자를 못 보고 친 것 같아요.”

“그런데 병원으로 후송 안 하나요?”

"이미 죽었습니다."

사망자에게 담요를 덮었고, 사람을 친 운전자는 울면서 경찰의 조사를 받고 있었다. 교통사고 사망현장을 보고 나니 마음이 무거워졌다. 이 길고 드넓은 도로는 횡단보도가 무척이나 멀리 떨어져 있다 보니 횡단보도로 가려면 한참을 걸어가야 해서 아저씨가 무단횡단을 했던 것 같다. 나도 낮에 이 도로를 몇 번 무단횡단했었는데, 밤에는 가로등도 없다 보니 훨씬 더 위험한 것 같았다. 아프리카는 사고가 나면 구급차가 신고 받고 달려오기까지 꽤 오랜 시간이 걸리고 시설도 열악하다 보니 더욱더 주의해야겠다. 그 보행자도 오늘이 마지막 날이라 생각하지 못했을 것이다.

'인생은 한순간에 끝날 수 있구나!'

미래는 정해져 있지 않다. 지금 죽어도 후회하지 않도록 지금까지 해보고 싶었던 것들을 이번 여행에서 다 해보고 싶다. 난 어쩌면 여행을 떠나기 전까지 내 인생 한평생을 지금 나 자신에게 투자하며 살아온 것이 아니라 미래의 나 자신에게 투자하며 살고 있었던 것 같다. 한 번쯤은 지금의 나 자신을 위해서 살아 보는 것도 좋지 않을까?

조금 더 많이 웃고, 조금 더 즐기고, 행복하게 살자.

그리고 하늘로 떠나기 전에 미소를 지으며 나에게 속삭여보자.

"이만하면 됐어. 충분히 즐겁게 살았으니까."

04
또 하나의 가족

4-1 개에 물리다

4-2 오지마을 촌장님과 마을회관

4-3 다시 만난 디순뽀 가족

4-1
개에 물리다

보츠와나에 도착하자마자 음식을 사러 대형마트에 갔다. 마트 안을 둘러보는데 캠핑의 필수품인 에어 매트리스가 있었다. 아프리카를 여행할 때부터 무척이나 매트리스를 사고 싶었는데 다른 나라에서 아무리 찾아도 보이지 않았었다. 지금은 아프리카 여행이 거의 끝나 가는 시점이다. 쓸 일이 많이 있을까라는 생각도 들었지만 그래도 다른 대륙에서 텐트 치고 잘 일이 많이 있지 않을까라는 생각으로 매트리스를 샀다. 에어 매트리스는 입으로 공기를 넣으면 부피가 커졌다가 공기를 빼면 크기가 작아져서 배낭에 넣기에도 좋았다.

보츠와나는 어떤 오지 마을이 나를 기다리고 있을까? 지도를 보니 지금 내가 있는 도시에서 멀리 떨어지지 않은 곳에 작은 마을 하나가 있었다. 버스를 타고 마을에 도착하니 너무나 황량했고, 숙소도 보이지 않았다. 하지만 크게 걱정이 되지 않았다. 마을을 돌아다녀 보니 한 집이 눈에 띄었다. 다른 집들은 나무로 낮게 울타리가 쳐져 있었지만, 이 집은 벽돌로 담이 쳐져 있어 저 집 앞마당에 텐트를 치면 안전할 것 같았다. 조심스럽게 그 집으로 들어갔다.

"누구 계신가요?"

집주인처럼 보이는 여자가 태연하게 걸어 나온다. 너무 태연해서 내가 오히려 당황스러웠다.
"안녕. 무슨 일이야?"
"안녕. 나는 한국에서 온 여행자인데 보츠와나 시골 마을을 여행하고 싶어서 이곳에 왔어. 여기 마을을 둘러보니 머무를 수 있는 숙소가 없는 것 같아서... 그러다가 발견한 게 너희 집인데 다른 집보다 안전해 보여서 이곳에서 텐트를 치고 하루 정도 머무르고 싶은데, 그래도 될까?"
"잠시만 엄마한테 물어보고 올게."
"응. 그래."
그녀는 엄마와 함께 다시 나왔다. 디순뽀의 어머니는 순해 보이고 인상도 좋아 보였다.
"이곳은 어떻게 알고 왔어?"
"그냥 지도를 보고 마을이 작고 예뻐 보여서 왔어요."
"그래, 저기에 텐트를 치면 안전해. 저기 천막 보이지. 저기에 텐트를 치면 돼."
그렇게 디순뽀 가족과 인연을 맺었다. 그리고 천막 밑에 텐트를 치기 시작했다.
"필요한 건 뭐 없어? 샴푸나 이불, 베개 뭐 필요한 거 있으면 말해."
"응. 나 배낭 여행자다 보니 다 들고 다녀. 내 배낭이 우리 집이야. 여기에 매트리스도 있고 텐트와 침낭도 있어."
텐트를 치고 에어 매트리스를 꺼내서 불었다. 그런데 매트리스가 생각보다 커서 부는 데 체력소모가 컸다.
"후후후후, 헉헉헉...후후후후, 헉헉헉..."
그렇게 15분 정도 입으로 힘차게 불고 나니 매트리스가 빵빵해졌다. 디순뽀가 왔다.
"우리 집에 에어펌프 있는데, 말하지..."

새로 산 매트리스를 열심히 불고 있는 나

"아... 그래? 괜찮아. 이제 다 불었어."
"너 혹시 자전거 필요해?"
"자전거? 자전거 있어?"
"응. 자전거 있어. 너 타고 싶으면 타."
"오! 고마워."
디순뽀가 준 자전거를 타고 밖으로 나갔다. 보츠와나 여행은 첫날부터 시작이 너무 좋았다. 그들은 나를 마주치면 처음 보는데도 미소로 답했다. 그리고 사람들과 몇 마디만 하다 보면 그들과 금방 친구가 될 수 있었다. 그들은 외부인에 대한 경계가 별로 없어 보였다.

마을에 조금 늦게 도착해서 금방 저녁 시간이 되었다. 디순뽀 집에 폐를 끼치기 싫어서 저녁을 먹고 들어가려고 사람들에게 밥을 먹을 수 있는 곳이 이 근처에 있냐고 물어보았더니 7km정도 떨어진 큰 슈퍼마켓에서 밥을 판다고 말한다. 자전거 페달을 힘차게 밟았다.
마트가 생각보다 커서 놀랐다. 그곳에 싸고 맛있는 음식이 많았고, 한국요리와 비슷한 음식도 많았다. 닭볶음탕처럼 생긴 음식도 있었고 제육볶음 같은 음식도 있었다. 마트에서 저녁 식사와 디순뽀 가족에게 나누어 줄 과일도 샀다. 한 시간을 밟아 집에 도착하니 디순뽀가 저녁 요리를 하고 있었다.
"잠시만 기다려. 내가 너 저녁도 만들고 있어."
"응? 내 저녁도 만들고 있다고? 나 저녁 사 왔는데..."
"아, 그럼 저녁밥 먹고 또 먹어."
"으응. 고마워."
저녁을 먹고 나니 배가 많이 불렀지만 디순뽀가 내 것까지 준비해 주어서 그냥 또 먹었고, 배가 터질 뻔했다. 보츠와나 음식은 내 입맛에 잘 맞아서 밥을 먹을 때마다 감탄이 나왔다. 그렇게 저녁을 먹고 나니 온 가족이 거실로 모여서 TV를 보았다. 나는 마트에서 사 온 과일을 꺼내 함께 먹으며 하루를 정리했고, 샤워한 뒤 텐트에서 잠을 잤다. 다음 날 아침이 되어 다른 마을로 갈 준비를 하고 있었는데 디순뽀가 아침을 가지고 왔다.

"너 지금 갈 거야?"

"응. 지금 가려고."

"왜 이렇게 빨리 가. 더 있고 싶으면 더 있어도 괜찮아."

"아! 진짜? 고마워. 그럼 하루만 더 있을게."

나도 하루 더 머물고 싶었지만, 말을 못 꺼내고 있었는데, 디순뽀가 먼저 말을 해주어서 기분이 좋았다. 그리고 아침을 먹고 있는데 멀리서 디순뽀 집 개 한 마리가 나를 뚫어져라 쳐다봤다. 밥을 달라는 걸까? 왜 나를 쳐다볼까? 빵을 좀 떼서 줄까 싶었지만 한 번 주면 계속 따라 올까 봐 그냥 내가 다 먹었다. 마을 구경을 하려고 자전거를 타고 나가려고 했는데 갑자기 뒤에서 무언가가 나를 콱 깨물었다.

"으악! 뭐야!"

놀라서 뒤를 보니 그 개였다. 광견병에 걸리면 어떡하지? 다리에서 피가 났다. 일단 응급처치로 가방에 있던 손 소독제를 꺼내 쭈욱 짜서 상처 부위에 발랐다. 소리를 듣고 디순뽀가 달려왔다.

"무슨 일이야?"

"나 개한테 물렸어."

"그 녀석 또 사람을 물었네. 저번부터 몇 명을 무는지 모르겠어."

디순뽀는 개 목줄을 채우고, 개집에 가두었다. 아까 배가 고팠던 게 맞는 것 같다.

'그냥 아까 빵을 좀 떼어 줬어야 했어……'

"개가 백신을 맞긴 했지만 그래도 병원에 가 보자."

"그러자. 그게 낫겠다."

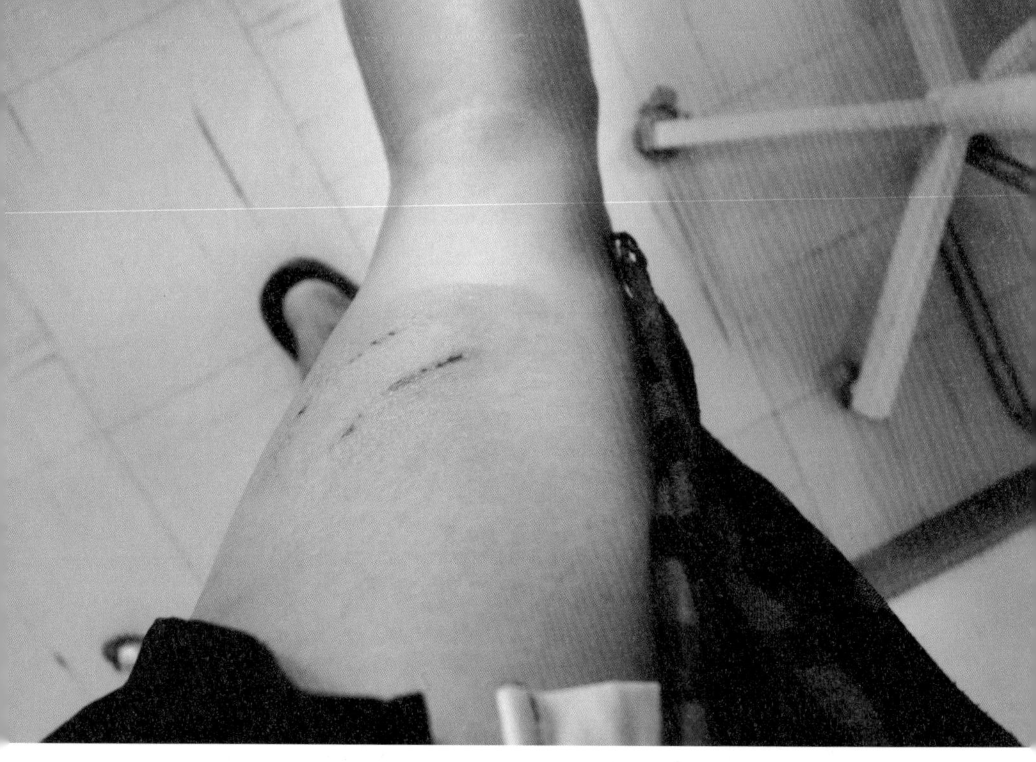

디순뽀 차를 타고 병원으로 갔다. 이른 아침인데 병원에 사람들이 북적인다. 이 줄을 언제까지 기다리나 싶었는데, 알고 보니 디순뽀는 여기 의사와 친분이 있어서 기다리지 않고 바로 치료를 받을 수 있었다.

"음... 개가 백신이 되어 있어서 주사는 한 방만 맞으면 돼."

"아...... 진짜 다행이네요."

여행하면서 개나 원숭이에게 물려서 주사를 1주에 한 번씩 다섯 번 맞은 사람들도 봤다.

"자, 다 끝났어. 이제 집에 가면 돼."

"그럼 치료비는 어디에서 지불하나요?"

"너 돈 있어?"

"아니요."

"그럼 그냥 가면 돼."

"네?"

나는 미리 가입해둔 여행자보험으로 지불할 생각이었는데 뜻밖의 답변이 돌아왔다.

디순뽀가 말했다.

"여기는 UN이나 국제단체에서 의료지원을 많이 받다 보니 무료로 의료시설을 이용할 수 있어."

그리고 디순뽀는 다시 나를 집으로 데려다주었다.

"오늘 너무 많은 일을 했어. 넌 그냥 집에서 하루 종일 쉬어."

"응? 나 괜찮아. 밖에 돌아다닐 수 있어."

"아니야. 주사도 맞았고, 혹시나 무슨 일 생길 수도 있잖아. 그냥 집에서 쉬어."

"그래. 알겠어. 오늘은 집에서 쉬어야겠다."

오후에 디순뽀의 동생인 톰슨 남매와 놀았다. 텔레비전을 켜서 보는데 영어와 보츠와나 현지어가 섞여서 나왔다. 텔레비전을 보고 있는데 디순뽀가 나를 불렀다.

"너 혹시 다음 일정이 어떻게 돼?"

나는 지도를 보여주며 내가 가고 싶은 곳들을 하나씩 알려주었다.

"나 여기랑 여기 가려고."

"아, 그 마을에 내 친구들이 있어. 잠시만 기다려. 내가 친구들 전화번호를 다 알려줄게. 이곳에 가서 연락하면 그들이 너를 도와줄 거야."

"진짜? 정말 고마워."

"그리고 보츠와나 수도인 가보로네로 오면 내게 연락해. 내가 다니는 학교가 가보로네에 있어서 나도 내일 가보로네로 떠날 거야."

"응. 그럴게. 고마워."

오늘 밤에 디순뽀 가족에게 고마움을 나타내고 싶어서 선물로 케이크 하나를 사기로 했다. 마트로 가는 길은 가로등도 없고 갓길도 충분하지 않아서 위험했다. 나는 짐바브웨의 교통사고를 보고 나서부터 더 조심스러워졌고, 차가 오는 소리가 들리면 자전거를 세워서 차가 지나갈 때까지 기다렸다 갔다.

나는 집에 도착해서 톰슨 남매가 먹을 케이크만 남겨놓고 디순뽀 가족들과 같이 케이크를 먹었다. 보츠와나는 케이크도 맛있었다. 생크림을 사용하지 않고 딱딱한 설탕 크림을 쓰는 나라가 많았는데, 보츠와나 케이크는 나를 실망시키지 않았다. 큰 케이크 하나가 5,000원도 하지 않는다. 디순뽀 가족들도 케이크를 좋아했다.

다음 날 아침이 되어 텐트를 접었다. 디순뽀는 머리를 손질하고 있었는데 일반적인 아프리카 사람과 달리 직모였다. 뽀글뽀글 곱슬머리가 아니어서 이상하다 싶었는데, 알고 보니 가발이었다. 헤어지기 전에 디순뽀와 어머니와 같이 사진을 찍는데 디순뽀는 햇빛을 정말 싫어했다. 아프리카 사람들은 햇빛을 크게 신경 쓰지 않을 거라 생각했는데, 아무래도 선입견이었나 보다. 아프리카엔 비가 오지 않아도 햇빛을 피하고자 우산을 쓰고 다니는 사람도 많이 있었다.

디순뽀는 내가 다음 목적지까지 가는 버스를 탈 수 있도록 버스를 타는 곳까지 태워주었다.

"나 갈게. 디순뽀 정말 즐거웠어."

"응. 그래. 나중에 가보로네에 도착하면 연락해."

"그래."

"그 마을에 도착하면 먼저 마을 촌장님 댁으로 찾아가. 촌장님이 너에게 마을을 안내해주실 거야."

"응. 알겠어. 고마워."

햇빛을 싫어하는 디순뽀 (왼쪽부터 디순뽀 엄마, 디순뽀 , 나)

4-2
오지마을 촌장님과 마을회관

버스를 타고 다음 목적지에 도착했다. 그런데 이곳은 도로에 주유소 한 곳만 달랑 있다.

"저 여기 혹시 마을이 맞나요?"

"응. 맞아."

그냥 다른 마을로 넘어가야 하나? 이곳은 마을이라기엔 너무나도 황폐했다. 하지만 디순뽀가 한 말이 기억났다.

"저, 혹시 마을 촌장님 댁으로 가려면 어떻게 해야 하나요?"

"아! 촌장님 댁으로 가려면 저기 앞에서 버스를 타고 마을 안쪽으로 가면 돼."

여기는 마을 외곽이었다. 마을로 가는 버스는 이곳에서 하루에 딱 두 대가 있다고 한다.

"기다리고 있으면 내가 버스가 올 때 알려줄게. 저기 나무 밑에서 쉬고 있어."

"네, 감사합니다."

나무 밑에서 쉬고 있는데 옆에서 아주머니들이 음식을 팔고 있다. 보츠와나 여행의 즐거움 중 하나는 음식인 것 같다. 소고기, 돼지고기, 닭고기를 넣고 밥과 채소를 조금 넣어서 먹는데 3,000원. 싸면서 맛있었다.

나무 밑에서 밥을 먹고 있는데, 그곳에는 잠비아 사람과 짐바브웨 사람과 보츠와나 현지인이 있었다. 같은 아프리카지만 언어가 달라서 영어로 대화한다. 그곳에 있는 사람들과 수다를 떨면서 버스를 두 시간 더 기다렸다. 평소 같았으면 버스가 언제 오냐며 성급한 마음이 들 수도 있지만, 아프리카 여행을 다니면서 기다림에 익숙해졌다.

'여기는 아프리카니까, 잠깐 기다리라는 말은 3시간 이상이겠지?'

그리고 2시간 30분 정도 흘렀을까? 사람들이 마을로 가는 버스가 왔다며 내게 빨리 버스를 타는 곳으로 가라고 소리쳤다. 나는 황급히 배낭을 메고 달려갔다.

버스를 타고 30분을 들어가니 오지 느낌이 난다. 버스 기사님이 촌장님 댁 부근에 나를 내려주셨다. 다른 집들은 아주 허름해 보였는데 촌장님 댁은 그에 비해 빛이 났다. 그 집 마당에 누군가 앉아있어서 촌장님을 만나고 싶다고 말했더니 촌장님은 다른 곳에 출장 나가서 안 계신다며 조금 쉬고 있으면 곧 올 거라고 말했다.

역시 아프리카 아이들은 기대를 저버리지 않았다. 마당에 앉아 잠시 쉬고 있는 나를 보자마자 온 동네 아이들이 내게 몰려들었다. 책을 들고 있는 걸 보니 학교에서 돌아오는 길인가 보다. 책을 한 번 열어 보았는데 글씨가 참 예뻤다. 보츠와나 언어를 보니 한국어도 보여주고 싶어서 공책에 한국어를 적어 주었는데 반응이 정말 좋았다.

"이게 한국어야."

"우와! 진짜 신기하게 생겼다."

한국어를 적어주는데 여기에 Made in KOREA도 적으면 재미있을 것 같아서 그들의 이름을 한국어로 적고 밑에 Made in KOREA를 적어주었더니 다른 아이들이 서로서로 나도 적어달라고 한다. 그런데 생각해보니 Made in KOREA는 한국에서 만들어졌다는 뜻이므로 Made by Korean으로 쓰는 게 맞는 것 같아서 Made by Korean으로 다시 적어

인기 많은 한국어

주었다. 그렇게 아이들 이름을 적어주고 있는데 마을촌장님처럼 보이는 한 사람이 내게 다가왔다. 나이가 많아 보이고 외모도 깔끔해 보여서 한눈에 촌장님을 알아볼 수 있었다.

"며칠 동안 마을에 있을 건가요?"

"하루만 머물 것 같아요."

"그렇군요. 그럼 마을회관에 회의하는 공간이 있는데 그곳에 텐트를 치고 지내시면 돼요."

촌장님은 영어를 정말 잘하셔서 소통하는 데 아무 불편함이 없었다. 촌장님과 이런저런 이야기를 30분 정도 더 하고 마을을 둘러보러 나갔다. 이 마을도 숙소나 식당이 따로 없었고, 구멍가게가 두 곳 있었다.

걷다 보니 한 아이가 내게 다가왔다. 그 아이는 영어도 유창해서 같이 마을을 돌아보았다. 나는 그를 잉글리쉬 소년이라 불렀다. 잉글리쉬 소년과 함께 마을을 돌아보고 있는데 노란 셔츠를 입은 그의 친구가 다가왔다. 우리는 같이 돌아다녔다.

“잠깐 저기서 쉬었다 가자.”

쉬고 있는데 잉글리쉬 소년이 내게 물었다.

“너는 한국에서 뭐해? 여행은 얼마나 했어? 우리 마을은 어때?”

왜 이렇게 질문이 많지 싶었는데, 그 잉글리쉬 소년이 말을 하는 도중 내 가방에서 지퍼 열리는 소리가 들렸다.

지지직.

나는 이 가방을 짐바브웨에서 중고로 구입했는데 지퍼 성능이 워낙 좋지 않아서 열 때 힘을 꽉 주어야 하고 또 열 때마다 소리가 크게 들렸다. 내 주변에 많은 아이가 있었는데 누가 열려고 하는지 보려고 일부러 그 소리를 못들은 척 연기하며 힐끔 쳐다보았다. 그랬더니 그 잉글리쉬 소년의 친구인 노란 셔츠를 입은 소년이 내 가방을 열려고 한다! 태연한 척 연기하며 잉글리쉬 소년과 대화하는데 그 친구도 지퍼 소리가 크다는 걸 알았는지 휘파람을 크게 불면서 지퍼를 열려고 다시 시도했다.

잉글리쉬 소년(왼쪽)

"휘익휘익~휘휘휘휘."

지지직.

그 지퍼를 열어도 돈이 2,000원 정도밖에 없어서 크게 걱정하지 않았다. 그런데 가방이 워낙 낡고 고물이다 보니 아무리 그가 애를 써도 지퍼가 열리지 않았다. 내가 헤어지기 전에 한마디 했다.

"야! 너 아까 내 가방 털려고 했지?"

"응? 아... 아닌데?"

그 녀석은 많이 당황하면서 영어를 전혀 못 알아듣는 척 행동을 했다. 그러자 옆에 있던 잉글리쉬 소년이 말했다.

"뭐? 이 녀석이 너 가방을 털려고 했다고? 그럼 경찰서 가야지. 여기선 도둑질하면 다음부터 두 번 다시 도둑질 못 하게 손목을 잘라."

그 둘이 한팀인 줄 알았는데 그게 아니었다. 그 잉글리시 소년은 원래 말이 많은 것 같아 보였다. 노란 셔츠를 입은 소년은 매우 불안했는지 자꾸 집에 가려고만 했다.

"나...아...아니야...나 집에 가도 돼? 집에 갈게...내일 봐."

나는 그냥 보내주었다. 어차피 이 마을은 워낙 작아서 잡으려고 마음만 먹으면 언제든지 잡을 수 있었다. 날이 어두워졌고, 나는 텐트로 돌아가서 비상식량을 꺼내 먹었다. 참치통조림, 초콜렛바 두 개로 저녁을 때웠다. 참치통조림은 맛도 있고 보관도 간편해서, 가방에 하나씩은 꼭 가지고 다녔다. 다음 날 아침 일어나서 텐트를 접고 갈 준비를 하는데 누군가 내게 다가왔다.

"안녕하세요?"

"네, 안녕하세요."

"저는 이 마을 촌장입니다. 오늘 아침 마을에 도착했는데 멀리서 손님 한 분이 오셨다는 말을 듣고 왔습니다."

"네? 촌장님이시라고요? 어제 다른 촌장님을 만난 것 같은데요?"

"아, 그분은 부촌장님이십니다."

가방을 챙기고 있는데 마을 아저씨 한 분께서 버스 오는 소리가 들린다며 조금 더 서둘러 가방을 챙기라고 했다. 이 마을 사람들도 귀가 정말 좋은 것 같다. 내 귀에 버스 소리가 전혀 들리지 않았다.

짐을 다 싸고 촌장님과 사진 한 장 찍고 싶어서 삼각대를 놓고 사진 한 장을 찍고 나니 바로 버스가 왔다. 제대로 된 작별인사도 못 드리고, 고맙다며 인사하고 떠나려 하는데 촌장님께서 지갑을 여시더니 3,000원을 내게 주셨다.

"여기 이거 받으세요. 가시는 길에 과자나 맛있는 음식 있으면 사 드세요."

"아니에요. 괜찮아요. 마음만 받을게요. 하하!"

현지인이 내게 용돈을 주려는 것은 처음이었다. 매일 무언가 사달라는 말만 들었었는데 말이다. 먼 외국에서 촌장님이 살고 있는 아프리카 한 시골 마을까지 찾아와 준 것이 너무나 고마웠나 보다.

촌장님, 마을 사람들, 나

4-3
다시 만난 디순뽀가족

이제 아프리카 오지여행은 충분히 즐긴 것 같다. 다음 목적지는 디순뽀가 있는 보츠와나 수도 가보로네. 버스에 올라타서 현지인의 전화기를 빌려 디순뽀에게 전화를 걸었다.

"디순뽀, 나 지금 가보로네로 가고 있는데 두 시간 후에 도착할 것 같아."

"응? 가보로네 지금 오고 있다고? 다른 마을 간다고 했지 않아?"

"응. 그런데 이제 아프리카 오지여행은 충분히 한 것 같아서 그만하려고."

"그래! 그럼 내가 맞춰서 버스터미널에 갈게. 나중에 봐."

"응. 나도 도착하면 다시 연락할게."

아프리카 버스는 좌석이 매우 비좁았다. 우리나라에서 우등버스를 타면 한 줄에 3명씩 앉지만, 아프리카에서 우등버스를 타면 한 줄에 4명씩 앉는다. 보츠와나 도로는 무척이나 좋아서 버스가 쌩쌩 달렸고, 몇 시간 지나지 않아 가보로네에 도착했다. 10분 뒤 디순뽀가 차를 타고 나를 데리러 왔다.

"어? 엄마랑 톰슨 남매도 같이 왔어?"

"응. 1주일 정도 가보로네에 같이 있을 생각이야."

나는 디순뽀 어머니를 마마(엄마)라 불렀다. 다들 '마마' 라 부르니, 마마라 부르는 게 편했다.

"조이, 시골마을여행은 어땠어?"

"재미있었어. 하하."

"잠은 어디서 잤어?"

"네가 말한 대로 마을 촌장님 댁으로 찾아갔어. 정말 사람들 다 굉장히 친절해서 좋았어."

"그렇지? 일단 집으로 가자. 가보로네에 친척들이 사는데 너도 거기에 머물면 돼."

그곳은 가보로네 시내에서 30분 정도 떨어진 외곽 지역이었다. 그곳에 나와 나이가 비슷한 또래 친구들도 있었다.

"반가워, 조이. 환영해."

"응. 나도 반가워."

처음 본 사이지만 왠지 낯이 익었다. 마치 서로 오랫동안 알고 있었던 사이 같았다. 나는 가방에서 텐트를 꺼냈다.

"조이, 텐트에서 잘 거야? 방에 들어와서 자도 괜찮아."

"아니야. 텐트가 더 편해. 고마워."

나는 텐트에서 자는 것이 참 좋다. 나만의 공간이 있고, 푹신푹신한 에어 매트리스를 사고 난 이후부터 잘 때도 딱히 불편함이 없었다. 다만 에어 매트리스를 불 때 오랜 시간이 걸렸다.

"후후후~ 헉헉."

"그거 많이 힘들어? 내가 한번 해 볼게."

옆에서 지켜보던 친구들이 쉬워 보였는지 한번 해 보겠다고 나섰다.

"후후후, 후후~ 헉헉헉."

"이거 진짜 힘들어. 헉헉."

그 친구도 몇 번 불다 보니 힘이 다 빠져버렸나 보다. 그래도 여러 친구가 서로 돌아가면서 한 번씩 불어주다 보니 이번엔 크게 힘들이지 않

에어 매트리스를 불어보는 보츠와나 친구

고 매트리스를 다 불 수 있었다. 다음 날 아침 톰슨 남매와 가보로네 시내를 둘러보기로 했다. 오빠 톰슨은 오늘 멋을 한번 내 보고 싶었는지 깨진 거울을 보며 머리를 손보기 시작했다.

"야, 톰슨. 네 머리 그거 손질하는 거랑 손질 안 하는 거랑 차이가 있어?"

"그럼. 당연하지. 미묘한 차이 몰라? 하하."

"그래? 내 눈엔 다 똑같이 보여. 하하."

미묘한 차이. 내 눈에 그게 보이지 않았다. 아무래도 톰슨만 느낄 수 있는 미묘한 차이가 있나 보다.

"너희 혹시 한국 음식 한 번 먹어 볼래?"

깨진 거울을 보며 머리를 손질하고 있는 톰슨

"응. 좋아. 그런데 너 요리할 줄 알아?"

"응. 치킨 수프(닭백숙)랑 치킨 볶음밥 할 줄 알아."

"그래? 그럼 오늘 큰 쇼핑센터로 가자."

"그래, 그러자!"

그렇게 톰슨 남매와 함께 시내로 나갔다. 버스를 탈 때나 돌아다닐 때 톰슨 남매가 현지 요금을 다 알고 있다 보니 바가지 가격에 대한 걱정이 없었다. 이곳은 아프리카이지만 어느 나라든지 수도는 항상 발전된 도시였다. 쇼핑센터에 가는 동안 톰슨 남매는 무척이나 장난을 많이 쳤다. 특히 여동생은 오빠를 계속해서 괴롭혔다. 귀를 잡아당기기도 하고 말장난을 치기도 했다. 그래도 오빠는 동생이 귀여웠는지 매번 동생에게 당해주었다. 둘 사이가 무척이나좋아 보였다.

"너희 둘이 정말 사이 좋아 보인다."

여동생이 오빠에게 장난치고 있다.

"여동생이 항상 괴롭혀서 문제야. 만약 내가 죽는다면 여동생에게 괴롭힘을 당해서 죽을 거야."
"왜 오빠? 내가 얼마나 잘 해주는데. 그렇지 않아? 그렇지? 맞지?"
오빠가 대답하지 않자 여동생은 오빠를 쿡쿡 찔렀다.
"으응...내 동생이 정말 잘 해주지. 하하."
우리는 쇼핑센터에 도착해서 내부에 있는 대형 슈퍼마켓으로 갔다. 저녁에 다 같이 밥을 먹으려면 6~7명이 충분히 먹을 수 있는 양으로 재료를 사야 했다. 먼저 볶음밥으로 배를 조금 채우고, 닭백숙을 먹은 뒤, 디저트로 케이크까지 먹으면 괜찮을 것 같았다. 보츠와나 케이크는 너무 맛있어서 기회가 될 때마다 사 먹었다. 우리는 식자재를 들고 집으로 향했고, 나는 미리 저녁을 준비했다. 채소 껍질을 까고 있는데 톰슨 여동생이 내게 왔다.
"조이, 내가 뭐 좀 도와줄까?"
"음... 그럼 너 양파 썰어 줄 수 있어? 이렇게 잘게 썰면 돼."
"그래, 뭐 어렵지 않지!" 나는 밥을 준비하고 닭을 손질했다. 그런데 옆에서 울음소리가 들렸다.
"흑흑..."
"뭐야? 왜 울어?"
"이거 너무 매워. 흑흑."
"진짜 맵지? 그럼 내가 도와줄게. 나도 그거 알아. 매운 양파 썰 때면 나도 울면서 썰고 그랬어. 하하."
"아니야. 한 번 썰 때 다 썰어야지. 내가 끝을 볼게. 흑흑."
그렇게 톰슨 여동생은 계속해서 눈물을 흘리며 양파를 썰었다. 눈물까지 흘려가며 만든 요리인 만큼 맛있으면 좋겠다. 요리가 어느 정도 되어 가자 사람들이 하나씩 냄새를 맡고 몰려오기 시작했다.
"배고프다, 조이. 배고파."

양파를 썰다가 눈이 매워 눈물을 흘리는 톰슨

"잠깐만 기다려. 10분만 더 기다리면 돼."

프라이팬도 그렇고, 냄비도 그렇고, 어느 것 하나 제대로 된 식기구가 없어서 요리하는데 많이 불편했다. 그래도 최선을 다했다. 밥을 많이 만들 거라 생각하고 만들었지만 6명이 나눠 먹기에 조금 부족한 감이 있었다.

"밥이 이게 다야? 너무 적은데?"

"아, 이거 먹고 나면 또 치킨 수프 다 될 거야. 그거 먹으면 돼."

볶음밥은 반응이 매우 좋았다.

"야, 이거 진짜 맛있다. 와, 진짜 최고야. 이름이 뭐야?"

"닭 가슴살 볶음밥."

두 번째 요리 닭백숙은 호불호가 갈렸다. 엄마는 닭백숙을 별로 좋아하는 것 같지 않았다.

"이건 잘 모르겠는데?"

NOT ME

"난 이것도 맛있는데? 나 좀 더 줘."
"뭐 이것도 맛있다고?"
닭백숙까지 먹고 나니 모두 배가 조금씩 찼는지 배고프다는 말을 더는 하지 않았다. 그리고 마지막으로 케이크를 꺼냈다.
"뭐야 또 있어?"
"응. 케이크까지 준비했지!"
케이크도 한 조각씩 먹고 나니 모두 너무나 만족하는 것 같았지만 사실 케이크는 내가 더 좋아했다.
"진짜 최고의 저녁이었어. 고마워."
"나도 너희와 한국 음식을 먹을 수 있어서 좋았어!"
"조이, 너 내일 새벽에 떠난다고 했지? 이제 어디로 가?"
"나 남아공 갔다가 미국으로 떠나."
"와... 한국은 돌아갈 생각이 없는 거야?"
"아니야. 곧 돌아갈 거야. 하하."
"조이, 네가 언제든지 보츠와나로 오면 우리 집으로 꼭 와. 문은 항상 열려 있으니까. 너는 이제 우리 가족이야."
"고마워. 나도 너희를 내 가족이라 생각해."

디순뽀 가족과 마지막 식사를 마치고, 다음 날 새벽 6시에 버스를 타고 남아공으로 향했다. 보츠와나에서 디순뽀를 만나지 못했더라면 무슨 재미로 보츠와나 여행을 했을까! 정말 행운이었고, 즐거운 추억이었다. 처음 디순뽀 집 문을 두드렸을 때 나는 그저 낯선 사람이었지만, 지금은 한 가족처럼 정이 들었다. 보츠와나를 떠난 지 오랜 시간이 지났지만 디순뽀, 톰슨 남매와 여전히 페이스북으로 연락하고 있다.

05
여기는 아메리카

5-1 공항에서 억류되다

5-2 내가 가지고 있었던 소중함

5-3 이타카

5-4 낯선 사람과 친구의 경계

5-5 돈 그리고 행복

5-6 꿈속에서 꿈을 찾다

5-1
공항에서 억류되다

남아공여행이 끝나고 미국 뉴욕으로 향하는 비행기를 탔다. 직항이 없어서 카타르 도하에서 한 번 경유하고 프랑스 파리에서 또 경유했다. 프랑스 파리는 아침 6시쯤 도착했는데 오후 6시 미국행 비행기로 환승을 해야 해서 공항 밖으로 나갔다.

반팔, 반바지 옷을 입고 있었던 나는 따뜻한 남쪽 아프리카에 있다가 프랑스 파리의 날씨를 미처 예상하지 못했다. 프랑스 파리 날씨는 한겨울처럼 무척 추웠지만, 옷이 들어있는 배낭은 운송 화물로 비행기에 부쳐버려서 옷을 꺼내 입을 수가 없었다. 아프리카는 슬리퍼를 질질 끌고 다니면서 반팔, 반바지 차림에 낡은 크로스백을 메고 다녀도 부자라는 소리를 들었지만, 유럽에서 나는 너무나 초라해 보였다.

길을 걷고 있는데 때마침 옆에 프랑스사람이 나처럼 반팔 티를 입고 아침 조깅을 한다. 나도 그 사람처럼 조깅을 하러 나온 척 뛰어다녔다. 그렇게 에펠탑과 개선문만 잠깐 구경하고 공항으로 돌아왔다. 비행기가 이륙하기 1시간 30분 정도 남아서 체크인을 하러 항공사로 갔다.

"왜 이렇게 늦게 오셨어요? 지금 빨리 이쪽으로 오세요!"

"네? 아직 시간이 많이 남지 않았나요?"

항공사 직원은 내 여권을 확인하더니 여권에 빨간색 스티커를 붙였다. 그게 무엇인지 모르겠지만 좋은 의미는 아닌 것 같았다. 그녀는 갑자기 내게 많은 질문을 던졌다.

"프랑스 파리에 와서 누구를 만났는지 또 무엇을 했는지 오늘은 어디에 갔는지 다 말해주시고 그에 대한 증거자료를 제출해 주세요."

"네? 프랑스에 도착하고 나서 일단 버스를 타고 에펠탑과 개선문만 보고 점심을 먹고 바로 공항으로 왔어요."

"그럼 영수증 줘 보세요."

영수증을 제출하지 않으면 비행기를 태워주지 않을 것만 같았다. 다행히 주머니를 뒤적이니 아까 구매했던 공항셔틀버스 티켓 영수증이 있었다.

"여기 있어요."

이제 표를 주고 탑승구로 보내 줄 거라 생각했지만, 그녀는 더욱 난처한 질문들을 내뱉기 시작했다.

"프랑스 파리에 오기 전에 어디 어디 여행했나요?"

"싱가포르, 인도, 네팔, 파키스탄, 베트남 등등 여러 나라를 많이 돌아다녔어요."

"그곳에서 머물렀던 숙박 예약증이 있나요?"

"네? 아니요. 지금은 어디에 머물렀는지 기억도 잘 안 나요."

그녀의 질문은 끝이 없었다. 당신은 한국에서 무엇을 했는가? 여행자금은 어디에서 나왔는가? 앞으로 몇 개국을 더 갈 것인가? 여행 경로가 어떻게 되는가...? 계속해서 질문들을 쏟아냈다.

"죄송하지만 왜 저에게 이런 식의 인터뷰를 진행하는 거죠?"

난 도무지 이해를할 수가 없었다. 내가 무슨 죄를 지었는지 모르겠다.

"묻지 말고 내가 묻는 말에만 대답하세요! 지금 비행기 뜰 시간이 얼마 남지 않아서 자꾸 시간을 끄시면 비행기 못 탑니다."

비행기를 못 탈 수도 있다는 소리를 듣고 정말 묻는 말에만 대답했다. 그러자 다른 남자 직원을 부른다. 그는 나를 데리고 탑승구로 향했다.

그는 탑승구로 가기 전에 1차로 가방을 엑스레이투시기에 넣어 짐 검사를 했다. 가방을 들고 가려는데 그 남자 직원은 2차 짐 검사를 해야 한다고 말한다. 그는 내 가방 안에 있던 모든 물건을 다 빼내어 무엇이 들어있는지 확인했다. 가방 안에 영어책과 공책도 있었는데 그걸 한 장 한 장씩 넘기며 읽어보기도 하고 또 가방을 탈탈 털어 보기도 했다. 또 이상한 기구를 꺼내더니 가방을 한 번 문질러 보기도 했다. 그리고 이제 다 끝났다며 비행기에 타도 좋다고 말한다. 난 마치 범죄자가 된 것 같은 기분이 들었다.

'와...! 미국 입국하기 진짜 어렵네!'

그런데 이것은 시작에 불과하다는 생각이 들었다. 아직 미국 땅도 밟지 않았는데 이렇게 강도 높은 심문을 받았으니 미국에 도착하면 얼마나 더 나를 휘두를지 짐작할 수 있었다.

미국으로 가는 비행기 안

비행기가 미국 뉴욕에 도착하고, 나는 출입국 심사대에서 줄을 섰다. 나보다 먼저 온 사람이 출입국 심사대를 지나는데 한 뚱뚱한 심사관이 무슨 일인지 몰라도 한 여행객에게 소리를 질러댔다.

'미국 사람들은 다 다정하고 친절할 줄 알았는데, 다른 나라에서 온 여행객에게 저렇게 소리를 지르다니…제발 나는 저 사람에게 안 걸리면 좋겠다.'

드디어 내 차례가 되었다. 그 뚱뚱한 심사관이 나를 쳐다보며 오라고 손짓했다.

"……."

뒷사람에게 양보하고 싶다. 그래도 일단 그에게 갔다. 나는 그의 기분을 최대한 풀어주려고 인사를 했다.

"Hi! How are you?"

그는 내 말을 무시하더니 종이를 달라고 말했다.

"Paper(종이)!"

종이? 무슨 종이? 어리둥절해 하고 있는데 그는 답답하다며 소리를 질렀다.

"종이! 종이!! 종이!!!"

난 무척이나 당황했다. 출입국관리소 분위기는 너무 삼엄하고 차가웠다. 그런데 뒤에서 나를 지켜보고 있던 한 직원이 내게 와서 친절히 알려주었다.

"입국할 때 필요한 입국카드가 있습니다. 그것을 작성하시고 다시 줄을 서서 기다리면 됩니다."

입국카드를 작성하고 다시 줄을 섰다. 이번엔 그 뚱뚱한 감독관이 아닌 왼쪽 편에 있는 아시아계 미국인 쪽으로 가게 되었다. 다행이다. 하지만 그 뚱뚱한 감독관은 또 다시 나를 쳐다보더니 이쪽으로 오라고 손짓했다. 내가 착한 사람이라는 것을 알려주기 위해 입국카드와 여권을 내밀며 최대한 밝은 모습으로 그에게 다가갔다. 그래도 효과가 없었다. 그는 인상을 찡그리며 혼잣말 중얼거리더니 나를 어떤 방으로 데리고 갔다. 그래도 놀라지는 않았다. 예상하고 있었으니까.

그곳에 나 말고 5명이 더 있었다. 그들은 차례대로 1:1 개인 인터뷰를 하고 있었다. 마침내 내 차례가 왔다. 난 아무것도 하지 않았는데 이곳에 끌려와서 이렇게 인터뷰를 받아야 한다는 게 너무나도 억울했다. 밤이 더 늦어지기 전에 숙소를 잡고 쉬고 싶었다. 그가 나에게 하나씩 질문했고, 나는 궁금한 표정으로 물었다.

"저... 그런데 무엇 때문에 제가 이곳에 와서 인터뷰해야 하는 거죠?"

"당신이 왜 우리나라에 입국하는지 알기 위해서입니다. 이 정보가 충분한가요?"

"아니요. 저는 제가 왜..."

"됐어요. 그만하고 저기로 나가서 다시 줄을 서세요!"

그는 내가 하는 말을 뚝 자르더니 나가라고 말했다.

"아... 죄송합니다. 아무 말 안 할게요."

"나가세요! 지금 당장!"

나는 좀 더 확실한 대답을 듣고 싶었는데 그의 심기를 건드린 것 같았다. 심사관은 하루에 수백 번씩 듣는 똑같은 질문에 질려버린 것 같아 보였다.

"......"

나는 너무나도 억울해서 막 따지고 싶었지만 이곳에서 그렇게 했다간 미국에 발도 디디지 못하고 추방당할 것 같았다. 억울했지만, 그래도 여기까지 왔으니 미국에 꼭 입국하고 싶은 마음에 묵묵히 뒤로 가서 다시 줄을 섰다. 그런데 아프리카인으로 보이는 한 여자가 크게 소리치며 들어왔다.

"이건 진짜 말도 안 돼! 내가 왜 여기로 끌려 와야 하는 거야! 이건 미쳤어!"

그녀는 나보다 더 시끄럽게 소리를 지르며 분노를 터트렸다. 나는 그녀가 저렇게 소리를 지르고 난동을 부리면 결과가 어떻게 되는지 알고 있었기 때문에 그녀에게 다가갔다.

"잠깐만…침착하고 내 말 들어봐."

"응? 왜?"

"나도 너 마음 알아. 내가 아까 너처럼 여기에 왜 내가 끌려오는지 모르겠다며 항의했더니 지금 쫓겨나서 다시 줄을 서서 기다리고 있어. 그냥 시키는 대로 다 따르는 게 좋아. 여긴 미국이잖아."

그녀는 내 말을 듣고 목소리 톤이 확 낮아져서 소곤소곤 대답했다.

"진짜…?"

그리고 그녀는 인터뷰를 무사히 마치고 나보다 더 빨리 미국에 입국했다. 차례는 돌고 돌아 다시 내 차례가 되었다. 이번엔 정말 묻는 말에만 대답하기로 했다.

"이란에서 너 뭐 했어?"

"여행했어요."

"이란은 어때?"

"정말 좋았어요. 사람들도 친절하고, 문화도 특이하고, 또 가고 싶을 정도였어요."

미국이 이란의 적대국이라는 건 알고 있었지만, 이란에 대한 이야기가 나오자 이란 친구들이 머릿속으로 갑자기 떠올라서 나도 모르게 그렇게 말이 나왔다. 심사관의 표정은 굳어졌다.

"뭐? 그곳이 좋았다고? 너 이란에서 잘못하면 잡혀가서 죽어. 그곳이 어떤 나라인데…"

'설마… 이것 때문에 미국 입국을 못 하는 건 아니겠지.'

"미국에서 뭐 할 거야?"

"미국에서 일단 뉴욕에 갔다가 나이아가라 폭포를 보고 캐나다로 넘어갈 거에요. 저 그리고 미국 드라마를 진짜 좋아해요. 〈모던 패밀리〉 그리고 〈워킹 데드〉……."

나는 미국을 좋아하고 테러나 범죄는 할 생각이 없는 공격성이 전혀 없는 사람이라는 걸 인지시키기 위해 미국에 대한 좋은 말들을 꺼내기 시작했고 결국 인터뷰를 무사히 끝낼 수 있었다. 비행기가 착륙한 지 3시간이 지나서야 미국에 입국할 수 있었다.

시계는 저녁 9시를 가리키고 있었다. 지하철이 끊기지 않을까 걱정을 했지만, 다행히 지하철은 늦게까지 운행했다. 뉴욕은 숙박비가 너무 비싸서 카우치서핑을 해서 숙박비를 조금이라도 아껴 보려고 했지만 아무도 나를 받아주지 않았다. 나를 받아준 호스트 두 명이 있긴 있었다. 그러나 그들은 나체 생활을 하는 게이였고, 나도 그곳에서 나체 생활을 해야 한다고 하기에 도무지 갈 용기가 나지 않았다.

할 수 없이 호스텔 월드를 통해서 게스트하우스를 알아보니 때마침 한 게스트하우스가 오픈 이벤트를 해서 저렴하게 이틀을 머물 수 있었다. 그곳은 싸면서 깔끔했다. 그곳에서 며칠 더 지내려고 했지만, 주말에 요금이 두 배로 올라간다고 해서 떠나기로 했다. 물가가 저렴한 남아공에 있다가 미국 뉴욕으로 오니 물가가 약 4배 이상 올라서 적응하기가 힘들었다.

5-2
내가 가지고 있었던 소중함

미국의 오지여행은 어떨까? 뉴욕에서 나이아가라 폭포로 가는 길에 작은 마을이 있는지 지도검색을 했다. 나는 J마을을 발견했다. 이름도 멋있어 보이고 작은 마을이어서 그곳에 갔다. 그러나 미국 시골 마을은 아프리카 시골 마을과 하늘과 땅 차이였다. 분명 지도상으론 작은 마을인데 마트도 있고 호텔도 있고 심지어 맥도날드도 있었다. 이곳에서 굶어 죽을 일은 없어 보였다.

먼저 호텔에 가서 숙박비를 확인해 보니 가장 싼 곳이 80달러(약 9만 원). 하루 숙박비로 평균 6,000원을 쓰던 나에게 너무 큰 금액이다. 그리고 오지여행의 매력은 현지인들과 친구가 되어 그들의 문화를 알아가는 재미이다 보니 호텔에 머물면 큰 의미가 없을 것 같았다.

미국은 땅이 넓다 보니 사람들이 큰 마당이 있는 주택에서 살았다. 그래서 내가 말만 잘하면 누군가 내게 텐트를 칠 수 있는 장소를 제공해 줄 거라 믿었다. 그런데 미국의 분위기는 아프리카와 많이 달랐다. 아프리카 사람들은 나를 쳐다볼 때 항상 웃는 얼굴이었는데, 이곳 사람들은 시선조차 마주치지 않았다. 그들은 남에게 관심도 없었고, 굉장히 차가웠다. 단 하루 차이로 세상이 달라지니 기분이 이상했다.

아프리카에서 아이들이 나를 보자마자 웃으면서 소리 지르며 달려오는 모습들이 생각난다. 기차에서 내리자마자 마을 사람들이 필요한 건 없는지 관심을 가져주는 게 생각난다.

'벌써 그립다. 그곳이.'

그렇게 아프리카를 추억하며 걸어가고 있었는데 괜찮아 보이는 집 하나를 발견했다.

똑똑!

아이 두 명이 나왔다.

"혹시 부모님 계시니?"

"잠깐만요. 아빠! 밖에 누구 왔어."

아저씨가 문을 열고 나왔다.

"안녕하세요."

"무슨 일이죠?"

"저는 한국에서 온 여행자인데…"

"우리집은 안돼요. 저기에서 텐트를 치면 경찰들이 와서 잡아 갈 거예요. 요즘 밖에서 자면 안되는 거 몰라요?"

"아…네, 알겠습니다. 안녕히 계세요."

"이곳에 사는 사람들은 아마 아무도 허락을 안 해줄 거에요. 저 집은 외국인들이 사는데 한 번 물어보세요."

집 앞에 아름답고 드넓은 푸른 초원이 있는 곳, 젖소들이 초원을 뛰노는 곳, 친절한 사람들이 웃으며 반겨주는 곳. 내가 상상한 미국 시골 마을은 이런 이미지였는데, 실제는 많이 달랐다. 아저씨가 알려준 맞은편에 있는 집으로 가서 다시 한 번 노크했다. 그랬더니 어떤 여학생이 나왔다.

"안녕? 한국에서 온 여행자인데…여기 뒷마당에 텐트를 쳐도 될까?"

"응. 난 괜찮은데 위층에 사는 사람들에게도 한 번 물어봐."

계단을 타고 위층에서 다시 노크했더니 레게 머리를 한 영국인이 나왔다. 지금 저녁 7시가 거의 다 되어서 해가 저물고 있다. 어두워지기 전에 꼭 잘 곳을 마련해야 한다.

"난 괜찮은데 아랫집에 물어봐."

"아랫집에 이미 갔다 왔어."

"그래? 그럼 텐트를 쳐도 괜찮아. 내가 도와줄까?"

"아니야. 나 혼자서도 할 수 있어. 고마워."

다행히 그는 무척이나 친절하고 밝은 친구였다.

텐트를 치고 짐을 풀어놓고 저녁을 사 먹으러 마트에 가는데 그 영국인 친구가 나를 따라왔다.

"나도 같이 갈래."

"그래, 좋아!"

영국인 친구

J마을에서 머무는 동안 지냈던 곳

"너 그런데 마트는 어디에 있는지 알아?"
"아니. 일단 걸어 다니면서 찾아보려고 했지."
"여기는 정말 위험한 동네야. 밤에는 되도록 혼자 다니면 안 돼."
"아! 진짜? 위험한지 잘 모르겠던데……"
"텍사스주나 남부지방 사람들은 진짜 좋은데, 여기는 사람들이 굉장히 차가워."
"미국이 다 똑같지 않아?"
"아니야. 달라. 여기만 유독 사람들이 차가워."
그와 같이 길을 걷는데 옆에 있던 흑인들이 갑자기 소리를 지르며 웃어댔다.
"헤헤헤헤…… 히하오……."
"저기를 봐. 정신병자가 많잖아. 다 마약 먹고 저러는 거야."
"하하. 그렇구나."
대형마트에 도착했다. 그런데 마트 맞은편에 1달러 마켓이 있었다.
"먼저 1$마켓에 가서 필요한 물건들을 사고, 없는 물건들을 대형마트에서 사는 게 좋아."
"그래? 그럼 그러자."
그리고 1달러 마켓으로 들어갔다.
"와! 여긴 진짜 싸다. 미국은 물가가 너무 높다고 느꼈는데…"
"뭐? 미국이 비싸다고? 나는 왔을 때 모든 게 우리나라의 반값이라서 진짜 싸다고 생각했는데?"
미국이 싸다고 느껴지면 영국 물가는 얼마나 비쌀지 상상도 되지 않았다. 마트에서 저녁에 먹을 음식들을 사고 텐트로 돌아왔다. 날씨가 조금 추웠지만, 워낙 추운 곳에서 많이 잔 경험이 있다 보니 견딜 수 있었다. 다음 날 아침, J마을을 더 돌아보았다. 거리에 사람이 별로 없다. 건물은 많은데 유령도시 같다. 길을 가다 태권도 도장도 보았는데, 문이

닫혀 있다. 점심을 먹으러 맥도날드로 갔다. 햄버거를 주문하고 자리에 앉았다.

노트북을 꺼내어 다음 목적지인 이타카로 가기 위해 카우치서핑 호스트를 검색해서 호스트 10명에게 메시지를 보냈고, 호스트 두 명이 와도 좋다는 답변을 했다. 네팔에서 트레킹을 할 때 만난 누나가 있는데, 그 누나가 이타카에서 대학교에 다니고 있었다. J마을에서 3~4시간 거리이며, 나이아가라폭포로 가는 길목에 있다 보니 한번 가 보는 것도 나쁠 게 없어 보였다.

인터넷으로 이타카행 버스를 예약했다. 미국의 버스시스템은 정말 이상했다. 매표소에서 표를 사는 가격보다 인터넷으로 사는 가격이 훨씬 저렴했고, 날짜와 요일에 따라 가격이 들쑥날쑥했다.

나는 오지마을을 여행하면서 더 머무르고 싶지만 아쉬운 마음으로 떠날 때가 많았다. 하지만 미국의 J마을은 그저 그랬다. 차가운 마을 속에 홀로 남겨진 기분이었다. 각 오지마을은 특별한 매력이 있었는데, 이곳은 다른 일반적인 도시와 별로 다를 게 없었다.

다시 마트로 갔다. 특별한 볼거리도 없는 이곳에서 유일한 친구는 어제 만났던 그 영국인이었다. 집에 가면 그 영국인 친구가 나를 반겨주지 않을까라는 생각에 마트에서 저녁을 사 들고 집으로 돌아가기로 했다. 마트에서 '악마의 초콜릿 잼' 누텔라를 보니 작은 것이 5,000원, 큰 것이 8,000원인데 양은 두 배 많았다.

'음...작은 걸 하나 살까? 아니야 어차피 많이 먹는데, 큰 걸 하나 사서 오래 먹자...아니다. 큰 걸 사면 가방이 무거워지니까 작은 것을 사는 게 좋을까? 그런데 이거 왜 이렇게 비싸지? 남아공에서 3,000원이었는데…….'

한참 고민하고 있는데 전동 휠체어를 탄 할머니가 내 옆으로 다가와서 힘없는 목소리로 말했다.

찌이이이이잉(전동 휠체어 소리)
"너 뭐 먹고 싶은 게 있는 거야?"
"네? 그냥 뭐 살지 고민하고 있었어요."
"생각하지 말고 그냥 골라. 내가 사줄게."
"아..아니에요. 하하."
"아니야. 진짜 괜찮아. 미국 정부에서 나처럼 몸이 약한 사람에게 마트에서 식자재나 생활용품을 사 쓰라고 돈을 지원해줘. 내가 내는 돈이 아니라서 너 먹고 싶은 거 다 사줄 수 있어."
할머니가 그렇게 말하자 또다시 고민에 들어갔다.
'진짜 미국 정부에서 지원받는 돈이니까. 음…미국은 돈도 많은데 하나쯤은 얻어먹어도 괜찮을까? 그럼 누텔라 큰 것을 하나 사 달라고 할까? 어떡하지?'
"그냥 골라. 정말 괜찮아. (누텔라 옆에 있는 땅콩버터를 집으면서) 이거 먹고 싶니?"
"아, 아니에요. (할머니 누텔라에요.)"
할머니는 내가 답답했는지 과자를 하나씩 담기 시작했다.
"이거 다 사줄게."
그런데 아무리 생각해 보아도 미국 정부가 늙고 몸이 아픈 할머니에게 쓰라고 준 돈인데, 아무리 생각을 해 보아도 내가 할머니를 이용하는 건 아닌 것 같았다. 그리고 나 자신에게 물었다.
'내 양심이 초콜릿 잼 하나 밖에 안돼?'
"할머니, 그냥 제 돈으로 사 먹을게요. 괜찮아요."
이렇게 결정하니 속이 시원했다. 결국, 작은 누텔라 하나를 사고 마트를 나왔다. 내가 그 몸이 불편한 할머니의 돈을 쓰려고 했다는 생각이 부끄럽게 느껴졌다.
저녁이 되어 더 늦어지기 전에 집으로 돌아갔다. 그런데 집으로 가는 길이 정확하게 생각나지 않는다. 거리가 바둑판처럼 가지런해서 이 길이나 저 길이나 똑같아 보이고, 집들도 다 똑같아 보였다. 주소를 모르니 "초록색 텐트 못 봤어요?" 라고 물을 수도 없었다. 두 시간 정도 길을 잃고 헤매다 간신히 내 텐트를 발견했다. 밤 10시, 저녁을 먹고 있는데 1층집에 있는 사람들이 나왔다. 첫날에 보았던 그 여학생의 부모님이었다.

"안녕하세요?"

"너 지금 텐트 당장 빼! 우리도 지금 월세를 내고 이곳에 살고 있는데, 집주인이 오후에 와서 이 텐트 누구 거냐고 묻더니 너 오자마자 바로 내보내라고 했어. 만약 너가 안 나가면 경찰을 불러서라도 내보내라고 하더라."

"네? 지금이요? 지금은 시간이 너무 늦었으니 내일 새벽 6시에 해가 뜨자마자 나가면 안 될까요?"

"안 돼! 너 집주인 말 하는 거 듣고 싶어? 내가 전화해 줄까?"

"아, 아니에요…그럼 이거 저녁밥만 마저 먹고 바로 짐 싸서 나갈게요."

아저씨는 주인에게 전화했다.

"네. 네. 네. 지금 왔습니다. 그가 저녁만 먹고 나갈 거라고 합니다. 네, 알겠습니다."

전화하지 않아도 나갈 생각이었지만, 아저씨는 나보고 들으라고 일부러 크게 말을 해서 내 자존심마저 밟아버렸다. 그리고 아저씨는 문을 닫고 집으로 들어갔다.

"하아!"

한숨이 나왔다. 지금 시각에 쫓겨나면 이제 어디로 가야 하나라는 생각이 들었다. 호텔도 갈 수 있었지만 눈 한번 감았다 뜨는데 8~9만 원이라는 돈을 내기엔 너무나도 아까웠다. 그런데 사실 나는 지금 이 상

집에서 쫓겨나기 직전에 찍은 사진

황을 즐기고 있었다.

"그래! 이제 좀 미국 여행이 재미있어지려고 하네."

그리고 피식 웃었다. 힘들게 불어 놓은 에어 매트리스의 공기를 빼고 다시 짐을 쌌다. 여행을 워낙 오랫동안 하다 보니 짐을 다시 싸는 데 10~15분밖에 걸리지 않았다.

집을 떠나는 것에 대한 미련은 없었지만, 그 영국 친구가 마음에 걸렸다. 고마웠다는 인사를 하려고 2층에 올라가서 문을 똑똑 두드려 보았지만, 반응이 없었다. 그리고 집을 떠났다. 한 대낮에도 길거리에 사람들이 많이 없었는데 밤 10시가 되니 정말 사람이 단 한 명도 없었다.

'나는 어떠한 상황에서도 지금까지 잘 해왔어. 오늘도 분명 잘해낼 거야! 이런 경험도 다 추억이 되겠지.'

이런 거리는 처음 보았다. 집집마다 문은 굳게 닫혀 있고, 거리에 차가운 바람만이 나를 반겼다. 영화에 나오는 감염된 도시를 나 홀로 쓸쓸히 걷는 기분이었다.

'머무를 수 있는 집이 있다는 것은 소중한 것이구나! 따뜻한 집, 맛있는 밥, 항상 내 곁을 지켜주는 친구들... 집 나오면 고생이라고 하더니, 정말 고생이네. 하하.'

그런데 200m 앞에서 모자를 쓴 남자가 내 쪽으로 걸어오고 있었다. 갑자기 그 영국 친구가 한 말이 생각났다.

'밤 10시 이후에 절대 혼자 돌아다니지 마. 정말 위험해.'

사방을 둘러보니 나와 그 정체를 알 수 없는 사람 둘밖에 없었다. 그냥 행인일 수도 있지만, 혹시 강도가 아닌가 싶어서 나도 미친사람처럼 변장을 했다. 마스크를 쓰고 모자를 푹 눌러쓰고 한밤중에 선글라스도 꺼내서 끼고 마치 테러범처럼 얼굴을 완전히 가린 채로 걸어갔다. 강도도 미친사람은 건드리지 않겠지. 그가 내게 가까이 왔을 때 한국말로 중얼거렸다.

"아, 내일은 무슨 밥을 먹을까? 김치찌개? 된장국?"

"......."

그는 그냥 묵묵히 걸어갔다. 작전에 성공한 걸까 아니면 그저 나 혼자서 미친 척을 한 걸까? 어찌 됐든 아무 일도 안 일어난 것에 대해 안도를 하고 길을 계속해서 걸어나갔다.

가다 보니 큰 교회가 보였다. 교회 뒤편에 있는 풀숲에 텐트를 치고 잘까? 하지만 사람들 눈에 잘 보여서 불안했다. 일단 조금 더 걸어갔다. 그러다가 큰 마당이 있는 거대한 집이 보였다. 넓은 마당에 낙엽까지 많이 깔려 있어서 저곳에 텐트를 치면 딱 좋을 것 같았다. 집 주인에게만 허락받으면 될 것 같은데, 밤 11시에 낯선 사람이 초인종을 누르면 이상한 사람으로 생각할 것 같았다. 그래도 다른 방법이 없었다.

일단 초인종을 눌렀다. 하지만 아무리 눌러도 사람이 나오지 않았다.

집에서 TV 불빛이 밖으로 새어 나오고 있었다. "헬로우! 헬로우!"를 외쳤다. 그래도 아무 반응이 없었다. 30분을 더 불러 보고, 아니면 다른 곳으로 가야겠다. 그런데 갑자기 차 한 대가 집 마당으로 들어왔다.

"안녕하세요?"

"네. 무슨 일이죠?"

"저 혹시 이곳에 사시는 분이세요?"

"아니요. 저는 지금 친구를 만나러 왔어요. 친구는 잠깐 기다리시면 지금 집에서 곧 내려올 거예요. 그런데 무슨 일이시죠?"

"다름이 아니라 제가 텐트를 칠 장소를 찾고 있는데, 혹시 괜찮으면 저 집 뒤편에 텐트를 쳐도 될까 싶어서요."

"네? 저곳에 텐트를 치겠다고요? 아무래도 친구가 허락해주지 않을 것 같네요."

그의 친구가 내려왔다. 저 집에서 누군가가 나오기를 얼마나 기대했는지 아무도 모를 것이다. 나는 그에게 밝은 표정으로 다가가서 인사했다. 그는 나와 비슷한 또래처럼 보였다.

"안녕?"

"응, 그래. 안녕? 무슨 일이야?"

그의 표정은 무척이나 밝았다. 내가 잘만 말하면 마당에 텐트를 치는 걸 허락해 줄 것 같았다. 그리고 그에게 상황을 설명했더니, 흔쾌히 허락해주었다.

"그래. 저기 뒤편으로 가면 조용한 곳이 있어. 그곳에서 텐트를 치면 될 거야."

나는 그에게 정말 고맙다는 인사를 여러 번 하고 뒷마당으로 가서 텐트를 쳤다. 뒷마당은 낙엽이 잔뜩 쌓여 있어서 매트리스를 깔 필요도 없었다. 시계를 보니 시간은 자정을 가리키고 있었다. 하늘이 무너져도 솟아날 구멍은 있다는 말이 이럴 때 쓰이는 걸까?

5-3
이타카

이타카의 맥주공장을 안내하는 카우치 서핑 호스트 짐보

아침 6시에 일어나서 짐을 싸고 버스터미널로 갔다. 그곳에 도착해서 아침밥을 먹고 버스를 타고 이타카로 갔다. 이타카에 도착하자마자 예약한 카우치서핑 호스트에게 연락했다.

"여보세요?"

"응. 나 카우치서핑을 신청했던 조이인데 지금 이타카 버스터미널에 도착했어."

"그래? 나 지금 나갈게."

"응."

그가 버스터미널에 왔다. 그는 처음으로 카우치서핑을 해 본다며 너무나 즐거워 보였다. 내가 첫 게스트라 그런지 그는 열정적으로 이타카를 소개해주었다. 이타카의 많은 폭포를 구경했고, 맥주 공장에 가서 맥주가 어떻게 만들어지는가에 대해서도 설명해주었다. 이타카의 마을 분위기는 J마을과 다르게 매우 밝았다. 마치 다른 나라에 온 것 같았다. 그렇게 이타카를 한 바퀴 휙 둘러보고 그는 나에게 어디에 가고 싶은지 물었다.

"마트에 가고 싶어."

"그래? 잘됐네. 여기 진짜 큰 마트 하나가 있는데, 그곳은 아시아 음식도 팔아. 너도 좋아할 거야."

나는 그곳에서 눈이 휘둥그레졌다. 김치도 팔았고, 김도 있었고, 한국 과자와 신라면도 있었다. 한식을 못 먹은 지 오래되었는데 이곳에서 한국 음식을 볼 줄이야!

"우와! 이게 여기에 있다니. 진짜 고마워. 나를 여기에 데리고 와 줘서."

내가 너무나도 좋아하니 호스트는 나를 쳐다보며 흐뭇한 미소를 지었다. 마트에서 장을 보고 호스트 집으로 돌아가서 내 주메뉴인 닭 가슴살 치킨 볶음밥을 해 주었다. 그리고 다음 날 아침 호스트에게 신라면을 끓여주었는데, 그는 라면을 먹을 시간이 없다며 라면을 그릇에 담아서 학교로 가지고 갔다.

마트에 다양한 한국음식이 진열되어 있다.

"라면은 시간이 지나면 다 불어서 맛이 없어."

"그래? 그런데 시간이 없어서 학교 가서 먹을게."

그는 이타카에 있는 코넬대학교에서 농구부 코치로 일하고 있었다. 생각해 보니 네팔에서 만났던 다은이 누나도 코넬대학교에 다닌다고 했다. 누나에게 연락했다.

"누나, 오늘 몇 시쯤 만날까?"

"음…나 요즘 시험 기간이라 진짜 바쁜데, 낮에 잠깐 볼 수 있을 것 같아."

"아, 그래? 그럼 내가 학교 쪽으로 갈까?"

"그래. 너 여기까지 왔으니 내가 맛있는 건 못 사주더라도 학교 급식은 사줄 수 있어."

“그래. 나 학교 급식 좋아해.”

코넬대학교는 높은 언덕 위에 있었다. 걸어서 한참을 올라가야 했다.

‘허억허억…… 이 누나 진짜 미국까지 왔는데 좀 좋은 학교에 가지. 이런 촌동네에, 또 산 중턱에 있는 학교나 다니고……. 아이고! 올라가다가 힘 다 빠지겠다. 허억허억.’

그리고 마침내 다은이 누나를 만났다.

“야, 밑에서 올라오니 많이 힘들지? 그래서 나도 여기 학교 밖으로 잘 안 벗어나.”

“어. 진짜 오다가 죽는 줄 알았어. 무슨 학교가 이런 산골에 있어. 그런데 학교가 내가 생각했던 것보다 꽤 좋아 보인다?”

“응. 그냥 다니기 괜찮아. 일단 밥부터 먹으러 가자. 여기 음식이 꽤 괜

코넬대학교

잖아."

"그래."

이곳이 학교식당이라는 것이 믿어지지 않았다.

"이게…학교 밥이라고?"

"응. 괜찮지?"

"괜찮은 정도가 아닌데? 고급 레스토랑에 온 것 같잖아."

음식은 내가 먹고 싶은 만큼 담을 수 있었으며, 다양한 음식과 다양한 샐러드, 다양한 과일, 음료수, 아이스크림, 심지어 내가 가장 좋아하는 초콜릿 케이크까지 모든 게 완벽했다.

"와! 누나 학교 다닐 맛이 나겠다."

"진짜 이 학교에 있으면 모든 게 다 잘 갖추어져 있어서 그냥 공부만 하면 돼. 학교 밖을 나갈 일이 없어."

"누나, 진짜 고마워. 나 여행하면서 여기에서 먹은 음식이 제일 맛있었어."

밥을 먹고 학교를 구경하러 나갔다. 학교는 너무 컸다. 학교 안에 호수도 있었고, 폭포도 흐르고 있었고, 건물도 너무 많아서 내가 갈 때마다 질문을 던졌다.

"여기도 대학교야?"

"응. 여기 눈에 보이는 게 다 학교야."

누나와 이런저런 수다를 떨다가 누나의 시험 준비에 방해되지 않기 위해 일찍 헤어졌다. 그리고 오늘 저녁 메뉴로 닭백숙을 요리하고 있는데 호스트가 일을 마치고 들어왔다.

"짐보! 나 아까 너희 학교 갔었는데, 진짜 크더라."

"학교 좋지? 하하."

"응. 진짜 크고 좋더라."

"당연하지. 우리 학교는 아이비리그 대학교야!"

"아이비리그? 그게 뭔데?"
"너 아이비리그 몰라?"
"응."
"미국에서 손꼽히는 명문대이고, 전 세계적으로도 유명해."
"아, 진짜? 어쩐지 학교가 좋아 보이더라."
알고 보니 코넬대학교는 세계적으로 유명한 명문대였다. 이타카 마을의 인구수는 3만 명인데, 2만2000명이 코넬대학교 학생이니 마을 전체가 코넬대학교라 해도 과언이 아니었다.
그는 닭백숙을 한 입 먹더니 감탄사를 내뱉었다.
"우와! 이거 진짜 맛있다!"
"맛있지? 이게 바로 한식이라는 거야!"
나는 짐보가 내 음식을 맛있게 먹어줄 때마다 기뻤다.
"아, 맞다! 아까 네가 해 준 스파게티 같은 음식 있잖아. 그것도 진짜 맛있더라."
"라면? 불었는데 맛있었어?"
"응. 진짜 맛있더라."
"만들어서 바로 먹으면 더 맛있어."
짐보는 다음에 그 스파게티를 또 사먹을 거라며 신라면 봉지를 냉장고에 자석으로 붙여놓았다. 다음 날 아침, 짐보의 아침밥을 챙겨주고 짐보는 학교로 출근했다. 설거지하는데 싱크대에서 물이 빠지지 않아서 손바닥으로 배수관을 푹푹 내리찍었다.
쿵!
갑자기 막힌 물이 콸콸 내려갔다. 이럴 수가! 막힌 배관이 뚫리지 않고싱크대 밑에 있던 배관이 떨어져 나갔다! 싱크대에 고여 있던 물이 집 안으로 콸콸 쏟아졌다. 진짜 큰일 났다!
'............'

먼저 걸레를 빨아서 바닥을 닦았다. 그리고 배관을 끼웠다. 하지만 아무리 낑낑대도 배관이 끼워지지 않았다. 난감했다. 짐보가 오기 전에 해결하고 싶은데...

'우리집도 아닌데 진짜 큰일이네...'

이런 일은 처음이다. 짐보에게 뭐라고 말하지? 다른 방법이 없어서 일단 짐보에게 전화를 걸었다.

뚜...... 뚜......

신호가 가는 소리를 들고 있으니 이상하게 긴장이 되었다.

"여보세요?"

"응. 짐보..."

"조이, 무슨 일이야?"

"아니... 그게 아니라...내가 설거지를 하고 물을 빼려고 하다가 하수구 배관이 터져 버렸어..."

"그래? 괜찮아. 걱정하지 마. 네가 잘못한 것은 하나도 없어. 내가 거기에 커피 가루를 쏟아부어서 그래."

짐보는 나에게 뭐라고 나무라기보다는 자신에게 책임을 돌렸다. 나에게 부담을 주는 게 싫었나 보다.

"미안해."

"아니야. 진짜 이건 네 잘못 아니야. 일단 내가 집으로 갈게."

그리고 짐보가 집으로 왔다.

"미안해. 짐보."

"아니야. 괜찮아. 괜찮아."

짐보도 배관을 끼우면 끝날 거라 생각했는데, 자세히 보니 배관이 빠진 게 아니라 완전히 부서진 것이었다.

"배관공 불러서 수리하는 게 어때? 돈은 내가 낼게."

"아니야. 돈은 조이가 낼 필요 없어. 아는 사람 중에 배관 전문가가 있는데, 그 사람에게 먼저 전화해야겠어."

그리고 배관 전문가가 와서 이렇게 말했다.

"모든 하수도 배관이 다 막혀서 집 전체 배관 공사를 새로 해야 합니다."

'이럴 수가…! 내가 그렇게 큰 실수를 한 걸까…? 무엇이 잘못된 걸까…?'

화장실에 가 보니 화장실 배관도 막혀서 물이 빠지지 않았다. 나는 죄책감만 들었다. 내일이 내가 떠나는 날인데, 그냥 가버리면 너무 책임감이 없어 보일 것 같았다. 짐보는 그런 내가 안쓰러워 보였는지 위로의 말을 계속했다.

"조이, 진짜 넌 여기에 대해서 아무것도 신경 쓰지 않아도 돼. 그냥 밖

싱크대 배수구가 고장나서 배관공이 점검하고 있다.

에 나가서 놀아. 괜찮아. 내 말 믿어. 내가 매일 커피 가루를 부어서 생긴 일이니까."

그리고 배관 전문가는 배관 공사가 완전히 끝날 때까지 물을 쓰지 말라는 말을 남기고 떠났다. 짐보는 다시 학교로 돌아갔다. 짐보의 말대로 걱정한다고 해서 해결될 일도 아니고 또 내가 할 수 있는 일이 아무것도 없다 보니 밖으로 나갔다. 어디 갈까 생각을 해 보니 코넬대학교밖에 없었다. 그리고 도서관으로 향했다.

'그래! 내가 언제 또 명문대에서 공부를 해보겠어?'

도서관에 앉아 3시간 동안 영어공부를 하고, 학교를 좀 더 둘러보고, 집으로 돌아왔다. 물을 사용할 수 없어서 짐보의 저녁도 만들어 줄 수 없었다. 그래서 저녁은 사서 들어갔다. 오늘은 마지막 저녁이어서 짐보와 많은 이야기를 나누었다. 다음 날 아침 짐보에게 작별인사를 했고, 짐보는 학교로 출근했다.

나는 미리 준비한 선물과 편지를 책상에 올려놓고 집을 떠났다. 이타카는 J마을과 반대로 너무나 평화롭고 밝은 모습만 기억에 남았다.

코넬대학교 도서관 내부

5-4
낯선 사람과 친구의 경계

나이아가라 폭포

나는 버팔로에서 한 번 환승해서 나이아가라에 도착했다. 우기에 아프리카 짐바브웨에서 빅토리아폭포를 봤기 때문일까? 나이아가라 폭포는 내가 생각했던 것보다 크지 않았다. 나이아가라는 폭포를 제외하고 볼거리가 없어서 캐나다로 넘어갔다.

미국에서 캐나다로 넘어갈 때 사람들은 주로 토론토로 가지만, 나는 토론토에 가기 전에 있는 H마을로 갔다. 카우치서핑과 오지여행을 하다 보니 피로가 많이 쌓였다. 오늘은 이걸 풀어주기 위해 게스트하우스로 향했다. 그런데 예약을 안 했더니 도미토리에 남는 침대가 없었다. 다른 숙박시설은 호텔밖에 없어서 할 수 없이 캠핑하기로 했다.

평소 캐나다에 대해 좋은 이미지만 있었다. 캐나다 사람은 다 열린 마음과 긍정적인 생각을 하고 있겠지? 마당이 큰 집들을 살펴보고 있었는데 옆에서 한 아저씨가 나를 보며 소리쳤다.

"야! 너 뭘 그렇게 남의 집 앞을 서성거려? 이 자식 이상한데? 한 번만 더 그러면 경찰에 신고할 거야!"

나는 침착하게 아저씨에게 가서 내 상황을 설명하고 사과한 뒤 다시 길을 걸어갔다.

'휴..이제... 미국이나 캐나다에서 오지 여행을 하지 말자.'

내가 힘든 것은 상관없지만 다른 사람을 불안하게 하고 싶지 않았다. 그래서 오늘까지만 북미에서 현지인 도움을 받기로 했다. 계속 길을 걷다가 마당에서 차를 청소하는 한 아주머니와 마주쳤다. 아주머니에게 설명하고 마당에 텐트를 쳐도 되는지 물어보았다. 아주머니는 허락하셨지만, 남편이 안 된다며 거절했다. 인사드리고 다시 걸어가는데 뒤에서 아주머니가 부르셨다.

"잠깐만 이리 와봐."

"네?"

"내 친구 가운데 너를 받아줄 친구가 있는지 한 번 전화해 볼게."

"아! 정말요? 고맙습니다."

그리고 아주머니는 한 친구에게 전화를 걸었다.

"한국에서 온 젊은 여행자가 20~30달러짜리 숙소를 찾고 있는데 어디 잘만한 곳 없어? 뭐? 저렴한 숙소가 60달러라고? 그럼 어떡하지... 뭐? 너희 집에 초대하면 된다고? 그래. 고마워."

그리고 머지않아 한 할아버지가 왔다.

"네가 그 한국에서 온 여행자야?"

"네. 안녕하세요."

할아버지는 좋은 인상을 가지고 계셨다. 아주머니는 나를 잘 봐달라며 할아버지에게 인사하고 헤어졌다. 할아버지는 나를 차에 태우고 먼저 마트에 장을 보러 갔다. 가는 동안 할아버지는 많은 이야기를 하셨다.

"내가 변호사 생활을 무려 30년이나 하고, 퇴직했고, 또 내 아들은……."

할아버지는 이런저런 이야기를 끊임없이 하셨는데, 지루하기보다는 재미있었다. 할아버지는 아파트에서 살고 있었는데, 가족이 없었고, 강아지 두 마리와 살고 계셨다. 할아버지의 아파트는 거실이 하나 방이 두 개 있었는데, 내게 텅 빈 방 하나를 주셨다.

"내가 이불은 줄 수 있는데, 매트리스는 없다. 어떡하지?"

"아, 괜찮아요, 할아버지. 저 매트리스도 있고 침낭도 있어서 아무 것도 안주셔도 돼요."

멍멍, 멍멍멍!

강아지들은 내가 너무나 낯설었는지 1시간 동안이나 목이 터져라 짖어 댔다.

"이제 충분해. 그만 짖어. 조이는 내 친구야!"

그래도 멈추지 않자 할아버지는 강아지들의 엉덩이를 한 대씩 때리며 소리쳤다.

할아버지네 강아지들

"그만 하라니까!"

강아지들은 도망가기 시작했고, 더 이상 짖지 않았다. 그리고 두 시간이 지나자 이제 내게 꼬리를 치며 달려오기 시작했다. 불과 1시간 전까지 무척이나 짖었던 강아지들이 꼬리 치며 달려오자 너무 귀여웠다. 할아버지는 추억의 물건들을 꺼내며 하나씩 설명해주셨다.

"이 그림은 내가 좋아하는 미술가가 직접 그려서 내게 선물로 주었는데, 돈으로 가치를 따질 수 없는 그림이야. 내가 가장 아끼는 물건이지... 그리고 이 물건은……."

할아버지의 설명을 한참동안 듣고, 같이 영화를 보며 저녁으로 피자를 먹었다.

"조이, 그런데 너 내일 갈 거야?"

"네... 아마 내일 런던(캐나다에 있는 런던)으로 떠날 것 같아요."

"그래? 하루 더 있다가 가지. 진짜 괜찮아. 하루 더 있어."

"할아버지, 저도 더 있고 싶은데, 며칠 후 시카고에서 라스베가스로 가는 비행기가 잡혀 있다 보니 내일 떠나야 해요."

"그래... 그럼 내가 너 떠나기 전에 마을 구경 한 바퀴 시켜줄게."

할아버지는 이혼하시고 10년째 혼자 살고 계셔서 무척이나 외로워 보였다. 오랫동안 혼자서 사셨는데 내가 할아버지의 말동무가 되어서 그런지 할아버지는 나를 떠나보내기 싫었나 보다. 나도 할아버지와 함께 있는 시간이 즐거웠지만 떠나야 했다.

저녁을 먹고 할아버지는 가루약을 드셨는데, 자세히 보니 '플레시보 효과 연구용' 이라는 낱말이 보였다.

"할아버지, 이게 뭐예요?"

"아...이거 병원에서 연구용으로 쓰는 약인데, 이거 참여하면 한 달에 40만 원을 준다고 해서 신청했어. 몇몇 사람에게 진짜 약을 주고, 몇몇 사람에게 아무 효능 없는 가루를 줘서 그게 효과가 있는지 실험하는 거야."

'이게 학교에서 배웠던 플레시보 효과로 만든 약이구나.'

할아버지는 이 약이 진짜 약인지 가짜 약인지 아직 모르고 계셨다. 아무 성분도 없는데 효과가 있을 거라 생각하고 먹으면 효과가 생긴다는 게 마치 지금 내가 하는 오지 여행과 비슷했다. 나도 오지를 여행할 때 그곳이 어떤 곳인지 잘 몰라서 불안했지만, 내 마음 깊은 곳에 '그래도 잘해낼 거야.' 라는 믿음이 있었다. 어쩌면 그 믿음 때문에 오지 여행이 가능했지 않을까 싶다. 시계를 보니 밤 11시를 가리키고 있었고, 할아버지는 영화를 보다가 잠이 드셨다.

다음 날 아침, 잠에서 깨어나 씻고 짐을 쌌다. 그리고 할아버지와 마지지막으로 기념사진을 찍었다. 할아버지는 마을을 구경시켜주고 버스

정류장까지 태워주셨다. 나는 작은 선물을 드렸고, 할아버지는 흐뭇해하셨다.

"안녕히 계세요. 할아버지 오래오래 행복하고 건강하게 지내시면 좋겠어요."

"응, 그래. 너도 다음에 또 마을에 놀러 오면 꼭 연락해. 내 전화번호 알지?"

"네. 꼭 연락드릴게요."

처음 이곳에 왔을 때 나는 혼자였다. 이제 이곳에 새로운 할아버지이자 친구가 생겼다.

낯선 사람과 친구의 경계는 어디일까?

할아버지와 나

5-5
돈 그리고 행복

캐나다 런던을 지나 윈드솔에 도착해서 이틀 머물고 미국 국경을 지나 버스를 타고 시카고로 갔다. 시카고에 도착해서 다음 날 비행기를 타고 라스베가스로 향했다. 지금까지 너무 고생만 한 것 같아서 오늘만큼은 부자처럼 살아 보기로 했다.

인출기에서 현금 40만 원을 빼내어 미리 예약한 5성급 호텔인 앙코르호텔로 갔다. 오늘 목표는 이 돈을 다 쓰는 것이다. 다 낡아 떨어진 슬리퍼를 질질 끌며 엉망진창이 된 배낭을 메고 라스베가스에서 손꼽히는 호텔 로비에 들어서니 내가 참 초라해 보였다. 하루 숙박비가 약 40만 원. 여행을 통해 해보고 싶은 것을 다 하기로 했기 때문에 아깝지 않았다.

방 열쇠는 카드로 되어있었고 카드에 내 이름까지 새겨서 주었다. 그리고 엘리베이터를 탈 때 보안요원이 카드를 검사했다. 문을 열고 방으로 들어가 보니 새집처럼 정말 깨끗했다.

'와...! 호텔이 좋긴 좋구나.'

방 안에 있는 전화기로 로비에 전화해서 내 배낭을 갖고 와 달라고 요청하니 한 직원이 노크했다.

똑똑!

“누구세요?”

“짐 왔습니다.”

“네, 감사합니다.”

문을 열고 내 짐을 받았다. 문을 닫으려 하는데 그가 말했다.

“혹시 더 필요한 건 없나요?”

“네, 없어요.”

내가 문을 닫자 그가 소리를 질렀다.

“지저스(jesus)!”

미국인들이 지저스(jesus)를 외칠 땐 뭔가 예상치 못한 안 좋은 일이 생겼을 때 쓰는데 난 그가 왜 소리를 저렇게 치는지 알 수가 없었다.

‘내가 뭘 잘못했나?’

시간이 지나서 다시 생각해보니 내가 팁을 주지 않아서 그런 것 같다. 여행하면서 처음으로 호텔에서 자다 보니 팁을 내야 한다는 것조차 몰랐다. 이곳은 미국이다. 미국엔 우리에게 익숙하지 않은 팁 문화가 있다. 그래서 지저스 사태가 다시는 일어나지 않게 하려고 현지인에게 보통 팁을 얼마 정도 내어야 하는지 물어보았다. 미국에선 웨이터가 계산서를 줄 경우 팁을 내야 하고 직접 계산대에 가서 계산할 경우엔 팁을 주지 않아도 된다고 한다. 그리고 팁은 고급 레스토랑에선 20%이상 일반 레스토랑에선 15% 이상이었다. 게다가 여기에 세금 TAX까지 따로 또 붙다 보니 레스토랑에 한 번 가게 되면 돈이 쑥쑥 빠져나갔다.

점심은 호텔 뷔페에 갔다. 먹을 것도 많고 디저트도 많다. 그래서 점심을 3시간 동안 먹었다. 점심값이 3만 원, 팁으로 6,000원을 주었다. 팁 문화가 마음에 들지 않았지만, 그 나라 문화를 존중하는 것이 옳다고 생각했다.

밥을 먹고 호텔을 둘러보았다. 라스베가스 하면 제일 먼저 떠오르는 게 카지노였는데 정말 카지노가 컸다. 어릴 때 친구들과 돈 내기를 하다가 기분이 상한 기억이 있다 보니 돈을 가지고 노는 건 하지 말자고 다짐했지만 라스베가스까지 왔는데 한 번쯤은 해 보는 것도 경험일 거라 생각하고 한번 해 보기로 했다. 처음엔 판돈 300원으로 시작했다. 그러다가 옆에서 하는 사람들을 구경 했는데 다른 사람들의 판돈은 내가 하는 판돈의 10배나 되었다. 저렇게 크게 판돈을 걸고 하면 마음이 불안 하지 않을까 싶었는데 어느새 나 또한 그렇게 큰 판돈으로 카지노를 즐기고 있었다. 그렇게 순식간에 10만 원을 잃었다.

이제 그만해야지 생각하고 무엇을 할까 둘러보는데 라스베가스에서 카지노를 빼면 정말 할 게 없었다. 라스베가스는 다들 흥청망청 돈을 쓰면서 놀자는 분위기라 그래서 그런지 나 또한 그 분위기에 빠져 버린

라스베가스 앙코르 호텔 카지노

것 같다. 그런데 오늘만큼은 그 분위기에 빠지고 싶었다. 그렇게 놀 만큼 놀고 방으로 들어왔다.

깨끗하고 너무나도 넓은 이 방이 나에겐 너무나도 어색했다. 내가 쓰는 객실은 소파와 넓은 책상이 있는 사무실과 침실이 따로 나뉘어 있었다. 그리고 화장실에 가보니 큰 욕조 그리고 TV와 리모컨 그리고 수건이 걸려 있었다. 그리고 로션과 샴푸, 칫솔 같은 세면도구 또한 진열되어 있었다. 숙소가 너무나 낯설었다. 그리고 큰 욕조에 물을 받아서 거품 목욕도 했다. 돈을 쓰는 게 좋긴 좋았다. 모든 게 편했다. 쫓겨 날 일도 없었고 추위에 떨지도 않았다. 식당이 없어서 배고픔에 굶주릴 일도 없었다. 목욕을 마치고 침대에 누워서 TV를 켰다.

라스베가스 앙코르 호텔 내부

오늘 하루 70만 원을 썼다. 하루 여행경비로 평균 3만 원을 쓰는 나에게 70만 원은 평소의 23배 즉 23일 치의 여행경비를 하루 만에 다 사용한 것이다.

'오늘 하루가 무척이나 행복하고 즐거웠을까?'

돈을 쓰면 편한 건 맞다. 몇 시간을 걸어가야 하는 걸 택시를 타고 가면 금방 도착할 수 있었고 또 맛있는 뷔페에서 다양한 음식을 먹을 수 있다. 캠핑하면서 추위에 떨 일도 없다.

하지만 돈을 많이 쓰니 사람들과 부딪칠 일이 없었다. 생각해 보니 오늘처럼 사람들과 대화를 나누지 않은 적은 없었던 것 같다. 나는 오늘 하루 70만 원을 썼지만, 마음이 공허했다.

내가 여행하면서 행복했던 때가 언제였지? 행복한 날이 매우 많았다. 그 공통점은 항상 내 곁에 누군가가 있어 줄 때였다. 케냐에서 봉사활동을 하며 개미 밥을 먹을 때도, 전구 하나 없고 바퀴벌레가 기어가는 샤워실에서 바가지 샤워를 할 때도, 내 곁에 친구들이 있었다. 난 가난이 행복을 가져다준다고 말하고 싶은 게 아니다. 어려운 상황 속에서라도 친구와 함께라면 행복하다는 걸 말하고 싶다.

한국에 도착하자마자 친구들이 보고 싶어서 여행을 떠났다. 몇 년 만에 만났지만 마치 지난주에 만났던 것처럼 어색함이 없었다. 세상은 바뀌었지만, 친구들은 그대로였다. 항상 내 곁에 있어 줘서 너무나 당연하게 생각했는데 그들은 나에게 너무나도 소중한 존재였다.

5-6
꿈속에서 꿈을 찾다

라스베가스에서 버스를 타고 LA로 갔다. 공항 근처에 있는 한 게스트하우스에 머물렀는데, 그곳에 있다 보니 공항을 지나칠 때가 많았다. 해변에 나갈 때나 숙소로 돌아올 때마다 숙소에서 운영하는 공항 무료 셔틀버스를 타고 돌아다녔다. 내 어릴 적 꿈은 비행기 조종사였다. 현실을 바라보며 자연스럽게 포기했는데, 이곳 LA에서 한 비행기 조종사를 만났다. 조종사 유니폼을 입고 캐리어를 잡고 공항 셔틀을 기다리고 있는 조종사의 모습이 너무나 멋있어 보였다. 나는 용기를 내어 그들에게 다가갔다.

"안녕하세요. 반가워요. 저는 한국에서 온 여행자인데, 저도 비행기 조종사가 되고 싶어요. 어떻게 하면 비행기 조종사가 될 수 있나요?"

"하하하! 그렇군요. 당신도 충분히 할 수 있어요. 미국에는 비행기 조종교육원이 많이 있어요. 한국도 비행교육원이 있을 거예요. 그곳에서 비행교육을 받으면서 충분한 비행 경험을 쌓고 준비하면 분명 멋진 조종사가 될 수 있을 거예요."

"정말 제가 할 수 있을까요?"

"그럼요. 하나씩 준비해서 한 걸음씩 실천하세요. 언젠가 내가 생각했던 목표에 다가와 있을 거예요."

어쩌면 나는 누군가 이 말을 해주기를 기다리고 있었는지 모른다. 꿈을 향해 도전해보라는 말. 나는 그의 한 마디 때문에 희망이 생겼다. 그날 이후 나는 여행을 그만할까라는 고민이 들 정도로 흔들렸다. 하지만 먼저 여행을 끝내고 새로운 일을 시작해도 늦지 않을 거라고 생각했다.

그 이후 비행기를 타러 공항에 갈 때마다 조종사에게 다가가서 이야기를 나누었다. 가끔 그들이 무시하고 지나칠 때 상처를 받기도 하지만, 다음에 친절한 조종사를 만날 거라는 희망으로 계속해서 다가갔다. 닫힌 문이라도 두드리다 보면 열릴 때가 있으니까. 그렇게 수많은 비행기 조종사를 만났고, 나도 할 수 있다는 자신감이 생겼다.

세계여행이라는 꿈을 꾸다가 또 다른 꿈이 생겼다. 새로운 것을 처음 시작하는 것은 항상 두렵지만, 꿈을 꿈으로만 남기기는 싫다.

"그래. 도전하자!"

나에게 꿈을 실어준 파일럿

06
와이나포토시_ 트레킹

6-1 포기하기 싫어도 포기해야 할 때가 있다

6-2 재도전

6-3 정상을 향해

6-1
포기하기 싫어도 포기해야 할 때가 있다

"네? 볼리비아에서 6,088m 산에 다녀오셨다고요?"

"응."

콜롬비아에서 한 한국인 여행객을 만났다. 그는 볼리비아에 엄청 싼 가격으로 6,088m 고산을 올라갈 수 있는 트레킹이 있다고 말했다. 등산을 좋아하다 보니 귀가 솔깃했다. 네팔을 여행할 때 안나푸르나(5,400m)에 한 번 갔었는데, 그 때 즐거웠던 기억이 오랫동안 남아서 6,000m 산도 한 번 올라가 보고 싶었다. 2015년 9월 1일, 볼리비아 라파스에 도착하자마자 여행사에 갔다.

"안녕하세요. 저 여기서 와이나포토시 투어를 신청하고 싶은데요. 혹시 혼자 올라갈 수 있나요?"

"혼자 가요? 혼자 갈 수 있지만, 혹시 고산 트레킹 해 본 경험 있어요?"

"네. 네팔과 조지아에서 트레킹을 한 번씩 해 봤어요."

"설산용 장비는 가지고 있으세요?"

"아니요. 장비도 필요한가요?"

"네. 꼭 필요하죠. 와이나포토시는 눈으로 덮인 설산이에요. 어느 산에 다녀오신 지 모르겠지만, 설산을 올라갈 때 꼭 전문 등산 장비를 착용하시고 가셔야 해요. 장비 대여비용과 교통비를 합치면 가이드와 함께 가는 비용과 비슷해지는데, 그래도 혼자 가실 생각이세요?"
"음... 그럼 그냥 가이드와 같이 갈게요."
등산장비를 점검하러 갔다. 이곳에 있는 장비는 낯설고 새로웠다. 등산화도 설산용이어서 보통 신발의 2배 정도로 크고 재질도 특이했다. 아이스 해머, 등산복도 점검하고 마트에서 과자, 초콜릿 바, 참치통조림 등을 비상식량으로 잔뜩 샀다. 또 가기 전에 에너지를 보충하기 위해 한식을 먹으로 한국식당으로 갔다.
"안녕하세요. 아저씨, 김치찌개 하나만 주세요."
"응. 그래. 김치찌개 하나 좋아. 그런데 넌 어디 사냐?"
"한국에서요? 통영이 제 고향이에요."
"아이고, 통영 촌놈이 여기까지 오고. 너 혹시 통영에 김갑수(가명)라고 아냐?"
"네? 그 사람이 누구에요?"
"갑수라고 그 삼성조선소 다니는 친구인데, 통영에 사는 사람은 다 자기를 알 거라던데?"
"통영도 생각보다 크고 사람도 많아요. 그렇게 촌 동네는 아니에요. 하하."
"그래? 너 라파스에서 뭐 할 거냐?"
"와이나포토시 올라가려고요."
"뭐? 와이나포토시? 너, 아이고, 그거 내가 여기 식당하면서 올라가는 사람 몇 명 못 봤는데, 너 절대 못올라가. 그 6,000m 산 말하는 거 맞지?"
"네. 어려워요?"
"그럼. 6,000m 산이 쉬운 줄 아냐."
"제가 올라가면 김치찌개 한 그릇 주시면 안 돼요? 하하!"
"김치찌개? 그래 좋아! 아니, 너 먹고 싶은 거 다 줄 수 있어."

나는 이곳에서 사장님을 처음 만났는데, 사장님은 나와 오랫동안 알고 지낸 사이처럼 인상이 포근했다. 마치 동네에 있는 친한 아저씨 같았다. 김치찌개 한 그릇이 걸려 있다 보니 이번 등산에 꼭 성공하겠다는 욕심이 생겼다.

다음 날 아침 일찍 산으로 향했다. 내가 머물고 있던 라파스가 해발 3,800m인데, 차를 타고 등산 출발점인 해발 4,800m까지 가기 때문에, 실제로 올라가는 높이는 1,300m밖에 되지 않았다.

'실제 등산 양이 1,300m밖에 되지 않으니까 그냥 동네 뒷산을 올라가는 마음으로 가야겠다.'

베이스캠프에 도착했다. 2박 3일 일정이었는데, 첫날은 아이스 해머로

빙하에 올라가는 연습

빙하를 타는 연습을 하러 갔다. 두 시간 정도 올라가니 빙하가 나왔다. 아이스해머를 찍으며 빙하를 올라갔고, 가시가 달린 신발을 신고 빙하 위를 걸어 올라가 보기도 했다. 힘들기보다는 재미있었다. 그리고 베이스캠프로 내려왔다. 우리는 이렇게 고산에 적응했고, 차를 마시면서 휴식을 취했다.

다음 날, 제2 베이스캠프(5,130m)까지 올라갔다. 이날 나는 매우 들떠있었고 컨디션도 좋아서 올라가는데 힘들지 않았다. 그래서 가이드 바로 뒤를 바짝 쫓아 올라갔다. 그런데 같이 올라가던 미국인 친구 리지가 자꾸 뒤쳐지기 시작했다. 아무도 리지를 챙겨주지 않아서 내가 리지와 함께 천천히 올라갔다. 트레킹은 경쟁이 아니다. 다 함께 즐거운 추억을 만들기 위해 트레킹을 하는 건데, 리지 혼자 쓸쓸히 올라가는 모습이 안타까웠다. 그래도 리지는 같이 올라가는 동료들에게 짐이 되기 싫었는지 나보고 그냥 먼저 올라가라고 말했다.

"나 괜찮아. 먼저 올라가. 헉헉."

"아니야. 30분 먼저 베이스캠프에 도착해서 뭐해? 그냥 같이 가자."

"아니야. 진짜 괜찮아… 헉헉! 너 먼저 가. 너만 힘들어지잖아."

내가 리지에게 너무 부담을 주고 있는 걸까?

"그럼 나 그냥 갈까?"

"……"

리지는 아무 말도 하지 않았다. 역시 혼자서 산을 오르는 건 누구에게나 외롭고도 힘겨운 일이다. 그런데 갑자기 눈보라가 치기 시작했다.

"이럴 수가! 9월에 눈이 내리다니…"

눈보라가 엄청 강해서 얼굴이 정말 따가웠다. 마치 손바닥으로 뺨을 맞는 기분이다. 그래서 등산 마스크로 얼굴을 덮었다. 그리고 마치 에베레스트에 온 기분마저 들었다.

"에베레스트! 꼭 정복하고 말겠어. 헉헉!"
리지에게 장난도 쳤다.
"리지! 리지! 정신 잃지 마. 포기하지 마. 우린 할 수 있어. 곧 정상이야!"
"하하!"
리지도 재미있었는지 웃으면서 더 힘을 내어 앞으로 걸어갔다.
눈보라는 더욱 거칠게 몰아쳤다. 리지의 헬멧과 옷에 눈이 쌓이기 시작했다. 그리고 가방에도 눈이 쌓여서 리지에게 실린 무게가 더 무거워졌다. 눈도 계속해서 쌓이면 무겁다 보니 가방에 쌓인 눈들을 계속해서 털어주었다. 이제 가이드와 동료들이 보이지도 않는다. 그래도 당황하지 않고 길을 따라 올라갔더니 휴식을 취할 수 있는 장소가 보였다. 그곳엔 가이드와 동료들이 기다리고 있었다. 리지와 나도 이곳에서 잠깐 휴식을 취하고, 다시 배낭을 메고 올라갔다. 그리고 가이드가 답답했는지 말을 꺼냈다.
"조이, 이제 리지는 신경 쓰지 말고 네가 먼저 올라가."
"그럼 리지는 어떻게 혼자 올라가요?"
"지금부터는 내가 챙길게."
처음엔 리지가 뒤처져도 가이드는 신경도 쓰지 않았지만 이제 조금 걱정이 되었는지 가이드가 리지를 챙기기로 했다. 나는 리지를 가이드에게 맡기고 빠른 걸음으로 올라갔다. 계속해서 올라가는데 눈보라에 길이 덮여서 잘 보이지 않았다. 잘 가고 있나 의심도 들었다. 뒤를 돌아보니 가이드도 안 보이고 앞을 보니 다른 동료들이 보이지 않았다. 그냥 이 길이 맞을 거라 생각하고 올라갔다. 다행히 올라가다 보니 다시 길이 보였다.
제1 베이스캠프를 떠나 3시간이 되어 제 2베이스캠프에 도착했다. 이곳은 해발 5,130m. 어떻게 이곳에 캠프를 지었는지 신기하다. 그리고

눈보라를 맞으며 산을 올라가고 있는 리지

제2 베이스캠프에서 휴식을 취하고 있는 등산팀

베이스캠프에서 친구들과 차를 마시며 수다를 떨고 있는데 리지가 도착했다.

"리지 왔구나!"

우리 모두 박수치며 리지를 축하해주었다. 그리고 다 함께 저녁을 먹었다. 그 베이스캠프가 제공한 저녁은 간단했지만, 산에서 먹어서 그런지 맛있었다. 그리고 마트에서 사 들고 온 과자를 하나씩 꺼냈다. 처음에 새콤달콤한 젤리 지렁이를 꺼내서 다 같이 먹었더니 인기가 정말 좋았다. 그래서 지렁이를 다 먹고 오레오 과자도 꺼냈더니 다른 등산객들이 환호를 질렀다.

"와우! 조이! 네 가방 안엔 과자만 있어? 하하."

지금 시각 오후 5시. 가이드가 일정을 통보했다.

"6시에 자고, 밤 12시에 일어나 밥을 먹고, 등산 장비를 착용해서 출발합니다. 정상에 올라갈 때 오늘 올라간 속도보다 조금 더 빨리 걸어갑니다."

마음의 준비를 단단히 했다. 그리고 베이스캠프 벽에 낙서처럼 적혀 있는 방명록을 보았는데, 내용이 다양했다. '6,088m 와이나포토시 내가 정복했다!' 라는 문구와 함께 본인의 나라 깃발을 옆에 그려 놓기도 하고, '아쉽게 200m를 남겨놓고 중도 포기했지만 멋진 경험이었다.', '힘들어 죽을 뻔... 내 생애 최악의 경험. 다시는 안 한다.', '정상 정복 완전 쉬움.' 등등 먼저 올라갔다 온 여행자들의 다양한 방명록이 남아있었다.

저녁 6시가 되자 다들 잠자리에 들었다. 잠들기 전까지만 해도 워낙 시끌벅적하고 다들 정신이 맑아서 진짜 오후 6시에 잠을 잘 수 있을까 생각했는데 불을 끄고 한 명씩 잠자리에 드니 정말 고요했다. 하지만 정상에 가는 기대가 커서 그런지 잠이 오지 않았다. 계속 노래를 듣다가 이런저런 생각도 하고, 화장실도 갔다가 시계를 보니 8시가 넘어버렸다.

'자, 이제 자자... 잠을 자야 해.'

자꾸 자야 한다고 생각하다 보니 오히려 잠이 더 오지 않았다. 그래서 다시 전략을 바꾸어서 아무 생각 없이 누워만 있기로 했다. 잠이 안 오면 그냥 밤을 새워서 가자는 생각으로 누워있었다. 그런데 갑자기 누군가 나를 깨웠다.

'하암... 뭐지? 내가 잠이 들었던 건가?'

잠깐 잠들었다 깨어나니 반갑지 않은 소식이 있었다.

"다들 일어나! 너희 지금 정상으로 못 가. 지금 밖에 눈보라가 몰아치고 있어."

얼마나 눈보라가 심해서 못 간다고 하는 걸까? 문을 열어보았다. 윽! 앞이 보이지 않을 정도로 눈보라가 매서웠다. 다들 올라갈 수 없다는 말을 듣고 실망감에 빠졌다. 새벽 2시까지 눈보라가 그치기만을 기다려 보자고 해서 다시 잠이 들었다가 일어나 보았는데 새벽 4시였다. 밖에 나가보니 눈보라가 완전히 그쳤다. 그리고 가이드에게 달려갔다.

"이제 눈이 다 그쳤어요. 지금 가요!"

"이미 늦었어. 갈 타이밍을 놓쳤어."

"네?"

"지금 가면 위험해. 한밤중에 가는 게 다 이유가 있어."

가이드는 햇빛이 들어오면 눈이 녹았다 다시 얼면서 신발이 굳기도 하고 눈사태가 날 확률이 높아지기도 한다며 설명을 나에게 해 주었는데

한밤중의 눈보라

그래도 아쉬운 마음에 가이드를 한 번 더 졸라 보기로 했다.

"같이 가면 안 돼요? 진짜 이대로 다시 내려가긴 너무 아쉬워요."

"안 돼. 지금 가면 위험해."

"그럼 여기 베이스캠프에 하루 더 있으면 안 돼요?"

"있어도 되는데, 그럼 500불(한국 돈 약 9만 원) 더 지불해야 해. 그리고 산에 올라가기 전에 날씨예보를 보았는데 내일도 눈이 온다고 그랬어."

"오늘 눈 오는 것도 알고 계셨어요?"

"응. 오늘도 눈 온다는 예보를 보고 왔는데, 산 날씨가 워낙 오락가락 하다 보니 그게 안 맞을 때도 잦아서 너희에게 이야기를 안 했어."

이렇게 포기해야 하는 것이 너무 속상했다. 돌아가도 환불해주지 않는다. 그래서 가이드 아저씨에게 조금 더 억지를 부렸다.

"같이 한 번만 가요."

"안 돼. 진짜 위험해."

사실 나는 뭐가 위험한지 잘 이해하지 못했다. 지금 이곳을 올라온 것처럼 천천히 올라가면 정상까지 갈 수 있을 거라는 생각만 들었다. 가이드 아저씨가 계속해서 못 간다고 말을 하자 그럼 혼자서라도 올라가기로 했다.

"그럼 저 혼자 갈게요."

처음엔 가이드가 혼자 떠날 거라는 말을 농담이라 생각하고 신경도 안 쓰고 있었지만 내가 장비를 챙기고 갈 준비를 하니 가이드가 무척이나 놀라며 말했다.

"야! 너 지금 뭐하는 거야! 너 지금 가면 죽어!"

"올라가보고 힘들면 돌아올게요."

"그럼 여기 혼자 가다 죽어도 내가 책임 안 진다고 종이에 서명하고 가!"

"네. 종이 어디에 있어요?"
"아니야. 너 진짜 절대 안 돼. 내가 너 못 보내!"
"올라가는데 많이 위험해요?"
"올라가다 보면 눈구덩이가 있는데, 잘못 밟으면 너 거기 툭 빠져서 혼자선 올라올 수가 없어."
가이드가 이렇게까지 말리는 걸 보니 혼자 가면 진짜 위험한가 보다. 그만 떼를 쓰고 포기하기로 했다.
'아...! 이대로 한식당에 찾아가기도 민망한데.'
마을로 돌아가서 한국음식을 먹고 싶었지만, 날씨 때문에 되돌아 왔다는 말은 핑계밖에 되지 않아서 갈 수가 없었다.
아침이 되어 씁쓸한 마음으로 제1 베이스캠프로 내려갔다. 그리고 점심을 먹고 마을로 가는 차에 올라탔다. 봉고차 안에 나, 칠레에서 온 친구 한 명, 유럽 에스토니아에서 온 친구 한 명이 타고 있었다.
"너희 또 산에 올라갈 거야?"
"응. 우린 또 갈 거야. 일단 여행사로 가서 다시 한 번 협상하고, 할인을 조금 더 해주면 다시 갈 거야."
"그래? 나도 좀 깎아주면 해야겠다. 만약 가게 되면 같이 가자."
"하지만 우리는 사흘 뒤에 갈 거야."
"왜? 내일 바로 안 갈 거야?"
"응. 사실 내일 밤에 재미있는 파티가 있는데, 그곳에 가려고."
"파티? 무슨 파티인데? 나도 재미있을 것 같으면 갈래."
"너 진짜 올 거야?"
"응. 들어보고 재미있을 것 같으면 갈게."
"우리는 상관없어... 하지만 거기는 남자밖에 없을 거야."
"무슨 뜻이야? 설마..."
"맞아. 게이 파티에 갈 거야. 그리고 이 친구는 내 남자친구야."

"아... 그렇구나. 너희 둘이 나라도 다른데 어떻게 만났어?"

"스마트폰에 게이 어플리케이션이 있는데, 그걸로 만났어. 내 남자 친구 귀엽지!"

"아... 응. 하하. 너희 둘이 잘 어울린다."

처음엔 게이가 조금 부담스러웠는데, 여행을 다니면서 워낙 많은 게이를 만나다 보니 나중엔 거부감이 없어졌다. 나에게 성적으로 접근하지 않는다면 게이라도 친하게 지냈다. 생각해 보니 어쩐지 칠레에서 온 친구가 약간 여자처럼 행동했던 것 같다. 그 둘은 베이스캠프에서도 연인처럼 항상 붙어 다녔는데, 이제야 모든 것이 이해가 되었다.

6-2
재도전

마을에 도착하자마자 여행사로 찾아갔다.

"이제 어떻게 해야 하나요?"

나는 실망한 표정으로 여행사 담당자에게 말했다.

"눈보라를 예상하지 못했어요. 그런 날씨에 올라가면 사고 날 확률이 굉장히 높아요. 그래서 가이드가 올라가기를 포기했고요."

"그럼 환불은 안되는 거에요?"

"네... 환불은 불가능해요."

"그럼 다시 한 번 가게 해 주세요. 공짜로."

"음... 무료까진 힘들 것 같고, 원래 지불했던 금액의 30% 가격만 받을게요."

절반 할인을 예상했는데, 더 큰 할인을 받았다.

"감사합니다. 괜찮은 가격이네요. 하하."

"고객이 만족하면 저도 기쁩니다. 하하. 그럼 나중에 갔다 와서 방명록을 한글로 하나만 작성해 주실 수 있나요?"

"그럼요. 당연하죠!"

이번엔 인터넷으로 와이나포토시 날씨를 검색해 보았다. 그런데 오늘도 눈, 내일도 눈, 모레도 눈. 사흘 동안 눈만 온다. 할 수 없이 라파스에 사흘 더 머물기로 했다. 그리고 라파스에 있는 동안 맛집을 찾아서 돌아다녔다. 시장에서 정말 맛있는 치킨집도 발견했고, 닭백숙, 치킨까스 맛집도 발견했다. 남미에 닭요리가 많아서 치킨은 정말 질리도록 먹었다.

와이나포토시로 가기 하루 전 숙소에서 한국인을 만났다. 남미를 여행하는 동안 한국인을 많이 보지 못해서 참 반가웠다. 그 형은 저녁에 레슬링 구경을 제안했다. 원래 레슬링에 크게 관심이 없었지만, 같이 있던 외국인 친구들이 여기 볼리비아에 있는 레슬링은 좀 특별하고 전 세계에 이곳밖에 없다며 꼭 가야 한다며 이 레슬링을 강력히 추천했다. 표 가격도 한국 돈으로 만 원정도로 저렴해서 한번 가 보기로 했다.

레슬링 무대는 괜찮아 보였지만, 경기를 시작되자 실망감이 들었다. 레슬링 경기라길래 미국 WWE를 생각하며 갔지만, 스폰지옷을 입은 레슬러와 삐에로 아저씨가 레슬링을 했다. 만 원으로 너무 큰 경기를 바랐나 보다. 그리고 하이라이트인 여자 레슬링 또한 너무 지루해서 밖에 샌드위치를 사 먹으러 나갔다. 마땅한 가게가 없어서 경기가 다 끝났길 바라는 마음으로 돌아왔지만, 여전히 경기가 진행 중이었다. 그리고 마침내 경기가 끝나고 마을로 돌아갔다. 그리고 저녁을 먹으면서 권이 형에게 산에 같이 가자고 권했다.

"형, 저 내일 해발 6,088m 와이나포토시라는 산에 올라갈 건데 같이 가요."

"6,000m 산이라고? 좀 더 자세히 알려줘."

"6,000m 고산인데 가격도 저렴하고 이곳 볼리비아에서만 이 가격에 갈 수 있대요. 다른 나라는 6,000m 산을 오르려면 정말 가격이 비싸요."

"그래? 생각을 한 번 해 봐야겠다."

스폰지밥과 삐에로 아저씨가 레슬링 경기를 펼치고 있다.

조금만 더 말하면 권이 형이 넘어올 것 같았다.

"네. 진짜 이번이 기회에요! 저도 며칠 전에 한 번 갔었는데 눈보라가 막 쳐서 할 수 없이 돌아왔어요. 아쉬워서 이번에 또 가요. 그런데 형은 걱정 안 하셔도 돼요. 내일 날씨 보니까 완전 맑아서 제가 갔을 때처럼 돌아오는 일은 없을 거예요. 형도 저랑 같이 가면 할인도 많이 받을 수 있을 거예요."

권이 형은 성격이 밝고 활발해 보여서 같이 가면 재미있을 것 같았다. 그리고 결국엔 권이 형도 나의 꼬드김에 넘어와 같이 산에 같이 올라가기로 했다. 다음 날 아침 같이 여행사에 가서 권이 형의 장비를 살펴보았다. 이미 내가 여행사에서 가격을 다 깎아 놓은 상태라 권이 형도 할인된 가격에 같이 갈 수 있었다. 권이 형은 평소에 운동을 많이 했고, 축구부 생활도 오랫동안 해서 자신 있어 보였고, 산에 가는 게 좋았는지 들뜬 모습이었다. 우리는 컨디션이 매우 좋았다. 그리고 차를 기다리고 있는데 그 게이 커플이 왔다.

"어! 너희 결국 이렇게 또 같이 가네. 하하."

"어! 그러게. 또 만났네. 왜 더 일찍 안 떠났어?"

"날씨를 보니 며칠간 계속 눈이 온다고 되어 있어서 미뤄졌어."

봉고차에 올라타고 다 함께 와이나포토시로 향했다. 이번 일정은 1박 2일. 빙하 체험을 제외하곤 그때 일정과 같았다. 그리고 예상대로 하늘은 무척이나 맑았다. 제1 베이스캠프에 도착하고 점심을 먹고 바로 올라갔다. 가이드는 벌써부터 힘든지 무척이나 천천히 걸어갔다. 네팔 안나푸르나를 올라갈 때 만났던 그 짝퉁 가이드가 생각났다.

네팔에서 트레킹을 할 때 폴란드에서 온 친구들을 만났는데, 그 친구들은 가이드를 고용했었다. 나는 폴란드 친구들과 그들이 고용한 가이드와 함께 해발 5,000m 틸리초 호수에 올라갔었다. 그런데 다음날 그 가이드가 보이지 않았다. 폴란드 친구들에게 물어보니 가이드가 고산병이 와서 집으로 돌아 가 버린 것이었다. 그곳에 있던 사람들은 이 말을 듣고 크게 웃었다. 그 가이드는 안나푸르나 경험이 전혀 없는 초보 가이드였다. 지금 우리 가이드도 너무 천천히 걸어서 걱정되기 시작했다.

제1 베이스캠프를 떠난 지 1시간이 지날 때 같이 갔던 권이 형이 무척이나 뒤처지기 시작했다. 형은 너무나 힘들어 보였는데, 갑자기 소리를 질렀다.

"악!"

"뭐야? 무슨 일이야?"

다른 여행자들이 놀라서 권이 형을 쳐다보았다.

"형, 왜 그래요? 무슨 일이에요?"

"와…! 생각보다 너무 힘들어."

"그렇죠? 저도 그냥 동네 뒷산 올라가는 느낌으로 저번에 올라갔다가 생각보다 힘들어서 놀랐어요."

권이 형이 생각보다 많이 뒤처지자 가이드가 권이 형을 따로 챙기고, 나는 게이 커플과 함께 제2 베이스캠프로 향했다. 오후 4시, 생각보다 빨리 베이스캠프에 도착했다. 그리고 저녁 식사시간이 되었다.

"형, 형 괜찮아요?"

"응. 괜찮아. 와! 여기 진짜 힘들다. 아까 소리를 지른 것도 다른 사람들은 다 잘 올라가는데 내가 계속 뒤처지다 보니 자존심이 상해서 그랬어. 운동은 내가 잘하는 편이라고 생각했는데……."

그리고 가이드가 여행자들에게 내일 일정을 안내해주었다.

"일단 한 번 올라가면 중간에 포기할 수 없습니다. 그러니까 지금 몸이 안 좋으면 이곳에서 쉬는 것이 좋습니다."

권이 형은 곰곰이 생각한 뒤 올라가지 않기로 했다. 다른 여행사를 통해서 온 세 명의 친구들도 베이스캠프에 남기로 했다. 눈을 감고 조용히 음악을 들으며 누워있는데 내일이면 정상에 도달할 수 있다는 것이 아무리 생각을 해도 믿기지 않았다.

'내일이면 드디어 정상으로 갈 수 있는 건가?'

긴장도 되고, 기대도 되고, 내가 정말 할 수 있을까라는 생각이 많이 들었다. 그래도 포기하지 말자. 이제 노래를 끄고 스르륵 잠이 드는데 갑자기 가슴이 답답했다. 잠에서 확 깼는데, 내가 숨을 안 쉬고 있었다.

'뭐지? 왜 내가 숨을 안 쉬고 있지? 저번에는 잘 잤는데...'

다시 잠이 드는데 또 숨이 턱 막혔다. 그래서 또 잠에서 깨었다. 잠에서 깨면 저절로 숨이 쉬어졌다. 그리고 또 나의 잠을 방해하는 요인이 있었다. 누군지는 모르겠지만 누군가가 캠프에서 계속해서 방귀를 뿡뿡 뀌는 것이었다. 처음에 한두 번은 그냥 그런가보다 싶어서 가만히 있었지만 뭔가 저 친구 소화기관에 문제가 있어 보였다. 뿡뿡거리는 소리가 10분마다 들렸다. 처음엔 혼자 속으로 킥킥거리며 웃었는데 나중에 다른 친구들도 방귀 소리에 잠에서 깨었는지 다 같이 '킥킥킥, 크크크' 거리며 웃었다. 밤 10시 겨우겨우 잠이 들었는데, 잠든 지 2시간 만에 가이드가 나를 깨웠다.

"자, 모두 일어나세요. 오늘은 날씨가 진짜 좋네요. 간단하게 아침밥 드시고, 장비 챙겨서 정상에 오를 준비합시다!"

나는 문을 열고 캠프 밖으로 나가보았다. 눈보라도 치지 않고, 수많은 별이 반짝이고 있었다. 아침을 먹고 장비를 착용한 후 가이드 한 명과 등산객 두 명, 3인 1조를 한 팀으로 올라가기로 했다. 나는 빨리 정상에 올라가고 싶은 마음이 굴뚝같았다.

처음 한 시간은 어렵지 않게 걸어 올라갔다. 그러나 시간이 지날수록 체력이 떨어져서 갔고, 고도가 높아질수록 숨쉬기도 가빠졌다. 1시간 30분 정도 올라가다가 10분 휴식을 취했다. 그런데 뒤에서 쉬고 있던 다른 팀원 중 한 명이 갑자기 긴급상황을 외쳤다.

"Oh my God! This is emergency situation! (비상사태에요!)"

가이드가 무슨 일이냐고 물어보았는데, 그 여행자는 배가 아프다며 소리쳤다. 이곳엔 화장실도 따로 없다. 가이드가 말했다.

"너무 멀리 가면 걷다가 눈구덩이에 빠져서 죽을 수도 있어! 너무 멀리 가지마!"

그는 가이드의 말을 듣고 겁이 났는지 우리가 쉬고 있는 곳 바로 옆에서 큰일을 보았다. 가이드와 친구들은 웃으면서 농담을 했다.

"이건 대박이야! 얘들아 다 사진 찍어!"

"그래. 설산에서 똥을 싸는 것도 좋은 경험이야. 하하!"

그 친구는 5분 만에 재빨리 일을 봤고, 엉덩이가 다 얼었다며 투덜댔다. 그래도 그 친구 덕분에 뭔가 침침했던 분위기가 확 다시 살아나서 좋았다.

제2 베이스캠프를 떠나 정상을 향해 올라가다가 잠시 휴식을 취하고 있다.

6-3
정상을 향해

다시 걷기 시작했다. 금방 살아났던 분위기는 산을 올라 간 지 10분 만에 다시 죽어버리고 침묵만이 흘렀다. 쉬고 있을 때 체력이 완전히 회복되었다고 느꼈는데, 다시 몇 발자국을 걷기 시작하니 또다시 헉헉거리기 시작했다.

"이제 얼마 정도 남았어요?"

"아직 반도 안 왔어."

"네? 반도 안 왔어요?"

6시간을 걸어온 느낌이었는데, 시계를 보니 고작 3시간밖에 흐르지 않았다. 휴대폰 GPS를 켜서 위치를 확인해 보니 정말 반도 오지 않았다.

"너 포기할래? 돌아가려면 지금 가는 게 좋아."

"아뇨. 꼭 정상을 찍을 거예요."

이때부터 체력은 급격히 떨어지기 시작했다. 한 걸음 한 걸음 걷는 게 너무나도 무겁게 느껴졌고 숨을 쉴 때도 크게 크게 쉬었다.

"하아 하아…"

반면에 어제 너무 느릿느릿 걸어서 내가 걱정했던 가이드는 숨소리 하나 내지 않고 너무나 평온했다. 그리고 가이드의 걸음걸이가 너무 빠르게 느껴졌다.

"왜 이렇게 빨리 가요? 힘들어요."

"무슨 말이야? 나는 아까부터 똑같은 속도로 걷고 있었어."

지금까지 내가 했던 트레킹과 차원이 달랐다. 몇 발자국 걷지도 않았는데 왜 이렇게 힘이 드는지! 우리 팀 동료들도 너무 힘들어서 물개 소리를 내며 올라갔다.

"어허후후... 허허후..."

마치 내가 지은 죄가 많아서, 죗값으로 고문을 받는 기분이 들었다. 그래서 아무것도 안했는데 걷다가도 '잘못했어요. 이제 그만 봐주세요. 안 할게요.'를 속으로 외치며 걸어갔다. 그냥 잘못을 뉘우치면 누군가 내 고통을 덜어 줄 것만 같았다. 한참을 걷다가 '이제 정말 거의 다 왔겠지' 라는 생각이 들어서 가이드에게 물었다.

"얼마나 왔어요?"

"반 정도 왔어. 너 힘들어 보이는데, 포기할 거야?"

"아니요! 꼭 갈 거예요."

'그래, 천천히 가자. 힘들면 더 천천히 가자. 천천히 올라가다 보면 언젠가 정상에 이를 거야.'

다른 팀도 체력이 고갈되어 기진맥진이었다. 난 설산이 일반 산보다 장애물도 없고 올라가기가 더 쉬운 줄 알았는데 사실은 그 반대였다. 한 걸음 한 걸음 올라가다 발을 한 번 잘못 디디면 쭉 미끄러져서 철퍼덕 넘어졌다. 일어날 힘이 나지 않아서 죽은 척 누워 있는데 가이드가 줄을 잡아당겼다.

"야! 빨리 일어나! 가자!"

가이드의 목소리가 들리면 젖 먹던 힘까지 다 짜서 일어났다. "너 포기할래?" 라는 말을 다시는 듣기 싫었다. 그렇게 가고 있는데 갑자기 급경사 구간이 나왔다. 이 지점부터 우리 모두가 계속 철퍼덕 넘어지기 시작했다. 내가 넘어지면 그가 기다렸고, 그가 넘어지면 내가 기다렸다.

해발고도 약 5,700M 지점 같이 올라가던 팀원이 체력이 바닥나 쓰러져 있다.

생각해 보니 내가 지금 올라가는 산은 6,088m인데, 8,000m 고산을 올라가는 사람은 사람이 아니라는 생각이 든다. 그런데 걷다 보니 우리 모두 밧줄을 매달고 아무 말 없이 한 걸음 한 걸음 앞으로 걷고 있는 모습은 마치 다른 행성을 탐험하는 것 같았다. 하늘에 무수히 많은 별이 쏟아지고 땅은 온통 눈밭이고 3인 1조로 규칙적으로 걷고 있으니 말이다. 갑자기 옆에 있던 팀원 한 명이 중도 포기를 결정했다. 나 또한 그의 마음을 충분히 이해할 수 있었다. 나도 머릿속에서 포기라는 단어가 계속해서 맴돌았다.

어느덧 저 멀리 해가 뜨기 시작했다. 만년설 고산에서 바라보는 일출이 이렇게 멋있을 줄은 몰랐다. 먼 지평선부터 하늘이 빨갛게 물들더니

파란색 보라색 빛이 무지개처럼 펼쳐졌다. 그 광경이 너무나 예뻐서 계속해서 뒤를 돌아보며 일출을 보면서 걸어갔다. 난 이상하게 자꾸 웃음이 났다.

"하하. 진짜 예쁘다."

그렇게 예쁜 풍경을 보고 나니 잠시나마 힘이 났다. 세상은 점점 환해졌다. 밤새도록 산을 올랐는데 정상에 가려면 아직 2시간을 더 올라가야 한다. 체력은 한계에 도달했다. 이제 아무 힘도 없다. 내가 포기선언을 하려고 했는데 가이드가 정상을 가리켰다.

"조이! 저기 위에 보여? 저기가 정상이야. 이제 1시간만 더 올라가면 저곳에 도달할 수 있어."

'조금만... 앞으로 조금만 더... 힘내자...!'

이제부터 정신력 싸움이다. 이미 몸은 망가진 대로 망가진 상태였지만, 머리는 조금만 더 가야 한다고 외쳤다. 가다가 넘어지면 일어날 힘이 없어서 바닥에 몸을 비비며 네발로 기어서 올라갔다. 그러나 가이드가 호통쳤다.

"야! 너희 다 일어나서 똑바로 걸어!"

'하나...둘...셋...넷...다섯...여섯...일곱...'

철퍼덕!

난 열 걸음도 제대로 걷지 못하는 힘없는 아이가 되어 버렸다. 지금 상황이 믿기지 않았다. 왜 내가 열 걸음도 제대로 걷지를 못하고 넘어지는 걸까...? 그리고 정상은 눈앞에 다가왔다. 계속해서 앞으로 나가고 있는데 이미 정상을 찍은 다른 팀원들과 마주쳤다.

"코레아노! 힘내! 넌 할 수 있어! 다 왔어!"

그들은 너무나 팔팔했다. 나는 물 밖에서 허우적대는 물고기 같았지만, 그들은 물속에서 유유히 헤엄을 치는 물고기처럼 생기가 돌았다.

'어떻게 저럴 수가 있지 말도 안 돼….'

그리고 정상이 코앞에 보였다. 정상에 도달하기 5m 전 체력이 이미 바닥난 상태였지만, 있는 힘 없는 힘 다 끌어내서 막 달렸다.

다다다다다! 철퍼덕!

"……"

도착하자마자 바로 쓰러졌다. 나는 미소를 지으며 그 상태로 3분간 누워있었다.

올라오는 길에 체력이 많이 소모되어서 초코바를 한입 베어먹었다. 그리고 가방에서 물을 꺼내 마시려고 했는데, 물이 꽁꽁 얼어서 나오지 않았다. 그래서 얼음을 깨트리고 물을 마셨다. 시계를 보니 아침 9시 30분이다. 예상했던 것보다 늦게 정상에 도착한 것 같다.

내려갈 땐 빨리 내려가서 쉬고 싶은 마음에 거의 미끄러져 내려가다시피 빠르게 내려갔다. 그리고 마을로 돌아와 한국식당으로 가서 그토록 먹고 싶었던 김치찌개를 먹을 수 있었다. 나는 다음날 여행사로 가서 방명록을 작성했고, 여행사는 내게 와이나포토시 정상정복증을 주었다.

그리고 처음에 와이나포토시를 올라갈 땐 가이드의 걸음걸이가 너무나 느려서 제대로 걸을 수 있겠냐는 생각도 했지만, 가이드는 슈퍼맨으로 판명되었다. 나를 베이스 캠프1에 데려다주고 가이드는 따로 또 휴식도 취하지 않고 다른 등반자들과 함께 다시 산으로 향했다.

힘든 산행이었지만 높은 목표가 있더라도 한 걸음 한 걸음 천천히 올라가다 보면 언젠가는 내가 이루고자 했던 목표에 다 다를 수 있게 될 것이라는 자신감을 얻었다. 인상 깊었던 경험인 만큼 기억에도 오래 남는 것 같다. 그러다 또 시간이 지나면 그 추억들이 떠올라서 다시 산을 찾게 되는 것 같다.

와이나 포토시 정상

하산길

07 보르조미의 악몽_트레킹

7-1 훼손되지 않은 땅

7-2 공포

7-3 끝은 끝이 아니었다.

7-1
훼손되지 않은 땅

터키 동북쪽에 위치한 조지아, 조지아에 보르조미라는 마을이 있다. 처음에 이곳을 알게 된 건 한 프랑스 여행자가 이곳에 자연경관이 예쁜 국립공원이 있다며 트레킹을 좋아한다면 한 번 가보라고 내게 추천했기 때문이다.

"그곳에 3~4시간 정도 국립공원을 둘러보는 트레킹 코스가 있어. 그래서 국립공원을 당일치기로 다녀오면 딱 좋아."

"그래? 나도 오랜만에 트레킹을 한 번 해보고 싶었는데 잘됐네!"

나는 보르조미로 향했다. 그곳은 유명한 관광지가 아니었지만 마을에 여행자정보센터가 있었다.

"안녕하세요. 혹시 보르조미 국립공원 트레킹에 대한 정보 있나요?"

"네, 안녕하세요. 반갑습니다. 트레킹 하실 생각이신가요?"

"네. 3~4시간짜리 트레킹 코스가 있다고 들었거든요."

"네? 3~4시간 트레킹 코스는 없고, 7~8시간 그리고 1박 2일 트레킹 코스가 있어요."

나는 트레킹을 좋아해서 1박 2일 코스로 갔다 오는 것도 나쁘지 않을 것 같았다. 먼저 국립공원 등산허가서를 받으러 다음 날 아침 일찍 국립공원센터로 갔다. 국립공원센터는 생각보다 무척 컸다.

"안녕하세요. 트레킹 허가증은 어떻게 신청하나요?"

"여기 서류만 간단하게 작성하시면 됩니다. 언제 가실 생각이신가요?"

"지금 바로 떠나려고요."

"네. 그럼 지도도 드릴게요. 입장료와 지도는 무료이지만, 국립공원에 하루 이상 머무르실 경우 캠핑을 할 건지 대피소에서 머무르실 건지에 따라 숙박비가 청구돼요."

"와! 지도까지 주시나요? 감사합니다. 음...저는 텐트가 있어서 캠핑을 할게요."

"네. 캠핑은 5라리입니다. 감사합니다. 아, 참! 팁 박스는 저곳에 있습니다."

"네. 하하."

팁 박스에 팁을 넣고 마트에 가서 1박 2일 분량의 식량을 샀다. 그리고 국립공원으로 걸어갔다. 국립공원 입구에 안내판이 있었다.

'대피소까지 17km. 7시간 소요.'

지금 시각은 오후 1시, 예상 도착 시각은 오후 8시. 겨울이라 오후 6시에 해가 완전히 진다. 너무 늦게 도착하지만 이미 트레킹허가증도 받았고 1박 2일치 식량도 다 사버린 탓에 다른 방법이 없었다. 걸어가는데 앞에 또 다른 표지판이 보였다.

'훼손되지 않은 자연의 땅 보르조미 국립공원: 이곳은 불곰, 늑대, 살쾡이, 멧돼지 등 많은 야생동물이 살고 있다.'

곰과 늑대 등 위험한 야생동물이 살지만 마주치는 일은 흔하지 않아서 크게 신경 쓰지 않았다. 조금 더 산에 올라가니 작은 베이스캠프가 보였다. 이곳엔 누군가가 음식을 만들어 먹었던 흔적들이 남아있었다. 낡은 냄비와 그리고 타다 말은 장작들이 널브러져 있었다. 잠깐 이곳에서 쉬면서 지도를 펼쳐 보니 아직 절반도 못 왔다. 갈 길이 멀다 보니 제대로 쉬지도 못하고 다시 발걸음을 옮겼다.

걸어가는데 이번엔 진흙 밭이 나왔다. 전날 비가 왔었는지 땅을 밟을 때마다 발이 푹푹 빠졌다. 등산로가 온통 진흙으로 뒤덮여 있다 보니 달리 피할 방법이 없었다. 그리고 가다 보니 낡은 나무 벤치가 하나 보였다. 17kg이나 되는 짐을 들고 산에 올라가다 보니 빨리 지쳤다. 가방과 가지고 온 음식들을 잠깐 내려놓고 벤치에 앉아서 앞을 바라보았다.

나뭇잎 이파리 하나도 움직이지 않고, 아무 소리도 들리지 않는다. 너무나도 고요한 세상은 마치 내가 귀가 먹어버린 것만 같다. 기분이 이상해서 사방을 둘러 보았다. 정지된 시공간 속에 갇힌 것만같다. 마치 세상이 정지된 것만 같다는 공포심에 혼잣말로 중얼거려보았다.

아무소리도, 아무 움직임도 느낄 수 없는 곳

진흙길을 밟으며 산을 걸어가고 있다.

"야호~ 아무도 없나요?"

내 귀는 먹지 않았다. 소리가 들린다. 그러나 그것도 잠시. 세상은 다시 멈추었다. 움직이는 사물이 하나도 없다. 가만히 앉아있으니 괜히 무서워 져서 더 늦기 전해 대피소까지 올라가기로 했다. 뛰어가서 해가 떨어지기 전에는 도착해야겠다는 마음으로 빠르게 올라갔다. 어느새 숲 속에 들어섰다. 숲 속엔 햇빛이 없다 보니 더욱더 분위기가 음산했다. 조금 더 빨리 가야만 할 것 같았다. 그래서 뛰어가다가 지치면 걷다가를 반복하면서 갔다.

투둑, 투둑, 투두두두두둑

이제 비까지 내린다. 나무 밑에서 쉬면서 비를 피하고 싶었지만 해가 떨어지기 전에 빨리 대피소까지 가기 위해서 계속해서 가야만 했다. 가다 보니 또 새로운 표지판이 보였다.

'대피소까지 8km. 2시간 30분 소요.'

지금 시각 5시 30분. 단 1분이라도 시간을 단축하기 위해 달려왔지만, 예상 도착시각은 8시로 변함이 없었다. 체력이 더욱더 떨어져 갔지만, 한밤중에 산속을 혼자 헤매는 상상을 하니 그 공포심에 도저히 멈출 수가 없었다. 숲 속을 빠져나오자 다시 빛이 보였다. 서쪽으로 해가 지는 모습이 보인다. 멋진 풍경이지만 가야만 했다. 6시 30분, 해가 완전히 저물었다. 이젠 길에서 다른 등산객을 만날 수 있을 거라는 희망마저도 사라졌다. 그저 대피소까지만 무사히 도착하길 바라는 마음으로 달려갔다.

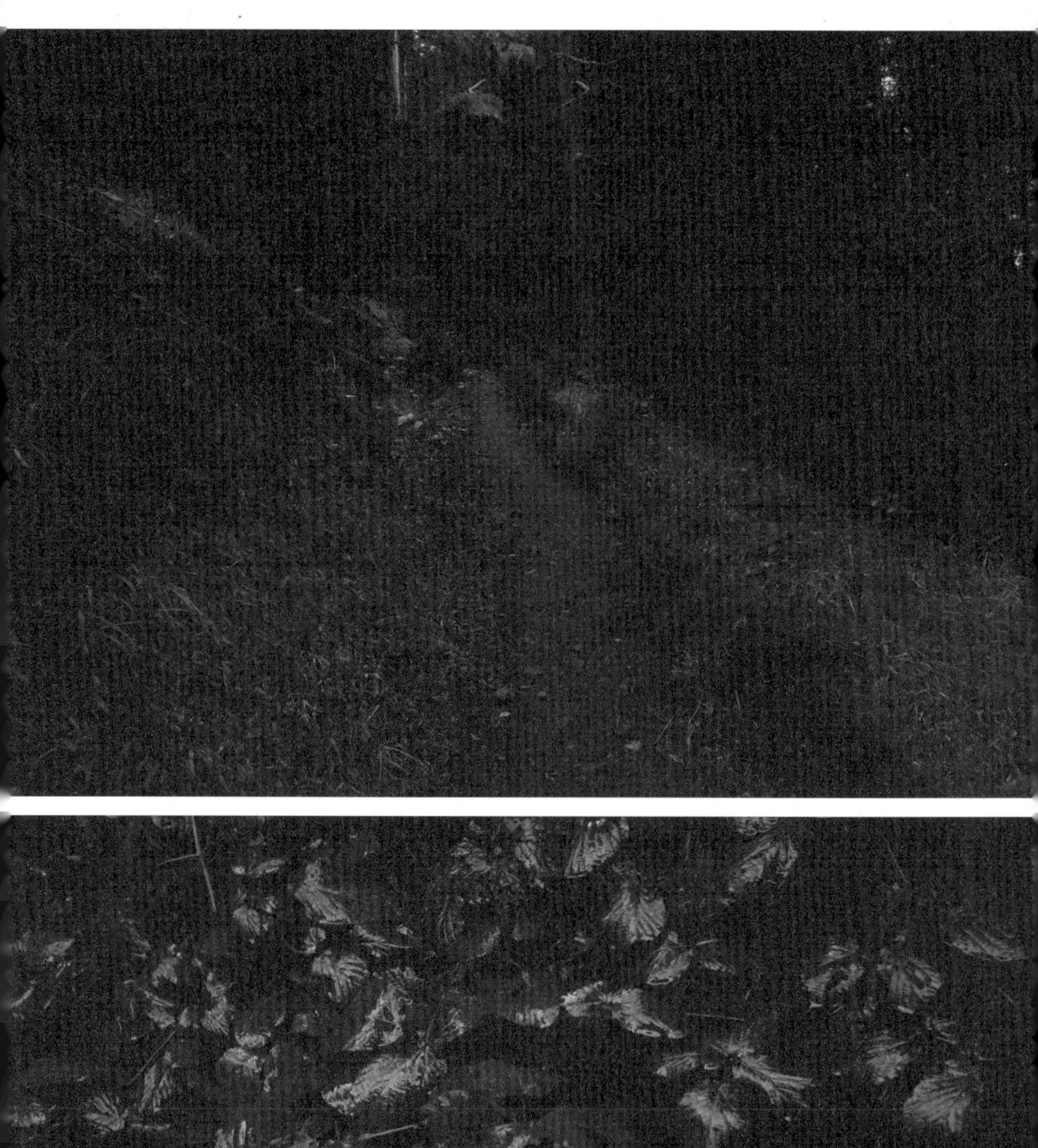

7-2
공포

산에 올라가면 올라갈수록 기온이 떨어져 갔다. 가는 길에 눈이 보이기 시작했다. 칠흑 같은 어둠이 온몸을 감쌌다. 휴대폰에 달린 플래시를 켰다. 뒤를 돌아보았다. 짙은 암흑 속에 빨려 들어갈 것만 같다. 뒤에선 마치 누군가 나를 쳐다보고 있는 것만 같은 느낌이 들기도 하고 또 곰이나 귀신이 나타날 것만 같았다. 공포영화 속으로 들어온 것만 같다. 그저 땅바닥에 주저앉아서 모든 걸 다 포기하고 울고만 싶었지만, 그렇게 한다고 해서 해결되지 않는다는 걸 알고 있었다. 이곳에선 울어도 아무도 들어 줄 사람도 없고 소리를 질러도 누구 하나 도와줄 사람조차 없다. 내가 계속해서 약해지고 무서워하면 더 무서워지는 것 같아서 강한 척 연기를 했다.

"귀신이든 곰이든 나올 테면 나와 봐!"

휙!

어? 뭐지? 순식간이었다. 방금 뭔가 오른쪽에서 지나갔다. 괜히 무서워 져서 확인하고 싶었다. 다시 뒷걸음질을 쳤다. 아......! 내 그림자였구나!

조금 더 걷다 보니 새로운 표지판이 보였다.

'대피소까지 3km.'

숲속 길

조금만 더 힘을 내자. 거의 뛰다시피 산에 올라갔지만 아직도 대피소가 보이지 않는다.

빠지직, 퐁당!

땅인 줄 알고 밟았는데 얼음웅덩이였다. 엎친 데 덮친 격이다. 기온이 갑자기 내려가서 엄청 추운데, 신발까지 축축하게 젖었다. 발이 꽁꽁 얼기 전에 빨리 대피소로 가야 했다. 그곳에 다른 여행자들이 있겠지. 처음 보는 사람이라도 울면서 안기고 싶은 심정으로 산을 있는 힘껏 올라갔다. 대피소는 어디에 있는 거야!

웅성웅성.

'사람 목소리인가?! 근처에 대피소가 있나보다.'

웅성웅성.

뭐라고 말하는지는 모르겠지만 분명 사람 목소리 같았다. 그래서 일단 내 위치를 알리고 싶은 마음에 소리를 질렀다.

"헬로우! 헬로우!"

"……."

아무 대답이 없었다. 근처에 대피소가 있을 거라 생각했지만 계속해서 걸어가도 보이지 않았다. 아무래도 내가 무척 긴장 한 탓에 소리를 잘 못 들은 것 같다. 내 육체의 모든 오감의 모든 감각이 곤 두 서 있다 보니, 조그마한 소리에도 민감하게 반응을 했다. 그 소리는 사람 소리가 아니었다는 걸 알고 나니 소름이 끼쳤다. 잠깐! 내가 대피소를 못 보고 지나친 것이 아닐까? 시계를 보니 7시 30분이었다. 하지만 체감 시간으론 밤 10시인 것처럼 느껴졌다. 난 내 감을 믿기보다는 기계 장치로 된 시계를 믿기로 했다. 하지만 이상하다. 나는 직선으로 가고 있는데 마치 귀신에 홀린 것처럼 뱅뱅 돌고 있는 것 같다.

"분명히 이 길을 지나간 것 같은데……."

설마…기분 탓이겠지. 계속 걸어나갔다. 30분을 걸은 것 같다. 어? 시계를 보니 10분밖에 지나지 않았다. 1분이라는 시간은 마치 1년처럼 길게만 느껴졌고, 식은땀이 줄줄 흘렀다.

어! 나무로 만든 큰 집이 우두커니 산 중턱에 서 있다. 대피소다! 그런데 내가 생각했던 것과는 달리 대피소는 너무나도 조용했다. 사람이 아무도 없는 걸까? 일단 들어 가 보기로 했다.

문을 열었다. 그곳엔 사람이 단 한 명도 없었다. 전기도 없었고 물도 없었고 아무것도 없었다. 유일한 희망이 대피소에서 다른 등산객들을 만나는 것이었는데 이젠 그 희망마저 사라졌다. 오늘 밤 나 홀로 쓸쓸히 대피소에서 보내야만 한다.

대피소 안에는 화로가 있어서 불을 지펴서 먼저 방을 따듯하게 만들려

오늘따라
형님이 정말 그립다

WHEN
SHARE
LUKA

고 했지만 아까 비가 온 탓에 불이 잘 붙지 않았다. 하는 수 없이 누군가 놓고 간 작은 촛불에 불을 붙였다. 그리고 젖은 신발들을 벗어서 말리고 가지고 온 식량을 꺼내서 먹었다.

저녁을 먹고 양치질을 하러 밖으로 나갔다. 와! 하늘엔 무수히 많은 별이 쏟아지고 있었다. 평소 같으면 노래를 들으며 낭만적으로 별을 감상할 텐데, 지금은 다른 생각이 들지 않고 그저 쉬고만 싶다. 날씨도 워낙 추워서 밖에 5분만 앉아 있어도 손발이 꽁꽁 얼었다. 다시 대피소로 들어왔다. 이제 무엇을 할지 생각을 해 보았다. 영화 같은 걸 보면 무인도나 산속에 혼자 살면서 글을 쓰는 장면이 문득 떠올랐다. 나도 머릿속에 생각나는 문장들을 휴지에다가 적어 보았다.

'오늘따라 유난히 집이 너무 그립다.'

글까지 쓰고 나니 양초가 다 녹아버려서 금방이라도 불이 꺼질 것만 같다. 잘 준비를 하자. 이대로 잠을 자면 새벽에 추워서 잠에서 깰 것만 같아서 가방에 들어있는 옷을 다 꺼내 입었다. 날씨가 워낙 춥다 보니 침낭 커버를 얼굴까지 다 덮고, 또 숨 쉴 때 나오는 온기마저 체온유지를 하려고 침낭 속에서 숨을 쉬었다.

밤은 내 숨소리가 무척이나 크게 들릴 정도로 너무나도 고요했다.

끼이이이익!

갑자기 문이 열리는 소리가 들렸다! 난 너무나도 놀라서 순식간에 침낭에서 나와서 무슨 일인지 확인을 해 보았다. 주위를 살펴보니 아무것도 없었다. 아무래도 바람에 문이 열린 것만 같다. 바람에 문이 열리는 걸 막기 위해 문 입구에 나무막대기를 쌓았다. 심장이 두근두근했다.

대피소에서 바라본 밤하늘

그리고 공포심에 이상한 생각마저 들었다.

'만약 곰이 들어오면 어떡하지? 왼쪽 창문으로 들어오면 오른쪽 창문으로 나가서 대피소 밑에 들어가서 숨자. 입구로 들어오면 가장 가까이에 있는 왼쪽 창문으로 나가서 숨어야지. 그리고 만약 귀신이 나온다면? 음...... 인사를 할까? 도망쳐야 할까? 정 안되면 그냥 기절하자.'

온몸이 긴장해서 잠이 오지 않았다. 새벽 3시가 넘어가자 피로가 몰려왔다. 문득 잠이 들었다. 그것도 잠시. 새벽 4시에 추워서 깼다. 어떻게든 몸을 따뜻하게 만들려고 하다 보니 몸이 마치 공 벌레처럼 웅크려 들었다.

아침 7시에 잠에서 깼다. 해가 떠오르고 환한 빛이 대피소 안으로 들어왔다. 어젯밤의 분위기가 싹 날아가고 상쾌한 아침이 나를 반겨주었다. 간단하게 아침을 먹고 스트레칭을 하고 최종 목적지인 전망대로 향했다. 전망대로 향하는 길에 야생동물 두 마리가 멀리서 보였다. 곰은 아닌 것 같다. 큰 개처럼 생겼는데 늑대가 아닐까? 나를 쳐다보았지만 내게 달려오지 않았다. 마침내 전망대에 도착했다. 삼각대를 놓고 사진을 몇 장 찍고 산에서 내려갔다. 누구라도 빨리 사람을 만나고 싶었다. 산속에서 하루 동안 머물렀을 뿐인데, 마치 무인도에서 1년을 살았던 것 같았다.

전망대

7-3

나는 내가 생각하는 것보다 강하다

산에 내려와서 처음으로 만난 사람들. 손을 흔들며 밝게 웃어주고 있다.

딱딱딱딱딱.

나무 위를 쳐다보니 딱따구리가 나무를 뚫고 있었다. 새가 짹짹 우는 소리도 들렸다. 이제 산은 더는 무섭게 느껴지지 않았다. 오후 3시, 산에서 완전히 내려왔다. 나무를 베어서 가공하는 회사 사람들을 보았다.

"안녕하세요. 아, 드디어 사람이다!"

27시간 만에 처음으로 만난 사람들이 너무나도 반가웠다. 사람들은 나를 신기한 눈빛으로 쳐다보았다.

"지금 어디에서 오는 겁니까?"

"저기 산에서 왔어요."

"지금 비수기라 산에 올라가는 사람이 거의 없지 않나요?"

"네. 한 명도 없어요."

뚜벅뚜벅 앞으로 걸어갔다. 작은 마을이 보였다. 아이들은 공을 차며 놀고 있었고, 한 가정집에서는 장작을 패고 있다. 단 하루 세상과 단절해서 살았는데 이렇게 모든 것이 새롭게만 느껴지다니. 살아 돌아와서 기뻤다.

이곳은 여행자가 많지 않기 때문에 게스트하우스가 없었고, 대부분 숙소가 홈스테이였다. 나는 여행자 정보센터를 통해 알게 된 한 아저씨의 가정집에서 머무르게 되었다. 아저씨는 나를 아저씨네 집으로 안내했다. 가는 길에 한 식당이 보였는데 아저씨는 계속해서 그 식당을 가리키며 저녁을 안 먹었으면 꼭 저기서 밥을 먹으라고 당부했다. 나는 아저씨 집에 도착해서 짐을 내려놓고 문밖으로 나갔다.

"그 식당, 내가 알려준 곳 알지? 꼭 거기 가서 먹어."

"오늘은 조금 피곤해서 가까운 곳으로 가서 먹으려고요."

계단을 내려갔다. 그런데 아저씨는 집에 들어가지 않고 계속해서 나를 뚫어져라 쳐다보았다. 내게 할 말이 있는 걸까? 나도 아저씨를 10초간 쳐다보았다. 하지만 아저씨는 아무 말도 하지 않았다. 그래서 그냥 밥을 사먹고 올 거라고 인사하고 나갔다.

"뭐 때문에 아까 그렇게 뚫어져라 쳐다본 걸까?"

아무래도 어젯밤 산에서 공포의 하룻밤을 보냈다보니 괜히 이상한 생각을 하나 보다.

드르르르륵.

갑자기 창문이 열렸다. 아저씨가 2층에서 창문을 열고 또다시 나를 쳐다본다. 왜 나를 감시할까?

'저 아저씨 굉장히 이상하네…….'

그래서 나도 아저씨를 쳐다보았다. 아저씨는 이번에도 아무 말도 하지 않고 나를 바라보았다. 정적이 흘렀다. 숙소를 옮길까도 싶었지만, 밤이 깊었는데 몸이 많이 지쳐서 다른 숙소를 찾을 힘조차 없었다. 설마 아저씨는 내가 저녁을 먹으러 간 사이 아저씨가 내 물건을 건드리려는 생각인 건가? 다시 집 안으로 들어갔다.

"아저씨, 열쇠 있어요?"

"열쇠, 여기."

나는 내 방문을 잠갔다. 물론 아저씨가 예비열쇠를 갖고 있겠지만, 내 물건을 건드리지 말라는 강한 인상을 주고 싶었다. 영어로 또박또박 말했다.

"내 물건 건드리지 마세요. 다 지켜보고 있어요."

아저씨는 갑자기 영어를 못알아듣는 척하며 억지웃음을 지었다. 그리고 이때부터 계속해서 혼잣말했다. 무슨 뜻인지 모르겠지만, 억양이 강해서 욕이라는 건 짐작할 수 있었다.

난 멀리 걸어갈 힘도 없어서 바로 앞에 있는 슈퍼마켓에서 햄버거를 하나 사 먹고 바로 돌아왔다. 짐을 확인해 보니 다 제자리에 있었다. 아저씨는 집에 혼자 살고 계셨는데 그래서 더 불안했다. 계속 혼잣말로 심각하게 중얼거리고 있다가도 내가 말을 걸면 갑자기 어색한 미소를 지으며 대답했다.

샤워하고 방으로 들어와서 문을 잠그고 무거운 배낭을 문 입구에 내려 놓았다. 어제부터 제대로 잠을 못 자서 무척이나 피로가 쌓인 상태여서 그런지 아침까지 편하게 푹 잘 수 있었다. 아침이 되었다. 아저씨가 홍차를 가지고 왔다. 혹시 홍차에 약을 타지 않았을까? 불안한 마음에 입만 살짝 대고 다 남겼다. 그랬더니 아저씨는 또 혼잣말로 무슨 말을 중얼거리기 시작했다. 그리고 이렇게 말했다.

"나 오전 10시에 티빌리시로 가."

아저씨는 어젯밤부터 물어보지도 않았는데 아침 10시에 티빌리시로 간다는 말을 계속해서 강조하며 3번 4번씩 말을 했었는데 정작 아침 10시가 되었음에도 아저씨는 챙길 준비도 하지 않았다. 굉장히 이상한 아저씨의 행동에 배낭을 챙기고 바로 떠나기로 했다. 대문을 열고 나가자마자 이번엔 아저씨가 1초 만에 문을 쾅 닫았다.

보르조미는 내게 악몽으로 남았다. 27시간 동안 사람을 만나지 못할 것을 알았다면 트레킹을 시작하지도 않았을 것이다. 두려워서 할 수 없을 것만 같았던 것도 막상 그 상황에 부딪히면 헤쳐 나갈 힘이 생겼다. 지금까지 난 시작도 하기 전에 겁을 먹고 포기하고 있었다. 나는 내가 생각하는 나보다 더 강했다.

미스테리한 숙소

08
제 2의 고향_ 세상에서 가장 행복한 마을

8-1 되돌아가다

8-2 다르다는 것과 틀리다는 것

8-3 친구

8-4 행복이라는 감정

8-5 축제

8-6 친누나를 마을에 초대하다

8-7 632일간의 여행이 끝나다

8-1
되돌아가다

마을 야경

난 오지 여행을 하면서 콜롬비아의 한 마을을 발견했다. 이곳은 15,000명이 사는 작은 마을이다. 평범하고, 볼거리도 없었으며, 여행자가 많이 찾는 관광지도 아니었다. 그러나 이 마을엔 특별한 매력이 있었다. 사람들은 항상 얼굴에 밝은 미소가 있었고, 언제나 여유로워 보였다. 그들은 어떤 생각을 하고 있어서 항상 밝은 표정을 짓고 있는 걸까? 그들에게 다가갔다.

"Hola? (안녕?)"

"Hola.(안녕.)"

인사는 할 수 있지만, 스페인어를 몰라서 대화가 통하지 않았다. 그래도 어떻게든 대화를 해보고 싶은 마음에 구글 번역기의 도움을 받으며 대화를 이어나갔다. 말하는 게 무척이나 서투르다 보니 사람들이 귀찮아 할 수도 있지만, 사람들은 그럴 때마다 내가 말할 때까지 여유롭게 기다려주기도 하고, 또 잘못된 발음을 교정해 주었다. 간혹 내 발음이 어색하면 그게 너무나 재미있었는지 까르르 웃기도 했다.

난 그들이 무슨 말을 하는지 알아듣지 못할 때가 많아서 깊이 있는 대화를 나누지 못했지만, 표정만 보아도 굉장히 순수하고 밝은 사람들이란 걸 알 수 있었다. 첫날 그렇게 새로운 친구를 사귀었다.

다음 날이 되니 온 마을에 소문이 났다. 그 마을은 관광지가 아니어서 외국인이 찾아오는 것이 굉장히 드문 일이었다. 호기심 많은 사람은 멀리서 내가 무엇을 하는지 지켜보기도 하고, 또 궁금한 게 있으면 다가와서 물어보기도 했다. 나도 그들과 친해지고 싶어서 좀 더 자유롭게 대화를 나누고 싶었지만, 지금의 내 스페인어 실력은 대화하기에 한계가 있었다.

그래도 누군가 나에게 말을 걸어오면 겁먹지 않고 부딪쳤다. 사람들이 물어보는 질문은 거의 다 비슷했다. 그렇다 보니 빠른 속도로 스페인어를 익힐 수 있었다. 그리고 언어를 배우면서 다양한 친구까지 사귈 수 있었다. 떠나기 싫었지만, 남미에 이곳처럼 좋은 마을이 또 있을 거라 생각했다. 그래서 마을을 떠나기로 했다.

하지만 계속해서 그 마을이 생각났다. 나는 그곳에 1주일밖에 머무르지 않았는데, 마치 한 달을 지낸 것 같았다.

'시간이 지나면 잊어버리겠지.'

그렇게 에콰도르를 지나고 페루에 도착했다. 나라를 2개나 옮겼지만 계속 그 마을이 생각났다. 지금까지 여행하면서 단 한 번도 내가 이미 여행했던 곳으로 돌아가고 싶다는 생각은 들지 않았는데, 그 마을은 머릿속에서 떨쳐지지 않았다. 나는 정말 그 마을이 좋았나 보다. 새로운 나라들을 더 여행하는 것도 좋지만, 지금까지 내가 여행했던 곳들 가운데 가장 좋았던 곳에서 한 번 오랫동안 살아보는 것도 좋을 것 같다는 생각이 들었다.

그래서 결정했다. 그곳에 되돌아가기로.

볼리비아에서 와이나포토시 정상정복에 성공하고, 다시 페루로 돌아와서 콜롬비아로 향하는 비행기에 올라탔다.

'친구들은 다 잘 지내고 있을까? 나를 기억하고 있겠지?'

비행기는 콜롬비아 수도 보고타에 무사히 착륙했다. 마을에 가려면 버스를 14시간 동안 타야 하는데, 직행버스가 없어서 여러 번 환승해야 했다. 그런데 문제가 생겼다. 저녁 6시에 환승해서 마을로 가려고 하는데 시골 마을이어서 버스가 다 끊어졌다. 지금 당장 달려가고 싶다. 다른 방법이 없을까?

다행히 버스터미널 옆에 합승택시가 있었다. 돈은 버스보다 조금 더 비쌌지만 오늘 마을에 도착할 수 있다. 이 택시는 사람이 모두 다 탑승해야 출발하기 때문에 한 시간을 더 기다렸다. 산길을 가다보니 택시는 덜컹덜컹 흔들렸지만, 고향에 돌아가는 기분이 들었다. 마침내 마을에 도착했다. 배낭을 메고 먼저 마을 중앙에 있는 공원으로 걸어갔다. 두 달 만에 다시 찾아온 마을은 변한 것 없이 그대로였다.

‘결국, 돌아왔구나! 이곳으로. 하하.’

나는 혼자 미소 지으며 숙소로 향했다. 가는 길에 친구 로레나를 만났다.

“조이? 조이! 너야? 와! 난 네가 이렇게 빨리 돌아올 거라고 생각도 못 했어.”

“깜짝 놀랐지? 놀라게 해주려고 일부러 말 안하고 왔어. 하하.”

두 달간 남미 여행을 하면서 스페인어가 늘긴 늘었나 보다. 들리지 않던 말들이 들리기 시작했다. 밤이 늦어서 오늘은 친구들에게 인사만 간단하게 하고 숙소로 갔다. 이곳은 걸어서 15~20분이면 다 돌아다닐 수 있는 작은 마을이지만, 잠을 잘 수 있는 숙소도 있고 과자나 음료수를 사 먹을 수 있는 마트와 식당까지 모든 게 다 갖추어져 있다.

다음 날 아침, 일어나자마자 마트로 갔다. 한 꼬마가 마트에서 흘러나오는 노래 리듬에 맞추어 춤을 추고 있다. 자세히 보니 그 꼬마는 마트 입구에 있는 CCTV 화면에 비친 자신의 모습을 바라보면서 춤을 추고 있었다. 귀엽기도 하고 웃기기도 했다. 뒤에서 계속 쳐다보고 있으니까 그 꼬마는 뒤를 한 번 힐끔 쳐다보더니 부끄러운 마음에 춤추는 걸 머뭇거렸다. 다시 내가 걸어가기 시작하자 또 신나게 춤을 췄다.

마트 내부로 들어오니 싱싱한 과일들이 저렴하게 판매되고 있었다. 그래서 여기에 있는 동안 매일 아침 맛있는 과일을 사 먹었다. 망고 하나에 600원, 아보카도 하나에 100원, 바나나 한 송이에 700원, 딸기 한 팩에 700원. 한국에서 비싼 과일을 부담 없이 사 먹었다. 아침으로 과일을 먹고 마을을 한 바퀴 둘러보러 나갔다. 때마침 마을회장 선거운동이 벌어지고 있었다.

8-2
다르다는 것과 틀리다는 것

선거운동은 무척이나 활발했다. 인구 15,000명이 사는 작은 마을이지만 10명이 넘는 후보가 나왔다. 후보들은 사람들의 관심을 끌기 위해 선거사무소 앞에서 빙고 게임 대회도 열었고, 경품 추첨으로 음식이나 과자를 무료로 나누어주기도 했다. 한 후보자는 댄스 무대를 만들어 마을 사람들과 춤을 추기도 했고, 또 다른 후보자는 콜롬비아 전직 대통령인 우리베 전 대통령을 마을에 모시고 와서 지지를 받기도 했다. 사람들은 선거를 즐기지 않고 축제를 즐기고 있었다. 나는 색다른 선거운동을 신기하게 바라보았다.

투표 날이 다가왔다. 많은 사람이 모이고 경찰관이 투표장을 관리했다. 투표소는 마을 중앙에 있는 학교. 아침 8시부터 저녁 5시까지 투표를 하는데, 사람들은 투표를하고도 집에 가지 않고 투표가 끝날 때까지 공원에서 기다렸다. 그래서 공원엔 많은 사람이 몰려 있었다.

왜 사람들은 집에 돌아가지 않을까? 투표가 끝난 뒤에야 알았다. 마을회장 투표가 끝나자마자 곧바로 결과를 발표하였다. 공원에서 기다리고 있던 많은 사람이 소리를 지르며 열광했고, 마을은 갑자기 축제 분위기로 바뀌었다. 사람들은 음악에 맞추어 춤을 추며 노래를 불렀다. 눈가루 스프레이를 사방에 뿌렸고, 준비해온 꽃가루도 뿌렸다. 그들은

B I N G O
5 22 41 56 72
1 18 39 53 61
8 30 59 64
13 25 34 50 68
17 43 60 66

IDO
RNADOR
ASAMBLEA
60
Juan
Sebastián
gómez gonzales
por el derecho a la diferencia

연설중인 전 우리베 대통령과 흐뭇해하는 후보자

축제 분위기인 선거날

서로 모르는 사람들에게도 뿌려댔다.

싸움이 나지 않을까 걱정도 되었지만, 그들은 하나가 되어 춤과 음악에 빠져 있었다. 나는 깨달았다. 그들에게 선거는 축제였다. 선거마저 축제로 만들어버리는 마을. 이 마을에 대해서 좀 더 알고 싶어졌다. 마을회장에 당선된 윌리엄은 지지자들과 함께 춤을 추며 마을을 한 바퀴 돌았다. 그는 27살이었다.

이곳에서 나이는 중요하지 않다. 옆 마을에 사는 친구 줄리아나는 19살이다. 그녀는 남자친구가 있다.

"뭐? 너 농담이지?"

"아니야. 진짜 내 남자친구는 57살이야."

"에이... 뻥 치지 마. 아무리 문화가 달라도 그렇지, 40살 가까이 차이 나는 커플은 한 번도 본 적 없어."

"어, 저기 온다. 남자친구."

나는 세바스티안, 안드레스와 함께 있었는데 그들은 줄리아나의 남자친구를 아버지라 불렀다.

"얘들아, 아버지 오신다."

"에이, 또 장난친다. 이건 안 믿어. 진짜."

워낙 장난을 좋아하는 친구들이어서 내가 속아 넘어갈 때가 많았다. 하지만......

"뭐야? 진짜 커플이야?"

그 둘은 커플인 걸 나에게 알려주기 위해 가볍게 키스를 해 보였다. 나는 38살 차이 커플을 보고 조금 충격을 받았다.

"여기 마을은 원래 다 이래? 이곳은 정말 나이는 전혀 상관없이 남자 여자가 만나?"

"아니. 줄리아나가 특별한 거야. 나이 차이 크게 나는 커플이 흔하지

38살 차이나는 커플

지는 않아."

"줄리. 너 주변 사람들이 어떻게 생각하는지 신경 쓰이지 않아?"

"다른 사람들이 어떻게 생각하든, 난 이 남자가 좋아. 그래서 신경 쓰지 않아."

나이는 숫자에 불과하다. 말로만 들어 보았지 실제로 이렇게 나이 차이가 크게 나는 커플을 본 건 처음이다. 난 이 커플만 이렇게 나이 차이가 크게 나는 거라고 생각을 했는데 학교에서 선생님으로 일하는 우헤니오 선생님 또한 사모님과 나이 차이가 크게 났다. 한날 우헤니오 선생님과 동네 카페에서 커피를 마시고 있었다.

"잠깐만, 조이. 마누라 전화 좀 받을게."

"네, 전화 받으세요. 괜찮아요."

"응응. 나 지금 조이랑 공원 옆에 커피숍에서 커피 마시고 있는데, 이

우헤니오 선생님 51세, 부인 26세

쪽으로 오면 돼. 그래 끊어."

"내 아내가 이쪽으로 곧 올 거야. 너에게도 소개해줄게."

우헤니오 선생님의 나이는 51살이다.

"어, 저기 뒤에 온다."

저기 뒤에서 걸어오시는 할머니가 보였다.

'연상 누나 커플인가?'

하지만 그 할머니 바로 뒤에서 걸어오던 젊은 누나가 우리 테이블에 앉았다!

"선생님의 아내라고요? 딸 아니에요?"

"응. 내 아내야. 하하."

우헤니오 선생님은 재혼을 했다. 이곳은 재혼 2~3번이 흔한 일이다.

"재혼 2~3번씩 하면 사람들이 나쁘게 생각 안 해요?"

"아무도 나쁘게 생각 안 해. 헤어짐을 자연스럽게 생각해."

우헤니오 선생님은 재혼을 부끄럽게 여기지 않았고, 그것을 이상하게 바라보는 사람이 아무도 없었다. 지금까지 내가 살아오면서 옳다고 생각했던 것들은 지극히 내 편견일 뿐이었다. 우리 인생은 정답이 없다. 이곳 사람들은 남이 어떻게 나를 생각하는가를 중요하게 생각하기보다는 내 생각과 가치관을 더 중요하게 생각하였다. 또 사람들은 그 가치관을 존중해 주었다.

하루는 길을 걷고 있는데 앞에서 한 남자가 나를 쳐다보며 말했다.

"야, 너 무척이나 예쁜데?"

내 뒤에 예쁜 여자가 있나? 두리번거리니 주변에 아무도 없었다.

"네? 저한테 말씀하신 건가요?"

"응. 너."

그는 느끼한 눈빛으로 나를 바라보며 자기 손에 뽀뽀한 뒤 나에게 뽀뽀를 날려 보냈다. 알고 보니 그는 이 마을에서 유명한 게이였다. 그 또한 자신이 게이라는 사실에 대해 부끄럽게 생각하지 않았다. 이곳은 동성애에 대한 편견도 없어서, 어떤 동성애자도 자기 성적 정체성을 숨기지 않았다.

그리고 마을 친구들 가운데 아기를 빨리 가지는 친구들도 있었다. 고등학교 2학년인 나탈리아는 아이가 한 명 있다.

"나탈리아, 너 아이가 있으면 학교에서 친구들이 안 좋게 본다거나 이상한 눈으로 쳐다보지 않아?"

"응. 아무도 이상하게 생각 안 해. 나보다 더 빨리 아이를 낳는 친구들도 있어."

알고 보니 나탈리아의 남자친구는 내가 머무르는 숙소의 주인 아들 후안이었다.

"후안, 너 나탈리아의 남자친구였어?"

"응."

"아… 그랬구나! 그런데 너희 결혼은 언제 할 거야? 아이도 낳았으니 곧 결혼하겠네?"

그의 대답은 내 예상을 벗어났다.

"나 나탈리아랑 결혼할 생각 없는데? 그냥 아이만 낳은 것뿐이야."

"뭐? 그게 무슨 말이야?"

"조금 더 사귀고 있다가 더 좋은 여자 만나면 그 여자랑 결혼할 거야."

나는 정신적인 혼란이 오기 시작했다. 후안만 이렇게 생각할까? 아니면 보편적인 생각일까? 여러 사람과 이야기를 나누어보니 그들은 그런 사례를 문제로 생각하지도 않았다. 남자가 아이 있는 여자친구와 헤어져도 큰 문제가 되지 않았다. 또 아이 있는 여자가 그 남자와 헤어져도 다른 남자친구를 구하는 데 크게 지장이 없었다.

또 마을 사람들은 연인이 아니더라도 서로에 대한 애정 표현을 굉장히 많이 했다. 제시카와 세바스티안이 공원에서 같이 앉아 있었다. 제시카는 세바스티안이 무척이나 좋은지 세바스티안 어깨에 기대어 팔을 세바스티안 허리에 감고 있다가 볼에 뽀뽀했다.

"너희 둘이 사귀는 사이였어?"

"아니야. 그냥 친구야."

"진짜?"

스킨십만 보면 마치 연인 같았지만, 키스하지 않는다면 그냥 친구 사이 일 수도 있다고 한다. 게다가 키스만 하지 않으면 옆에 남자친구가 있어도 다른 남자와 단둘이서 어깨동무를 한다든지 볼에 뽀뽀한다든지 해도 남자친구는 별 신경도 쓰지 않는다. 그래서 스킨십만 보면 연인인지 친구인지 알 수가 없었다.

나는 여행을 하면서 문화충격을 받을 때가 많았다. 그럴 때마다 내가 지금까지 옳다고 생각했던 것들이 그저 내가 살아온 환경에 따라 만들어진 고정관념일 수도 있겠다는 생각이 들었다.

한국에서 맨손으로 밥을 먹으면 더러워 보이지만, 그것은 인도에서 평범한 식사법이다. 또 일반적으로 소의 소변이 더럽다고 생각하지만, 한 인도인은 소가 소변을 누자 기다렸다는 듯이 달려가서 소의 소변을 받아 자기 머리에 뿌리기도 했다.

유부남이 다른 여자를 만나면 불륜으로 비난받지만, 중동에 있는 몇몇 나라는 일부다처제여서 여러 명의 부인을 두는 사람도 있었다. 조지아는 남자끼리도, 인사할 때 볼에 뽀뽀했고, 우리나라에선 서비스가 좋을 때 주는 팁도 미국에선 팁을 안 주면 오히려 눈치를 받았다.

또 한 날은 볼리비아에서 수프를 먹는데 뜨거워서 국물을 후르릅 소리를 내며 마셨다. 유럽에서 온 한 친구는 왜 너는 그렇게 소리를 내면서 음식을 먹는지 이해를 할 수 없다며 핀잔을 주었다. 라면이나 다른 면 종류의 음식 또한 소리를 내어선 안 된다.

"너희 한국인은 개를 잡아먹지?"

여행하면서 굉장히 많이 들었던 질문이다. 질문을 받을 때마다 뭐라고 답해야 할지 무척이나 난감했다.

우리와 다르다고 해서 틀린 건 아니다. 사람들은 서로 다른 환경에서 자랐기 때문에 그 환경에 따라 만들어진 각자 자신들의 문화가 있다는 걸 알게 되었다. 내가 그 문화와 맞지 않는다면 굳이 그 문화를 따라갈 필요는 없지만, 서로의 문화를 이해하고 존중해 주어야겠다는 생각이 들었다. 이렇게 머릿속을 정리하고 나니 문화 차이에 따른 혼란이 정리되었다.

8-3
친구

공원 벤치에 친구들과 앉아 수다를 떨고 있는데 옆에서 감미로운 기타 소리가 흘러나왔다. 처음 보는 사람들이었지만 그 친구들에게 한번 가 보았다.

"우와! 너희 진짜 기타 잘 친다. 얼마나 배운 거야?"

"난 5년 정도 배웠어."

"난 2년."

"아! 그렇구나. 반가워. 나는 조이야."

"난 닉슨."

"난 루이스야. 반가워."

그렇게 닉슨, 루이스와 친구가 되었다. 난 그들의 기타 연주에 빠져 매일 밤 공원에 가서 기타연주를 들었다. 그 두 친구가 기타를 치고 있으면 다른 친구들도 와서 노래를 함께 불렀고, 술에 취해서 지나가던 할아버지도 노랫소리에 취해 음악에 맞춰 춤을 추기도 했다. 나는 평소 악기에 별로 관심이 없었지만, 그들의 연주를 듣고 기타에 관심이 생겼다.

"혹시 나도 기타를 배울 수 있을까?"

"그럼. 꾸준히 배우면 너도 우리처럼 칠 수 있어."

닉슨과 루이스는 매일 밤 1시간씩 내게 기타 치는 방법을 알려주었다.

“여기 이렇게 잡고 치는 게 ‘미 내림’ 이야. 그래! 잘하는데?”
처음 기타를 잡았지만 잘 알려주어서 쉽게 배울 수 있었다.
“너희 매일 내게 기타를 알려주는데, 내가 수강료를 조금씩 지불할게.”
“아니야. 조이, 괜찮아. 그냥 너와 함께 기타를 치는 것만으로도 즐거워.”
“그래도 이렇게 매일 꾸준히 가르쳐주는데, 뭐라도 내가 해주고 싶어.”
“아니야. 우리 친구잖아!”
“그럼 밥이라도 사 줄게. 너 배고프지 않아?”
“응. 밥 먹고 와서 배불러. 진짜 괜찮아. 그럼 다음에 사줘.”
루이스와 닉슨은 만날 때마다 배가 부르다며 다음에 사 달라는 말을 했다. 그래서 그냥 배가 불러도 먹을 수 있는 초콜릿을 사 들고 갔다.
“하하하. 조이, 진짜 괜찮은데. 잘 먹을게.”
“그래. 진짜 이거라도 좀 먹어. 그래야 나도 마음이 편해.”
“고마워 조이.”
정말 욕심도 없는, 그래서 뭐라도 더 챙겨주고 싶은 친구들이다.
그리고 마을에 세바스티안이라 불리는 한 친구가 있는데, 이 친구 또한 나와 굉장히 잘 맞아서 친하게 지냈다.
“조이, 이번 주 토요일에 수영하러 갈래?”
“뭐? 수영을 하자고? 여기에 수영을 할 수 있는 곳이 있어?”
“응. 저기 마을 아래로 내려가면 계곡이 하나 있어.”
“그래. 나야 좋지! 같이 가자.”
토요일에 세바스티안의 친구 윌슨과 함께 계곡으로 향했다. 계곡은 마을에서 걸어서 1시간 정도 떨어져 있었다.
“계곡이 생각보다 마을에서 꽤 떨어져 있네?”

"응. 이제 거의 다 왔어. 바로 저기야."
"와! 생각보다 물이 깨끗하네!"
"그렇지? 빨리 들어가자."
하지만 계곡이어서 물이 생각보다 차가웠다. 10분 정도 물에서 놀고 나니 그만 놀고 싶어졌다.
"세바스티안, 윌슨! 여기 너무 추워. 너희는 안 추워?"
"진짜 추워. 그래도 10분만 더 놀자."

그렇게 20분만 헤엄치고 마을로 다시 걸어갔다. 그런데 걸어가는 도중 날씨가 갑자기 흐려졌고, 비가 한 방울씩 뚝뚝 떨어지기 시작했다. 날씨가 그렇게 따뜻하지 않아서 돌아가는 길에 비까지 맞으면 감기에 걸릴 것 같았다. 그래서 큰 나무 밑에서 비를 피하고 있는데 비는 좀처럼 그칠 생각을 하지 않았다. 마을로 빨리 뛰어가야 했다. 정신없이 뛰어가는데 뒤에서 세바스티안이 소리쳤다.
"야! 조이, 잠깐만!"
세바스티안은 무척이나 큰 나뭇잎 하나를 보여주며 말했다.
"이거 쓰고 가."
생전 처음 보는 초대형 나뭇잎에 놀라서 세바스티안에게 달려갔다.
"미쳤다! 나뭇잎이 왜 이렇게 커?"
"하하. 저쪽에 가면 많이 있어. 일단 이거 쓰고 있어. 내 것도 가지고 올게."
나뭇잎은 어릴 때 보았던 만화 속에서나 존재할 것처럼 무척이나 컸다. 비가 계속 쏟아졌지만, 나뭇잎 덕분에 젖지 않고 마을까지 무사히 갈 수 있었다. 마을에 도착하자 세바스티안이 제안했다.
"조이, 밥 먹으러 안 갈래?"
"그래. 좋지. 가자."

"뭐 먹고 싶어? 내가 사줄게. 나 돈 많아."
"뭐? 돈 많다고? 하하. 그래, 얼마나 있는데?"
세바스티안은 주머니에서 구겨진 1만 페소(약 3,500원)를 꺼내 보였다. 그는 주말에 아르바이트로 하루에 13,000페소를 번다. 그렇게 힘들게 번 돈으로 내게 맛있는 걸 사 주겠다고 하니 감동하지 않을 수 없었다. 난 그런 세바스티안이 기특하기도 하고 고맙기도 했다.
"야… 그건 너 온종일 아르바이트해서 번 돈이잖아. 그냥 내가 살게. 저기 식당으로 가자."
메뉴를 보니 조금 비싼 음식이 4,000원, 일반적인 음식은 2,000~3,000원 정도 했다.
"먹고 싶은 거 골라."
세바스티안이 메뉴 선정을 하는데 한참을 고민해서 그냥 괜찮아 보이는 음식 두 개를 주문하려고 했다.
"잠깐만! 그거 너무 비싸. 그냥 이거 2,000원짜리 먹자."
"왜? 양 너무 작게 나오는 거 아니야? 괜찮아. 내가 사줄게."
"아니야. 딱 맞아. 이거 먹자."
그렇게 2,000원짜리 음식 2개를 먹었다. 이곳 친구들은 그저 장난꾸러기인 줄 알았는데, 가끔 내게 감동을 줄 때면 그들이 달라 보이기도 했다.
마을 사람들은 대부분 언제나 밝은 표정으로 웃고 있다. 나는 어떻게 하면 저렇게 항상 기쁠 수 있을까 너무나도 궁금했다. 그들도 우울한 날이나 힘든 날도 있을 텐데 말이다.
마을 친구 가운데 특히 다쟈나는 항상 얼굴에 미소가 있었고 해맑았다.
"다쟈나, 너는 왜 항상 표정이 밝아? 네가 우울해 하고 있는 날을 본 적이 없는 것 같아."

노르마, 알렉산드라, 줄리아, 다자냐

"하하. 나도 힘든 날은 있어. 그런데 힘들다고 해서 슬픔에 빠져 있어도 그 문제가 없어지진 않잖아. 그래서 그냥 웃는 거야."

"와... 너는 그게 가능해?"

"응. 웃다 보면 힘든 것들은 빨리 사라지고 내 기분도 좋아져. 하하."

난 그런 다자나의 성격이 너무나도 부러웠다. 고민이 있거나 힘들 때도 항상 밝게 웃고 싶다. 하지만 나는 큰 문제에 부딪치면 그 아픔에서 빠르게 벗어나지 못했고, 상처가 치료될 때까지 꽤 긴 시간이 필요했다. 나도 힘든 일이 닥치면 '지금 화를 내면 안되는데... 우울해 있으면 안되는데... 웃어야 하는데...' 머릿속으론 알고 있다. 하지만 안다고 해서 다 할 수 있는 건 아니었다. 성격은 하루아침에 바뀌는 게 아니다. 계속 연습하다 보면 언젠가 나도 다자나처럼 힘든 일이 생겨도 웃을

마을 친구들

수 있는 여유가 생기지 않을까?

언제나 변함없이 밝은 모습인 다자냐

8-4
행복이란 감정

"헤이, 취니또(중국인)! 이쪽으로 잠깐 와봐."

누군가 나를 부르는 것 같아서 쳐다보았다.

"나는 중국인이 아니라 한국인이야."

사람들은 나를 처음 볼 때 중국인으로 착각했다.

"너 내 어깨에 있는 문신에 이거 글자 뭐라고 적혀 있는지 알아?"

"그거 중국어잖아. 우리나라 말 아니야. 그런데 그건 불(火)이라는 뜻이야."

"뭐? 중국어랑 한국어랑 달라?"

"응. 달라. 중국어, 일본어, 한국어 다 달라."

"그래, 한국어는 어떻게 쓰는데?"

"이렇게 써."

나는 중국어가 적혀 있는 반대편에 한국어로 '불'을 써주었다.

"우와! 이게 한국어야? 정말 멋진데. 고마워."

그는 마을 사람들에게 자기 어깨에 새겨진 한국어 '불'을 다른 사람들에게 보여주며 자랑했다. 그러자 소문이 나서 많은 마을 사람들이 나도 한국어를 써 달라며 찾아왔다. 한 아이는 내가 머무는 숙소까지 찾아와 자기 이름을 써달라고 부탁하기도 했다. 그리하여 한동안 이 마을에 한국어 열풍이 불었다.

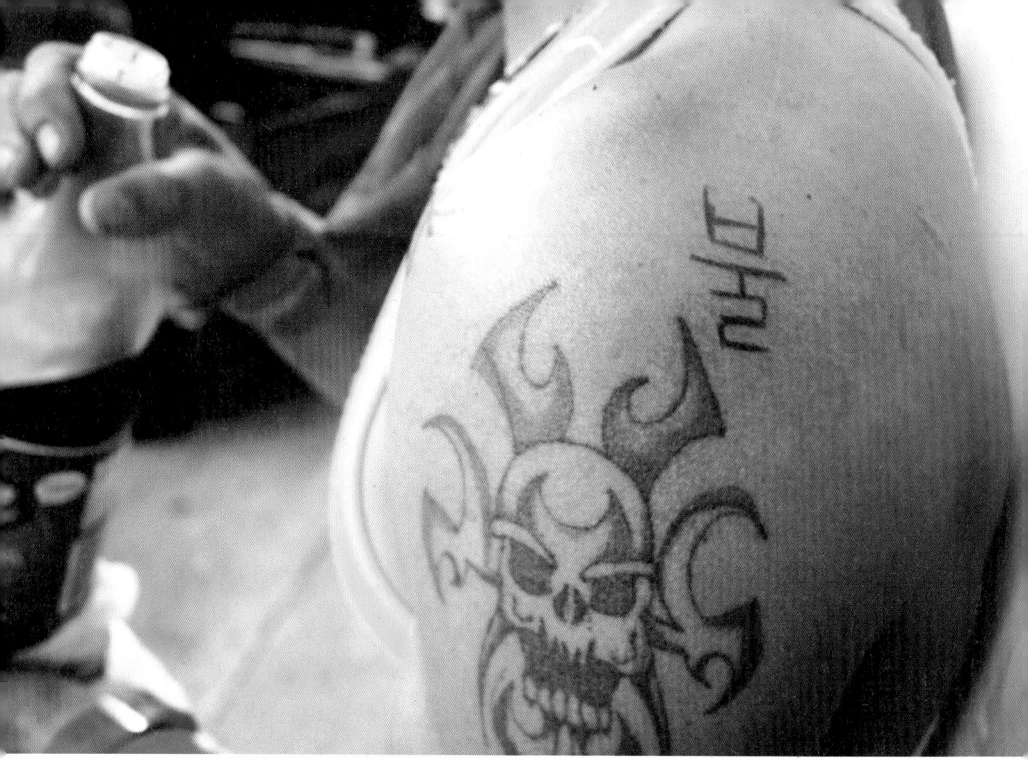

불

이곳은 계절이 없고, 날씨는 두 가지가 있다. 비가 오거나, 비가 오지 않거나. 해발 2,000m여서 평소엔 덥지도 춥지도 않다. 비가 오면 조금 쌀쌀하고, 비가 오지 않으면 반소매, 반바지만 입고 다녀도 활동하기 좋을 정도로 날씨가 무척이나 좋았다.

하루는 날씨가 더워서 공원에 아이스크림을 사 먹으러 갔다. 마을 중앙에 있는 공원에 몸이 불편해서 휠체어를 타고 다니며 아이스크림을 파는 형이 있다. 그 형은 내가 오면 항상 밝은 모습으로 반갑게 맞아주었다. 그 형은 지체장애를 앓고 있어서 팔은 움직이지만, 손가락 하나까지는 움직이지 못했다. 몸은 불편하지만 기죽은 모습을 한 번도 볼 수 없었고, 얼굴에 항상 웃음기가 넘쳤다. 그래서 그 형은 항상 멋있어 보

비가 오는 날에도 어김없이 공원에 나와 아이스크림을 팔고 있다.

였다.

이 마을은 몸이 불편해도 차별이 없었다. 키가 1m도 되지 않는 난쟁이 아저씨가 있는데, 빵집 맞은편에 있는 커피숍에서 서빙을 하고 있다. 가끔 난쟁이 아저씨가 도움이 필요할 때면 그들은 아무런 불평도 하지 않고 도와주었다.

나는 점심을 먹고 아이스크림을 파는 형에게 가서 자주 수다를 떨었다. 하루는 수다를 떨고 있는데 미겔과 찌끼가 내게 걸어왔다.

"조이, 오늘 저녁에 일몰 보러 안 갈래?"

"일몰? 좋지."

친구들은 무언가 활동을 하는 걸 굉장히 좋아했다. 그래서 마을을 돌아다니다 보면 계속해서 어디에 놀러 가자는 제안이 들어왔다. 친구네 집에 초대를 받기도 하고, 별장에 놀러 가기도 하고, 유자를 따 먹으러 산에 올라가기도 했다.

오늘은 미겔, 찌끼와 함께 일몰을 보러 언덕으로 향했다. 1시간 30분 정도 언덕으로 걸어 올라가니 일몰을 볼 수 있는 전망대가 보였다. 언덕에 도착하니 때마침 일몰이 시작되었다.

"와와! 저기 봐. 일몰이 시작되었어!"

"오! 진짜, 하하, 아름답네."

사실, 그것은 평범한 일몰이었는데, 마을 친구들은 감정표현을 굉장히 많이 했다. 그렇게 놀랄만한 일도 아니지만 놀라고, 재미있는 농담이 아닌데 재미있게 웃었다. 일몰을 구경하고 나니 캄캄한 밤이 되었다. 언덕을 내려오는 길에 가로등이 하나도 없어서 조심조심 언덕에서 내려왔다.

일몰

그런데 내려가는 길에 형광 불빛이 반짝반짝 빛나기 시작했다.

"저거 반딧불이야?"

"응, 맞아. 반딧불이야."

수많은 반딧불이가 빛을 내며 우리 주변을 날아다녔다. 그 마을에서 처음으로 반딧불이를 보았을 때 마치 우주로 신호를 보내는 특이한 장치가 아닐까라는 생각이 들었다.

"아름답다…"

마을에 있다 보면 간혹 내가 이 마을에 있다는 것 자체만으로 행복감에 빠져 눈물이 울컥할 때가 있었다.

'이 기분이 행복이란 걸까?'

마을 정말 별거 없다. 겉으로만 보면 아무것도 없다. 다른 여행지에 비해 예쁜 풍경이 있는 것도 아니고, 뭔가 활동을 할 수 있는 범위도 작았지만, 그 순수하고 밝은 사람들과 따뜻한 마을 분위기가 내 마음을 흔들었다. 내게 좋은 일이 생겨서 나 혼자 행복한 것이 아니다. 그냥 다들 즐거워하고 웃으며 행복해하니까, 그 긍정적인 영향이 내게 미쳐서 나도 행복한 게 아닐까 싶다.

마을 학생들은 아침 7시에 등교한다. 고등학생도 오후 1시에 모든 수업이 끝난다. 끝나면 대부분 자기만의 여가를 가진다. 낮잠을 자는 친구도 있고, 농구나 축구를 하는 친구도 있고, 아르바이트하는 친구도 있다. 학교 수업이 끝나고 따로 공부를 하는 친구는 매우 드물었다.

"너희 진짜 1시에 공부가 끝나고 따로 공부 안해?"

"그럼. 수업시간이 중요한 만큼 내 자율 시간도 중요해."

"와…! 너 우리나라는 고3이 하루에 몇 시간 공부하는지 알아?"

"글쎄…… 몇 시에 끝나는데?"

"학교에서 야자까지 하면 밤 10시 정도?"

"뭐? 말도 안 돼. 진짜야? 학교에서 하루를 다 보낸다고?"

"응. 진짜야. 게다가 학원이나 독서실 가는 친구들은 밤 12시까지 공부해."

소니아는 놀란 눈으로 나를 바라보았다. 소니아는 고등학교 3학년이지만 학교가 끝나면 매일 농구를 하러 나가거나 축구를 했다. 마을 친구들은 운동을 정말 좋아한다. 특히 신기 한 점은, 격한 운동이라도 성별을 따지지 않고 같이 참여했다. 학교에 집단따돌림이 없었고, 편을 가르지도 않았고, 선후배 사이라도 성격만 잘 맞으면 금방 친구가 되었다. 그리고 마을 친구들은 친구의 가족관계도 중요하게 생각했다.

"너희 아빠 성함은 뭐야? 형제는 몇 명이야? 가족들과 다 같이 살아? 가족사진 보여줘."

난 친구들이 정말 나에게 할 말이 없어서 이런 가족에 관한 질문을 하나 싶었다. 그런데 그들은 진심으로 내 가족들을 알고 싶어 했으며, 그들도 그들의 가족들을 소개해주었다. 나는 친구들의 가족뿐만 아니라 친척들을 마주칠 때도 소개받았다. 나는 이런 소개문화가 너무 좋았다. 친한 친구들끼리 있다가도 새로운 친구가 오면 그 자리에서 바로 소개를 받아서 친구가 되었다. 그렇게 계속해서 한 명씩 소개를 받다 보니 마을 친구들이 한순간에 급격히 늘기 시작했다. 나는 한국에서 하루에 친구 한 명을 사귀는 것도 굉장히 드물었지만, 이 마을에서는 하루에도 몇 명씩 새로운 친구를 사귈 수 있었다.

그래서 마을에서 조금만 혼자 걷다 보면 항상 누군가가 나를 불렀다.

"조이! 조이!"

특히 아이들은 나를 굉장히 좋아했다. 아이들은 자전거를 타고 다니면서 졸졸 따라다니다가 호기심 많은 눈빛으로 내게 질문했다.

"한국인은 어떤 음식을 먹어? 조이, 너 이거 자전거 이렇게 탈 수 있어? 우리 마을에 대해 어떻게 생각해? 우리 마을 음식은 어때? 너 두바

이도 가 봤어?"
호기심 많은 아이의 질문은 끝이 없었다. 그래서 도망 다닐 때도 잦았다.

8-5
축제

오늘은 베로니카의 생일이다. 베로니카에게 초대장을 받고 그녀의 집으로 향했다. 이미 많은 친구가 도착해 있었고 베로니카는 아직 집으로 오지 않았다. 친구들은 베로니카에게 깜짝파티를 해주려고 집에 있는 불을 다 껐다. 그리고 베로니카가 들어오는 순간 불을 켜며 외쳤다.

베로니카 생일파티

"놀랐지!"

"아이고, 깜짝이야!"

베로니카는 놀란 척을 했지만 매년 하는 깜짝파티를 예측한 것 같았다.

생일파티에 오기 전에 친구들에게 음식이 많이 있다며 저녁을 절대 먹고 오지 말라는 말을 듣고 저녁을 걸러서 갔는데, 이건 정말 큰 실수였다. 생일파티는 작은 케이크 하나, 오렌지 주스 한 모금, 빵 몇 조각이 전부였다. 그런데 생일파티는 무려 3시간이나 했다.

처음엔 생일축하 노래를 불러주며 베로니카를 축하해 주었다. 그 노래는 우리나라에서 부르는 생일축하 노래와 음이 똑같았다. 친구들은 한국어판 생일축하 노래가 궁금하다며 한국어로 노래를 불러달라고 해서 한국어로 생일축하 노래를 불러주었다. 그리고 베로니카의 생일 소감을 간략하게 듣고 파티를 시작했다.

큰 스피커를 옆집에서 빌려 노래 볼륨을 크게 틀고 불을 끄고 신나게 춤을 췄다. 쿵쿵거리는 클럽 음악 소리가 너무 커서 옆집에 피해가 가지 않을까 걱정도 들었지만 서로 이해해주는 게 아닌가 싶었다.

나는 춤을 잘 추지 못해서 거의 구경만 하고 있었는데, 친구 소니아가 내게 춤을 알려준다고 한다. 그래서 일단 해보았지만, 몸이 말을 듣지 않았다. 친구들은 어떻게 저렇게 춤을 잘 추는지 신기했다.

"조이, 너 한국에서 어떤 춤 춰? 춤 하나만 보여줘."

"나? 한국에서 안 춰봤는데..."

"한국 사람들은 춤을 안 춰?"

"아니. 춤을 추긴 추는데, 여기처럼 대중적이지는 않아."

이 마을 사람들 4명 중 3명은 춤추는 걸 무척이나 즐겼다. 하루는 학교에서 큰 학생축제가 열렸는데, 그 학교 전체를 클럽으로 바꾸어 버렸다. 나는 그 학교와 20m 떨어진 곳에서 지냈는데, 내 방에 있어도 그 노랫소리가 아침부터 오후 늦게까지 울려 퍼졌다.

마을 사람들은 축제나 파티를 굉장히 좋아한다. 그렇다 보니 큰 축제가 열리기 한 달 전부터 친구들은 다음 달 옆 마을에 큰 축제가 열린다며 내게 같이 가자고 제안했다. 축제 당일이 되면 많은 사람이 축제를 즐기기 위해 버스에 올라탄다. 콜롬비아는 크리스탈이라는 유명한 주류회사가 있는데, 대부분의 축제는 이 회사가 주최했다. 그래서 축제는 항상 밤늦게 술과 함께 시작했다. 하루는 저녁 7시 막차를 타고 가기로 했는데, 많은 사람이 축제에 가려고 하다 보니 차가 만원이었다.

"더는 태워줄 자리가 없어요. 죄송합니다."

나는 에스테반과 같이 있었는데, 에스테반은 버스 차장님께 꼭 축제에 가야 한다며 호소했다.

"안 돼요. 안 돼요! 이 친구 보여요? 한국에서 이 축제 보려고 여기까지 왔는데, 꼭 가야 한다고요. 제발 태워주세요."

버스 차장님은 나를 한 번 쳐다보더니 나와 에스테반이 타고 갈 자리를 만들어주셨다. 그리하여 1시간 뒤 옆 마을에 도착했다.

축제는 밤 9시에 시작했다. 먼저 불꽃놀이를 했는데, 이곳에서 또 한 번 충격을 받았다. 폭죽은 하늘 높이 올라갔다가 터지면서 생긴 불똥들이 땅까지 그대로 다 떨어졌다. 그래서 그 불똥을 맞은 나무가 불에 타기도 하고, 공원 잔디에도 불똥이 떨어져 불이 붙기도 했다. 나는 그 상황이 충격적이었는데, 마을 사람들은 태연하게 불꽃놀이를 바라보았다. 불꽃을 맞은 나무가 활활 타오르자 미리 대기해 있던 소방관들이 와서 불을 끄기 시작했다. 관계자들이 축제를 중단시키지 않는 것이 놀라웠고, 마을 사람들은 하늘에서 불꽃이 떨어진다며 그것마저 즐기고 있었다.

폭죽에 맞아 불타고 있는 나무

축제 현장

불꽃놀이가 끝나고 본격적인 축제를 시작했다. 경쾌한 남미 노래가 마을 전역에 울려 퍼졌다. 사람들은 신나게 춤을 추었다. 어찌나 그렇게 춤을 좋아하는지, 노래가 있는 곳에 춤도 있었다. 또 서로 모르는 사람들이라도 남자가 여자에게 춤을 같이 추자고 제안하면 같이 추었다.

그런데 갑자기 한쪽에서 싸움이 났다. 나는 평화로운 마을이라 싸움은 절대 나지 않을 거라고 생각했는데, 술을 마시다 보니 싸움이 일어나기도 했다. 축제 때 싸움이 정말 흔했는지, 미리 대기하고 있던 경찰관들이 출동해서 바로 싸움을 말렸다. 우리 마을에서 온 친구 중 한 명도 싸움에 연루되어 경찰서에 끌려갔다.

축제는 새벽 3시에 끝났다. 아침 첫차는 6시에 있어서 사람들 모두 돈을 모아 지프를 빌려서 마을로 돌아가기로 했다. 사람들은 지프 지붕 위

지프차에 많은 사람들이 올라타있다.

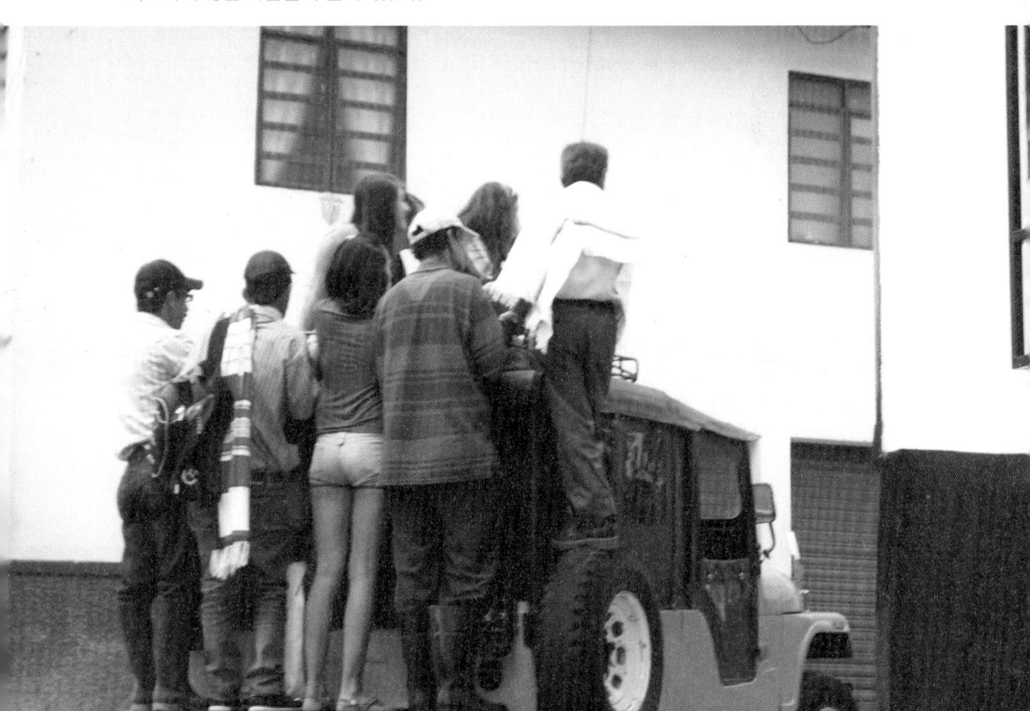

에 올라가서 앉기도 하고, 뒤에 매달리기도 했다. 나는 눈이 휘둥그레졌다.

"이렇게 타고 가는 거 불법 아냐? 한국에서 이렇게 절대 못 타."

"하하. 이곳은 괜찮아."

그렇게 조그만 지프에 수십 명의 사람이 탑승을 하고 마을로 향했다. 가는 도중에 갑자기 경찰서 앞에서 지프가 멈췄다.

"왜 멈춘 거야?"

"레오가 아까 싸움에 연루되어서 경찰서에 끌려갔잖아. 가서 데리고 나와야지."

"아... 그런데 레오 지금 바로 풀려날 수 있어?"

"응. 가서 부르면 나올 거야. 레오! 빨리 와. 차 떠난다."

경찰서에 연행되었으니 며칠 동안 유치장에 있을 줄 알았는데, 친구들이 레오를 불렀더니 레오는 곧바로 풀려났다. 그렇게 레오까지 함께 지프에 올라타고 마을로 돌아왔다.

며칠 뒤, 또 큰 축제가 열렸다. 크고 작은 축제가 거의 매주 열리고 있었다. 방안에 앉아 글을 쓰고 있는데 길거리에서 노랫소리가 울려 퍼졌다.

'이 마을은 심심하면 축제를 하네. 그러니 심심할 틈이 없지.'

노랫소리가 들려 창문을 열어 보았다. 길거리에 많은 아이들이 할로윈 복장을 하고 걸어갔다. 알고 보니 오늘은 할로윈데이였다. 이렇게 작은 산골 마을도 할로윈파티가 활발하게 열리는 걸 보면 여기 사람들이 얼마나 파티를 좋아하는지 짐작할 수 있다. 경찰차도 할로윈 풍선을 매달고 순찰을 하고 있었다. 분장한 아이들은 바구니를 들고 주변 가게들을 돌며 사탕을 얻고 있었다.

'그래! 나도 참여해 봐야지. 재미있을 것 같아.'

마트로 달려가서 사탕 세 봉지를 샀다. 공원에서 한 아이에게 사탕을 나누어 주었는데, 그걸 본 다른 아이들이 벌떼같이 우르르 몰려와서 사탕을 달라고 졸라댔다! 사탕은 눈 깜짝할 사이에 없어졌다.

'내가 마을 사람들에게 신세를 많이 졌지. 지금 사탕이라도 많이 줘야겠다.'

그래서 마트로 가서 사탕 세 봉지를 더 사서 나누어주었다.

마을 중앙에 큰 천막으로 만든 대형 댄스클럽이 생겼다. 많은 사람이

할로윈 축제

그 안에서 축제를 즐기고 있었다. 할로윈은 아이들만 꾸미고 즐기는 축제인 줄 알았는데, 밤이 되니 어른들도 참여도가 매우 높았다. 그리고 이상한 괴물들이 내게 와서 툭툭 치면서 내 이름을 불렀다.

"조이! 조이!"

내 친구들 같은데, 클럽 안이 너무 시끄럽고 그들이 변장을 너무 잘해서 누가 누군지 도무지 알아볼 수가 없었다. 처음 보는 괴물들과 마녀들은 나를 부르더니 술을 권했다. 나는 술을 정말 못 마시지만, 오늘은 분위기에 취해 조금만 먹기로 했다. 그렇게 한 잔을 마셨더니 다른 요괴들이 나를 불렀다.

"자자, 마셔. 마셔. 이거 콜롬비아에 오면 꼭 마셔야 하는 술이야."

"나 많이 마셨어. 괜찮아. 고마워."

"아... 그러지 말고 딱 한 잔만."

"알았어... 그럼 딱 한 잔 만이다."

그렇게 또 술을 마시고 가려고 했는데 또 다른 테이블에 있는 괴물들이 나를 부른다. 원래 술을 잘 못 마시는데, 콜롬비아 술은 소주보다 도수가 10~20도 정도 더 높아서 빨리 취했다. 내 눈알이 뱅뱅 돌고, 세상이 돌고 도는데, 술 권유가 끝이 없었다. 내 몸이 휘청거렸다. 내 모습을 본 친구들은 내가 걱정되었는지 나를 숙소까지 데려다주었다.

"조이, 정신 차려! 여기 너 이렇게 술 취해서 있으면 아무리 마을이라도 위험해."

"아! 그래? 하하! 뭐가 위험하다는 거야! 히히!"

"안 되겠다. 숙소로 같이 가자."

나는 계속 웃음을 터트렸고, 계단을 걸어 올라가는데 마치 내 몸이 아닌 것 같아서 또 웃었다. 그리고 방에 도착하고 혼자 꺄르르 웃다 잠이 들었다.

다음 날, 온 마을에 소문이 퍼졌다. 내가 술에 취해서 온종일 웃으며 길거리를 걸어 다녔다는 것이다. 크게 웃긴 일도 아니고, 특종이 될 만한 사건도 아니었지만, 마을 친구들은 나를 만날 때마다 "너 어제 취했었지?" 라며 물어보았다.

마을 사람들은 주로 주말이나 축젯날에 술을 마신다. 그런데 이 마을에 매일 술에 취해서 비틀거리며 걸어 다니는 사람이 한 명 있다. 매일매일 비틀비틀 걸어 다니면서 한 손에 항상 술이 담긴 페트병을 들고 다녔고, 틈이 날 때마다 술을 마셔댔다. 저 페트병 안에 든 건 어떤 술일까 궁금했는데, 나중에 제조법을 알고 충격받았다. 그 술은 상처를 소독할 때 쓰는 소독용 알코올이었다. 저걸 마셔도 괜찮을까 싶었는데, 그는 소독용 알코올을 일정량 붓고 또 물을 부어서 섞어서 마셨다. 이것은 도저히 이해할 수가 없었다. 그 아저씨는 마을에서 유명한 술고래이며, 대낮에도 항상 술에 취해 있었다. 하루는 술에 취하지 않은 술고래 아저씨를 만났는데, 그 모습이 너무 낯설어서 마치 다른 사람인 줄 알았다.

술고래 아저씨

손 소독용 알코올과 제조된 술

8-6
친누나를 초대하다

마을에 온 지 두 달이 될 무렵 친누나에게 연락이 왔다.

"야, 너 어디야?"

"나 아직도 콜롬비아 그 마을에 있어. 아무래도 여기를 못 벗어날 것 같아."

"나도 지금 가고 있어. 며칠 후에 페루 리마에서 비행기 타고 콜롬비아로 올라가."

나는 마을이 너무 좋아서 친누나까지 마을로 초대했다. 누나는 원래 유럽여행을 갈 생각이었는데, 내가 계속 '남미'로 오라며 강조해서 말하다 보니 여행 일정이 싹 바뀌어 정말 남미로 왔다.

"뭐? 너희 누나가 우리 마을에 온다고? 에이, 거짓말."

"진짜야. 지금 페루에서 오고 있어."

"진짜? 조이, 너희 누나 오면 내게 꼭 소개해줘. 알겠지?"

"응응. 그럴게."

며칠 후, 누나가 마을에 왔다. 누나는 이 마을에 오느라 이틀 동안 잠을 못자서 피곤해 보였다. 그런데 하필이면 오늘은 또 옆 마을에서 큰 축제가 열리는 날이었다.

"갈 수 있겠어? 너무 피곤하면 쉬자."

"아니야. 오늘 큰 축제 열리는 날이니까 한 번 가 보자."

버스를 타고 옆 마을에 도착하니 오늘도 많은 사람이 모여 있었다. 큰 축제는 매번 옆 마을에서 열렸는데 내가 지내고 있는 마을보다 이곳이 더 큰 마을이다 보니 큰 축제는 이곳에서 매번 열리지 않나 싶었다. 길을 걸어가는데 우리 마을 친구들을 만났다.

"오 조이! 옆에 너희 누나야?"

"응. 우리 누나야."

친구들은 누나를 보자마자 서로 소개해달라며 다가왔다.

"조이, 너희 누나야? 오! 나 소개해줘."

갈 때마다 친구들을 마주치니 누나가 말했다.

"너 완전 여기 마을 현지인 다 됐네! 가는 곳마다 다 친구야."

"응. 하하. 나도 이렇게까지 친구를 많이 사귈 거라 생각을 안 했는데 어쩌다 보니 이렇게 됐어. 그리고 누나도 곧 그렇게 될 거야."

우리는 축제가 열리는 공원 중심으로 갔다.

"누나, 여기 불꽃놀이 좀 이상하거든. 절대 놀라지 마."

"뭔데? 왜 이상한데?"

이번에도 광란의 불꽃놀이는 기대를 저버리지 않았다. 불꽃놀이가 시작되고 불똥들이 땅에 떨어졌다.

"미쳤다. 이거 진짜, 와, 진짜 미쳤다."

"여기 원래 이래."

"너무 위험하다. 우리 좀 더 뒤로 가자."

이번에도 한 나무에서 불이 붙었다. 나무가 활활 타오르자 소방대원이 소방차에서 호스를 꺼내서 불을 껐다. 좀 더 축제를 즐기고 싶었지만 누나가 피곤해 보여서 마을로 돌아갔다.

누나는 생각보다 마을에 잘 적응했다. 사람들이 누나에게 무척 관심을 가져서, 가는 곳 마다 질문이 폭탄처럼 쏟아졌다. 그리고 누나는 많은 친구를 사귈 수 있었다. 내가 처음 이 마을에 왔을 때와 똑같았다. 누나도 무슨 말인지 하나도 알아듣지 못해서 오기가 생겼고, 꼭 스페인어를 배우고 말 거라며 매일 도서관에 가서 스페인어 동화책을 읽으며 공부를 시작했다. 이 마을에 오면 자극을 받아서 누구나 스페인어를 먼저 배우는 게 순서인가 보다.

우리는 매일 저녁 치킨을 먹었다. 치킨 반 마리에 한국 돈 약 3,000원이었는데, 싸면서 맛있어서 우리 둘의 인기 메뉴가 되었다. 그리고 매일 밤 헬스장에 가서 같이 운동을 했다. 운동이 끝나면 공원에 나가서 닉슨, 루이스와 함께 기타를 치며 노래를 불렀다.

"엔트레 카니발레쓰~"

"라멘또 볼리비아노~"

처음에는 누나도 기타 연주에 관심이 없었는데, 이들의 연주를 보고 나서 기타에 빠지게 되었다. 그래서 매일 밤 루이스, 닉슨과 공원에서 다 함께 노래를 부르며 기타를 쳤다.

8-7
632일의 여행이 끝나다

그렇게 시간이 흘러 마을에 온 지 석 달이 다 되어 갔다. 처음 이 마을에 왔을 때 모든 것이 어색하고 낯설었지만, 그 낯선 감정은 어느덧 자연스러워졌다. 원래 한 달만 이곳에 머무르다가 베네수엘라로 갈 생각이었지만, 이 마을의 매력에 빠져서 헤어 나오지 못했다. 사실 나는 이 마을을 몇 번 떠났었다. 그러나 금세 또 마을이 그리워져서 다음날 다시 돌아왔다.

'어쩌면 나는 여행에 지쳐버린 것이 아닐까?'

처음 여행할 때, 일상에서 벗어나 새로운 문화와 언어를 배우고 새로운 친구들을 사귀는 게 너무나도 좋았다. 매일 새로운 환경에서 살면 여행은 질리지 않겠지, 나는 이렇게 생각했다. 나는 그렇게 하루하루 다른 삶을 살아보고 싶었다. 그리고 내 생각대로 여행은 즐거웠고 하루하루 새로운 삶을 살아가는 게 좋았다.

그러나 1년이 흐르자 여행에 슬럼프가 오기 시작했다. 나는 수많은 사람을 만났고 수많은 친구를 사귀었다. 하지만 내 곁에 아무도 없었다. 허무했다. 그렇게 친구를 많이 사귀어도 며칠 지나면 다 나를 떠나갔다. 그리고 나에게 쓸쓸함만이 남았다.

"잘 가, 조이. 너와 함께 해서 즐거웠어."

"그래. 나도 정말 즐거웠어. 너희 나라 가면 연락할게."
"그래. 나도 한국 가면 연락할게. 잘 지내."
그리고 매번 새로운 친구를 만날 때마다 자기소개는 반복되었다.
"안녕. 나는 조이야. 너는 이름이 뭐니?"
"나는 크리스티안. 만나서 반가워."
우리는 서로에 대해 더 깊이 알아 갈 수가 없었다. 매번 새로운 사람을 만날 때마다 자기소개만 하다 보니 종이에 내 자기소개를 써서 수천 장 복사한 다음 그냥 그에게 주고 싶은 마음마저 들었다.
'크리스티안 또한 며칠 후면 헤어지겠지......'
이제 새로운 것이 싫어졌다. "무엇이든 적당한 게 좋다"는 말이 떠올랐다. 일상 속에만 살아도 지루하지만 하루하루 새로운 삶을 산다고 해서 매일 같이 즐거운 것도 아니었다. 이 마을이 내 마지막 여행지가 될 줄은 몰랐다. 더 이상은 새로움을 추구하고 싶은 생각이 들지 않았다. 난 어쩌면 여행을 그만두어야 할 때가 온 것 같다.
나 자신에게 물었다.
"충분해?"
"응. 이제 충분해!"
예상했던 여행기간보다 4개월이 더 짧아졌지만, 충분히 즐겼고, 만족한다. 나는 친구들에게 마지막 작별인사를 준비했다.
헬스장 트레이너 디디엘 선생님, 기타 선생님이자 친구 닉슨과 루이스, 그리고 어디를 가나 "조이! 조이!"를 외치며 자전거를 타고 따라오는 마을 아이들...
떠날 생각을 하니 매우 슬펐다. 더 머무르고 싶었지만 이제 콜롬비아에 머무를 수 있는 최대 기간 90일이 다가오고 있었고, 이미 한국으로 향하는 비행기 표를 샀다. 떠나는 날짜는 정해져 있었지만 떠나기 전까지 그들에게 내가 떠날 사람이라는 인상을 주기 싫었다. 마치 영원히 함께할 수 있을 것처럼 그렇게 지내고 싶었다.

"조이, 너 떠나는 거야?"

"응."

"다시 올 수 있는 거지?"

"당연하지! 다시 와야지."

"언제 다시 올 수 있어?"

앞으로 언제 또 지구 반대편에 있는 콜롬비아에 올 수 있을지 모르겠지만, 차마 언제 올지 모르겠다는 말을 할 수 없었다.

"글쎄... 너희를 보고 싶을 때? 하하."

"그럼 약속해. 꼭 다시 돌아올 거라고."

"그래. 조금 늦어질 수도 있지만, 꼭 돌아올게."

친구들은 눈물을 글썽거리며 말했다.

"정말 보고 싶을 거야."

"나도 너희 다 보고 싶을 거야."

"거짓말하지 마! 너는 우리를 다 잊을 거야."

"아니야. 내가 어떻게 너희를 잊어. 절대 잊지 않을 거야."

글썽거리는 눈을 보고 있으니 나도 괜히 울컥해서 눈물이 날 것 같아 재빨리 인사하고 자리를 떠났다.

"닉슨, 루이스, 이거 선물이야."

닉슨과 루이스에게 내가 세계여행을 하면서 모았던 각종 세계화폐를 봉투에 담아서 선물로 나누어주었다. 닉슨과 루이스는 선물을 잘 받지 않았지만, 선물이 무척이나 마음에 들었던지 이번엔 거절하지 않고 단번에 받았다.

"고마워 조이. 와... 하하하, 이거 봐. 체게바라 지폐도 있잖아!"

닉슨과 루이스는 만족해하며 다시 고마움을 표시했다.

마을 친구들은 내가 또다시 올 거라고 믿고 있다.

공원에서 벽화 그리는 아저씨

처음 내가 이 마을을 떠났을 때처럼…….

세상에 정말 좋은 곳이 많이 있다. 투명하고 맑은 호수가 있거나 강이 흐르며 드넓은 바다가 보이는 곳도 좋았지만, 나는 아무도 살지 않을 것 같은 깊숙한 산골에 있는 이 마을이 가장 좋다. 어쩌면 나는 이 마을을 찾으려고 오지여행을 시작했을지도 모른다. 3달 동안 마을에 있으면서 단 한 명의 여행자도 보지 못했지만, 그곳은 내 최고의 여행지였다.

나는 이곳을 제2의 고향이라 부른다.

행복했다. 눈물이 날 정도로 기쁘고 가슴이 따뜻했다. 여행하면서 언제 가장 행복했냐고 묻는다면 1초도 생각하지 않고 이 마을에 있을 때라고 대답할 수 있다.

나는 콜롬비아에서 비행기에 올라타 미국을 경유하고 인천공항에 도착했다. 2016년 1월 2일, 여행을 떠난 지 632일 만에 다시 한국 땅을 밟았다. 비행기에서 내리고 인천공항에 들어가자 한국어가 보이기 시작했고 한국인들의 목소리가 들렸다. 그리고 공항에서 한국어로 된 방송이 울려 퍼졌다. 한국어가 들린다. 또 옆에서 다른 사람들이 대화하는 소리도 들렸다. 너무나 당연한 사실이지만, 내가 한국어 하나라도 잘 할 수 있다는 사실이 신기했고 감사했다. 옆에서 말을 하는데 못 알아들을 때가 많았고, 또 하고 싶은 말이 있어도 제대로 표현할 수 없었는데, 이제 옆 사람 이야기 소리까지 다 들을 수 있다.

인천공항에서 나를 기다리고 있는 사람은 아프리카 케냐에서 만난 일본인 친구 키키였다. 키키는 부모님과 함께 때마침 한국여행을 왔다. 그리고 키키네 가족은 그들이 머무르고 있는 호텔에 나를 초대했다. 이곳은 우리나라인데 오히려 입장이 바뀌어 버렸다. 내가 키키를 초대해서 밥을 사주고 여행 가이드도 해 주면서 한국에 대해 알려주려고 했는데, 오히려 내가 외국인이 된 것처럼 키키에게 가이드를 받고 있었다. 많은 이야기를 나누고 싶었지만 키키는 다음 날 아침 비행기로 일찍 떠난다고 했다.

"다음에 일본에 가면 연락할게. 키키, 고마워."

"그래. 오랜만에 만나서 반가웠어. 너 그런데 집에 가는 방법은 알지?"

"그럼. 나 한국인이야. 하하."

나는 전철을 타고 집으로 향했다. 새롭다. 마치 꿈을 꾸는 것 같다. 내가 한국에 왔다는 게 너무나 신기했다. 환승역 안에서 잠깐 집에 전화하려고 공중전화기 앞에 섰다. 수화기를 들었다. 그러자 지나가던 사람들이 말했다.

일본인 친구 키키와 인천공항에서

"야. 재 봐. 공중전화기 쓴다."
"요즘 공중전화기 쓰는 사람 처음 봤어."
내게 너무나 익숙한 공중전화기였는데...
이것이 한국에 도착한 첫날이었다.

며칠이 지나자 빠르게 한국생활에 적응했다. 여행 후유증은 크게 없었지만, 이런 실수는 있었다. 하루는 마트에서 물건을 사고 나오다가 무심결에 스페인어가 튀어나오기도 했다.
"그라시아스. (감사합니다.)"

나는 세상을 다 바라보고 오면 세상을 다 알 것이라고 생각했다. 그리고 여행을 통해서 하고 싶은 것을 다 하면 미련이 없을 것이라고 생각했다. 그러나 여행을 마치고, 하고 싶은 일이 더 많아졌고 더 많은 궁금증이 생겼다. 끝이라고 생각했지만, 끝은 곧 새로운 시작이었다. 하지만 분명한 것은 여행을 떠나기 전에는 내가 어떻게 나아가야 할지 길이 보이지 않았지만, 지금은 새로운 길이 보인다는 것이다. 보이지 않는 길이란 없었다. 그 길은 잠깐 먹구름에 가려져 있었을 뿐.

09
또 다른 이야기

9-1 사건 · 사고

9-2 인상 깊었던 경험

다양한 여행 스타일의 세계 여행자 인터뷰

9-1
사건 · 사고

사건 · 사고 에피소드 I

콜롬비아에서 만난 한 여행자에게 생긴 이야기이다. 그는 에콰도르를 여행하고 있었는데 한 현지인이 갤럭시S5를 8만 원에 판다며 그에게 접근했다. 여행자는 그 말에 솔깃해서 갤럭시S5를 확인해 보았는데 정말 작동이 잘 되고 새 것 같은 제품이라 8만 원을 주고 구입하기로 했다. 그 현지인은 그에게 말을 걸면서 시선을 돌린 다음 갤럭시S5를 천으로 된 케이스에 넣어서 여행자에게 건네주고 황급히 사라졌다. 갤럭시S5를 8만 원에 샀다는 여행자는 기쁜 마음으로 나중에 천으로 되어

있는 케이스를 열어 보았더니 갤럭시S5 크기의 유리 조각이 나왔다. 너무 솔깃한 말은 의심해야 한다.

사건·사고 에피소드 II

여행을 다니다 보면, 나를 속여서 돈을 뜯어내려는 사람도 있고, 정말 친구가 되고 싶어 하는 사람도 만난다. 인도 기차역에서 한 사람이 갑자기 내게 접근해서 친한 척을 하며 인도에 대해 하나씩 영어로 설명해 주었다. 그는 말을 하다가 영어 단어가 생각이 안 나면 가방을 열어서 영어사전을 꺼내어 보곤 했다. 나는 그가 순전히 나와 친구가 되고 싶어 하고 또 영어 공부를 하고 싶어 한다고 생각했다. 우리는 기차 길도 같이 걷고 기차 안에서 같이 낮잠도 잤다. 그렇게 그와 함께 하루를 보냈고, 나는 그가 친구라고 생각했다.

인도에 500~1,000원 정도 요금을 내고 샤워를 할 수 있는 시설이 있다. 그는 한참을 밖에서 돌아다녔더니 너무 찝찝하다며 샤워를 하고 밤 기차를 타고 떠나자고 했다. 나도 전날 기차에서 잠을 자서 씻지 못해서 씻고 싶었다. 그래서 샤워장으로 갔다. 가방을 보관할 장소를 찾고 있다가 보관함이 보여서 그곳에 가방을 넣고 자물쇠를 채웠다. 그리고 그는 나를 샤워실로 안내해주었다.

'잠깐! 왜 자꾸 나에게 잘해주는 걸까?'

일단 씻지 않고 그가 무엇을 하고 있는지 나가 봤다. 그는 사물함을 깨고 내 가방을 털고 있었다. 태연하게 그에게 다가갔다.

"너 뭐 하고 있어?"

그는 당황했는지 영어를 쓰지 않고 힌디어로 말했다. 나는 알아듣지 못했다.

"침착해. 다시 영어로 말해봐."

나는 심장이 두근두근했지만 일단 그의 말을 들어보기로 했다.

"아... 아니, 그게 아니라, 네 사물함이 열려 있어서, 내가 대신 지켜준 것뿐이야. 아까 네가 자물쇠를 잠그긴 했는데 잘 안 잠가져 있더라고..."

지금 내가 그에게 뭐라고 해 봤자 그는 도망가거나 저항할 게 뻔했다. 그래서 그의 말에 넘어가는 척했다.

"그래. 역시 너밖에 없어. 넌 내 둘도 없는 친구야."

"그래. 나를 믿어줘서 고마워. 가서 씻어. 내가 네 짐은 보고 있을게."

"일단 내 가방 좀 줘 볼래? 잠깐 내 물건들이 잘 있는지 확인하고 싶어."

"그래. 자 여기 있어."

가방을 순순히 건네주는 걸 보니 아직 뭘 훔치진 않았나 보다.

나는 내 물건들을 한 번씩 다 확인해 보았다. 카메라, 휴대폰, 15,000루피(약 30만 원) 등등 모든 물건이 다 제자리에 있었다. 그는 내 가방 안에 들어있던 물건들을 보고 입이 더 벌어진 것 같았다.

"하하, 빨리 씻어. 괜찮아. 내가 짐을 보관하고 있을게."

"아니야… 네가 내 짐도 맡아주고 너무나 고마워서 내가 너에게 음료수를 사주고 싶어. 일단 밖으로 나가자. 음료수 하나 사 먹고 바로 씻을게."

"진짜? 약속했다? 음료수 하나 먹고 바로 씻어."

그렇게 일단 그를 밖으로 유인했다. 그곳은 4층이었는데, 1층 로비로 가니 직원들이 있었다. 지금이 기회다. 그를 잡고 소리쳤다.

"여기 이 사람 도둑이에요!"

1층에 있던 로비 직원들이 달려왔다. 그리고 문 입구에 있던 경찰을 불렀다. 나는 경찰에게 내가 있었던 일들을 하나씩 설명했다. 경찰은 그 도둑을 심문했다.

"너 외국인 친구 어디서 만났고, 무슨 목적으로 만났고, 오늘 무슨 일이 있었는지 다 이야기해봐."

그 도둑이 거짓말을 하는 것 같은 느낌이 들자 경찰은 도둑을 때리기 시작했다. 경찰이 처음엔 손으로 뺨을 때리더니 도둑이 잘못을 시인하자 손에 들고 있던 나무 몽둥이로 무지막지하게 때리기 시작했다. 인정사정 보지 않고 너무나도 비참하게 때리는 모습을 보니 오히려 불쌍하다는 생각마저 들었다.

"살려주세요. 살려주세요."

그는 살려달라고 외쳤지만, 경찰은 들은 체도 하지 않고 그를 더욱더 세게 때렸다. 그는 경찰서로 끌려갔고, 나도 진술서를 작성하러 경찰서로 갔다. 친구라고 생각했던 그는 사기꾼이었다. 아무 이유 없이 나에게 접근하는 현지인은 경계할 필요가 있다.

그렇다면 어떻게 현지인 친구를 믿고 사귀어야 할까? 만약 그와 친해지고 싶다면 명함을 받거나 페이스북 친구가 되어 그에 대한 최소한의 정보라도 알아 놓는다. 그가 운영하는 가게나 지금 다니고 있는 학교 또는 집을 방문해서 주소를 기억해 놓는 것도 좋다. 만약 가족과 함께 있다면 긴장을 조금 풀어도 괜찮다.

경찰서로 연행되는 사기꾼

남아공에서 있었던 일이다. 현금인출기에서 돈을 빼려고 하는데 카드가 기계에 들어가지 않았다. 그런데 내 앞에서 그 기계를 이용했던 친구가 도와주겠다며 나에게 접근했다. 그는 말끔한 복장에 나이도 꽤 있어 보이고 아이패드도 어깨에 차고 있어서 마치 사업가처럼 보였다. 나는 그를 믿고 카드를 건네주었다. 그리고 카드를 기계에 넣을 때 이 각도로 넣어야 한다며 나에게 알려주더니 카드는 순식간에 사라졌다. 그래서 나는 기계에 카드가 들어갔다고 생각했다. 그리고 화면을 보니 비밀번호를 누르는 창이 떴다. 비밀번호를 눌렀더니 작동이 되지 않았다.

"다시 한 번 누르면 작동이 될 겁니다. 전 시간이 없어서 이만 가 보겠습니다."

"네 도와주셔서 감사합니다."

그런데 다시 눌러도 작동이 되지 않아 취소 버튼을 눌렀는데 카드도 나오지 않았다. 생각해보니 그가 들고 간 것 같다. 그가 지나간 길을 다시 뛰어가서 찾아보았지만, 그는 보이지 않았다. 나는 황급히 보안요원에게 도움을 요청했다.

"저기요! 혹시 금방 지나간 대머리 아저씨 못 봤어요?"

생각해보니 아프리카 사람 대부분이 대머리였다. 특징을 잡을 게 없었다. 그리고 보안요원들도 비협조적이었다.

"퇴근 시간이야. 내일 찾아볼게."

정말 황당했지만 여기서 따져 봤자 아무것도 안될 것 같아서 먼저 와이파이로 한국에 연락해서 카드를 정지시켜야만 했다. 사건 발생 10분 만에 연락해서 정지했는데, 이미 그가 돈을 남김없이 빼 간 후였다. 은행 현금인출기 앞에서 난 사고다 보니 CCTV를 잘 분석하면 그의 신원을 빨리 파악해서 잡을 수 있을 거라 생각하고 경찰서로 갔다. 경찰서로 찾아가면 바로 수사에 나설 줄 알았는데, 먼저 서류 작성을 요구했다. 서류를 작성하고 경찰관과 상담을 했다. 경찰관은 돈을 찾을 가능성이 매우 희박하다며 사건을 맡아서 진행하기를 꺼렸다.

"제가 곧 미국으로 떠나는데, 그때까지 못 잡겠죠?"

내가 미국으로 간다는 말을 들은 경찰은 이때부터 수사에 착수했다. 그 도둑을 잡으면 나에게 돌려줄 필요 없이 모든 돈이 경찰관의 것이 되기 때문이다. 그래도 괜찮았다. 도둑에게 돈을 뺏기는 것보다 경찰관이 돈을 가지는 게 조금이라도 덜 억울했으니까. 다음날 경찰이 나에게 전화를 걸었다. 그런데 갑자기 뚝 끊어지고 문자가 날아왔다.

'전화요금이 다 떨어졌습니다. 연락 바랍니다.'

너무나 황당했지만, 이곳은 아프리카다. 내가 전화를 걸어서 그가 궁금해하는 질문에 답변해 주고 전화를 끊었다. 그리고 나는 며칠 후 미국으로 떠났다.

이번 사고가 일어난 계기는 내가 있었던 곳이 깔끔하고 손님도 많은 큰 쇼핑몰이어서 경계를 풀고 있었고, 그의 모습이 반듯해서 의심하지 않았기 때문이다. 괜한 의심을 하면 안 될 것 같은 기분이 들었는데, 처음 보는 사람은 의심해야 한다. 그리고 현금인출기에서 정말 그 누구의 도움도 받지 않는 것이 좋다. 그나마 다행인건 돈을 필요한 만큼 쓸 때마다 카드로 계좌이체를 해서 쓰기 때문에 카드에 돈이 조금 밖에 들어 있지 않아서 피해를 최소화할 수 있었다는 것이다.

사건 · 사고 에피소드 IV

페루 이카에서 리마까지 몇 시간 걸리지 않아서 가장 저렴한 버스인 이코노미 버스에 올라탔다. 페루에는 버스 티켓을 확인해 주는 버스 차장이 따로 있었다. 그는 내 티켓을 확인하고 이곳에 앉으라고 말했다. 그리고 중요한 전자기기가 들어있는 가방을 내 옆자리에 놓고 앉아 있는데, 그는 그곳에 가방을 놓으면 도둑들이 들고 도망가는 사례가 있으니 내 의자 밑에 놓으라고 말했다. 그래서 나는 버스 차장이 하는 말을 믿고 다리 밑에 가방을 놓고 휴대폰으로 미국 드라마를 보면서 가고 있었다. 그런데 뒤에서 자꾸 누가 툭툭 쳐서 보았더니 버스 차장이었다.

"무슨 일 있나요?"

"아, 아무것도 아니에요."

그래서 나는 다시 미국 드라마에 집중했다. 그런데 뒤에서 계속 부스럭부스럭 소리가 들렸다. 그리고 그 차장은 내 의자를 자꾸 쳤다. 뭐라고 한마디 할까 싶기도 했는데, 그냥 참고 가만히 앉아 있었다. 그리고 다음 마을에 도착했다. 사람들이 타고 내렸다.

내 발밑에 놓아둔 가방을 확인해 보았다. 가방이 허전해서 꺼내 들었더니 너무 가벼워졌다. 자물쇠는 뜯겨 있었고, 노트북과 외장 하드 등등 돈이 될 만한 것들은 다 사라졌다. 내 바로 뒷좌석에 앉아 있던 버스 차장도 사라졌다. 난 내 뒤에 버스 차장이 앉아 있었기 때문에 방심하고 있었는데 이렇게 내 가방이 털릴 거란 생각은 꿈에도 하지 못했다. 하지만 나는 크게 걱정하지 않았다. 그의 신원이 버스회사에 기록이 되어 있어서 쉽게 잡을 수 있을 거라 생각했다.

먼저 경찰서로 갔다. 하지만 경찰서 사람들은 정말로 비협조적이었다. 내가 그의 얼굴을 기억하기 때문에 먼저 그가 내렸던 마을을 한 바퀴만 오토바이 타고 같이 돌아보자고 했는데, 이미 다른 경찰들이 출동해서 찾고 있다고 말한다. 경찰은 그의 얼굴도 모르는데 어떻게 찾는다는 건지 너무나 답답했다.

"범인이 누구인지 알고 있어요. 저기 버스 회사에서 버스 차장을 맡고 있던 사람이에요. 그가 제 뒷좌석에 앉아 있었고, 그가 내 가방을 꺼내서 뒤졌어요. 그가 내 가방을 여기에 두라고 안내했고요."

"네네. 그런 일은 여기에서 너무나 흔해요. 그러길래 왜 이코노미 버

를 탔어요?"

난 누가 가지고 갔는지 알고 있으므로 경찰이 협조만 해 준다면 쉽게 잡을 수 있을 거로 생각했는데, 너무나도 비협조적인 경찰관의 행동에 화가 났다.

"경찰의견서(police reporter)를 써 드릴 테니 보험금이라도 받으세요."

"……"

범인이 누구인지 아는데, 얼굴도 기억하는데, 경찰서와 오토바이로 5분밖에 떨어져 있지 않은데, 순찰 한 번도 같이 가주지 않았다. 분하고 억울했다. 하는 수 없이 리마에 있는 버스회사 본사로 찾아갔다.

"네. 그런데 증거가 없잖아요? 그러니 보상은 힘드네요. 그리고 그 버스차장은 그럴 일이 없어요. 여기에서 계속 이야기만 나누면 시간 낭비입니다. 일단 저희가 자체 조사를 한 번 하겠습니다. 그리고 이메일로 답장을 보내드리겠습니다. 알겠죠?"

난 오늘 밤 비행기를 타고 콜롬비아에 가는데, 자체조사를 하고 이메일로 답장을 준다고 한다. 내 물건들을 훔쳐간 버스 차장은 신원도 알기 때문에 충분히 잡을 수 있을 거라고 생각을 했는데, 난 너무나도 어리석었다. 버스 회사에서는 버스 회사 이미지 때문에 자기네 식구를 감싸기 일쑤였고 증거가 없다며 보상을 해 줄 수 없다고 한다. 여행을 다니면서 발생할 수 있는 가장 흔한 사건·사고는? 바로 소매치기이다. 예방법은 다음과 같다.

〈여행 중 일어나는 가장 흔한 사건·사고 소매치기 예방법〉

1. 시장이나 행사장 같은 인파가 들끓는 장소는 특히 주의한다.
2. 주머니에 귀중품을 넣지 않는다.
3. 중요한 물건이 들어있는 가방은 뒤로 메지 않고 앞으로 메고 다닌다.
4. 중요한 가방은 자물쇠를 채운다.
5. 여러 사람이 갑자기 접근해서 말을 걸면 소매치기를 의심해야 한다. 순진한 척 다가오는 아이들도 의심해 봐야 한다. 쉽게 마음을 놓았다가 소매치기를 당하는 경우가 많다.

〈사건·사고가 발생한 경우〉

1. 만약 강도가 흉기를 가지고 있다면 절대 저항하지 않고 그의 요구에 순순히 응한다.
2. 흉기를가지고있지않은소매치기범이물건을가지고도망가는경우 소리를 질러 주변 사람들의 도움을 청한다.
3. 카드가 없어진 경우 당황하지 말고 먼저 은행에 전화를 걸어서 카드를 정지시킨다. 휴대품 보상이 되는 여행자보험에 가입된 경우 보험사 제출용 진술서를 경찰서에 가서 받는다.
4. 여권을 잃어버렸거나 긴급 자금이 필요한 경우 현지에 있는 대한민국 대사관이나 영사관에 연락한다. 만약 그 나라에 대사관이나 영사관이 없는 경우 근처 나라에 있는 대사관에 연락한다.

9-2
인상 깊었던 경험

크리스마스가 다가오면 음식 가격이 확 떨어지는 나라가 있다. 이상했다. 크리스마스에 음식이 더 잘 팔릴 텐데 왜 가격이 떨어질까?

"이곳은 왜 크리스마스에 음식 가격이 더 떨어지나요?"

"여기는 가난한 사람들도 맛있는 음식을 배불리 먹으라고 특별한 날에 가격을 확 낮추어서 팔아. 다 같이 잘 먹고 잘 살아보자는 뜻에서 그러는 거야."

"아... 그렇군요."

크리스마스를 이용해서 더 많은 수익을 남길 수 있지만 다 함께 잘 살아보자는 뜻에서 할인을 하는 것이 인상 깊었다. 그리고 새해가 찾아왔다. 기차를 타고 다른 지역으로 가려고 하는데 매표소 기계가 작동하지 않았다.

"뭐야? 이거 왜 이래? 지금 기차 오는데, 떠나야 하는데, 어떡하지?"

그런데 자세히 보니 기계 앞에 이런 문구가 적혀 있었다.

'안녕하세요. 지금까지 저희 기차를 사랑해주시고 아껴주신 보답으로 오늘은 여러분에게 무료로 서비스를 제공하오니 표를 구매하지 마시고 탑승구로 가셔서 탑승하시면 됩니다. 감사합니다.'

"와... 와...진짜 어떻게 이렇게 감동을 줄 수 있지!"

이곳에 살고 있는 한 한국인 교포 대학생을 만났다. Mische Kang은 공부를 잘했지만 가정 형편상 좋은 대학교에 갈 수 있는 학비가 없었다. 그 대학교의 1년 학비는 무려 6,000만 원. 하지만 그녀는 말했다.

"여기는 공부만 잘하면 돈은 문제 되지 않아. 학교에 다양한 장학금 혜택이 있거든. 그래서 학비를 하나도 안 내도 학교에 입학만 하면 전액 장학금을 지원받을 수 있어."

"1년에 6,000만 원이나 되는 학비를 전액 지원해 준다고? 그건 학교가 지원해주는 거야 아니면 누가 지원을 해주는 거야?"

"학교를 졸업한 선배님들이 만든 장학재단이 있는데, 그곳에서 지원해주는 거야. 그리고 장학금 혜택을 받고 졸업한 학생들이 나중에 일을 시작하면 또 보답으로 학교에 다음에 입학할 후배들을 위해 기부를 해서 지금까지 장학금이 이어지고 있어."

도움을 받으면 도움을 받은 사람은 또 다음 사람을 위해 도움을 준다? 생각해 보니 나 또한 그런 경험이 있었다.

터키에서 겪은 일이다. 히치하이킹을 하면서 교통비를 아끼고 카우치서핑을 하면서 숙박비를 아끼며 여행을 하고 있었다. 하루는 히치하이킹을 했는데, 때마침 점심시간이라 식당에 밥을 먹으러 갔다. 알고 보니 그곳은 조금 비싼 레스토랑이었다.

'아... 이걸 어쩌지? 이렇게 비싼 식당은 내 밥값 계산하는 것도 부담스러운데..."

밥을 다 먹고 내 밥값은 내야 할 것 같아서 2만 원을 건네주었다. 그러자 그 친구는 웃으며 말했다.

"아니야. 괜찮아. 너는 우리나라에 온 손님이야. 내가 계산할 게. 다음에 네가 계산해."

다음은 없다는 걸 나는 알고 있었다. 그는 나를 목적지에 내려주고 유유히 떠났다.

'오늘은 돈을 엄청 많이 아꼈네. 차도 공짜로 얻어 타고 밥도 얻어 먹고. 카우치서핑을 하면서 또 숙박비도 아끼고… 터키는 돈을 하나도 안 쓰고 여행할 수 있겠다. 그런데 그들은 왜 나를 이렇게 도와주는 걸까? 히치하이킹을 하다 보면 가끔 돈 달라고 하는 사람들도 있는데, 이 친구들은 왜 아무것도 바라지 않고 나를 도와줄까?'

그러다 그가 했던 말이 생각났다.

"너는 우리나라에 온 손님이야."

'손님이라…'

나는 그저 돈을 아끼려고 히치하이킹을 했는데, 그들은 나를 손님으로 생각하고 있었다. 여행하다 보면 나쁜 상인과 사기꾼을 많이 만난다. 그러나 이 사람은 아무 대가도 바라지 않고 나를 도와주었고, 나는 착한 사람을 그저 돈을 아끼는 수단으로만 생각했다.

'착한 사람들이 더 잘살아야 하는데…'

난 내가 모든 걸 계산적으로 생각하는 나 자신이 너무나도 한심해 보였다.

'아까 내가 밥을 샀어야 했어. 바보 같아.'

여행하다 보니 돈에 대해 더 예민해져 갔고, 나 자신이 더 계산적으로 바뀌고 있었다. 받는 법은 알면서도 주는 법은 까먹고 있었다.

누군가를 도와주는 모습은 너무나도 아름다워 보였다. 내가 원하는 세상을 만들고 싶다면 나부터 그렇게 행동해야 하지 않을까? 그런 세상에서 살고 싶다. 서로서로 도우면서 사는 아름다운 세상 속에서.

여행에서 계획이란 중요하지 않다. 사람마다 여행의 목적과 스타일이 다르다. 한 여행자는 여행을 하는 동안 최대한 많은 지역을 방문 하는 게 여행의 매력이라 생각하고, 다른 여행자는 한 지역에 오랫동안 머무르며 현지인 친구들을 사귀고, 그들의 문화를 체험하는 게 여행의 매력이라고 생각한다. 여행에는 정답이 없다. 자신에게 맞는 여행스타일을 찾아서 여행을 하는 게 가장 올바른 여행이 아닐까?

여행을 다니다 보면 가끔 다른 여행자들에게 이런 질문을 받는다.

"무엇 때문에 세계여행을 떠나게 되었나요?"

"오랫동안 여행을 하는 이유는 무엇이죠?"

내 대답은 단순했다.

"즐기며 살아보고 싶어서요."

"그냥 여행이 좋아서요."

나는 무언가 배우고 싶어서 세계여행을 떠나지 않았고, 나 자신을 알기 위해 여행을 떠나지도 않았다. 그저 생각만 해도 가슴이 뛰고 즐거울 것 같아서 여행을 시작했다. 사람은 각자 자신만의 생각과 가치관을 갖고 있다. 그리고 여행을 하는 동안 굉장히 다양한 스타일의 여행자들을 만날 수 있었다.

그들을 만나러 가보자!

다양한 여행스타일의 세계 여행자 인터뷰 1

부부 세계 일주

이름 : 박수　SNS : http://blog.naver.com/qkrtn137
총 여행 기간 641일 (현재 545일)

Q.여행을 떠난 계기, 그리고 여행 경비는 어떻게 마련하셨나요?

혼자서 세계여행을 하던 중 562일 만에 갑자기 여행을 중단하고 결혼을 했고, 신혼 여행으로 세계 일주를 제안했습니다. 혼자 세계여행을 하면서 좋았던 기억이 너무 많아서 그런 경험을 평생 함께할 그녀와 나누고 싶었습니다. 대학 때부터 여행 전까지 저는 수학 관련, 아내는 영어와 미술 관련 일을 하면서 각자 젊은 시절부터 모아두었던 돈으로 여행 중입니다.

Q.부부가 세계여행을 준비하는 기간 동안 힘들었거나 불안했던 점이 있나요?

결혼과 신혼 여행으로 세계일주를 갑작스럽게 결정했기에 오히려 준비할 시간이 없었던 게 걱정이었습니다. 물론 여행 후 먹고 사는 문제에 대해서는 남들과 다르지 않게 걱정도 하고 불안하기도 했지만, 서로 많은 이야기를 나누면서 필요 이상의 욕심을 줄이고, 우리가 좋아하는 것에만 집중하면서 소박하게 살기로 마음먹으니 불안감은 조금 줄어들었습니다. 저는 오히려 먹고 사는 부분보다 부부간의 교감이 없이 평생을 함께 지내는 상황이 더 큰 걱정이었거든요. 오히려 여행 후 만들어질 둘만의 추억거리를 곱씹으며 평생을 함께 할 수 있다는 생각에 가슴 설레었습니다.

Q.여행을 떠났던 시간들이 아깝거나 여행을 떠났던 걸 후회한 적이 있나요?

단 한 순간도 없었습니다. 오히려 적극적으로 추천하고 싶습니다. 늘 새로운 사람과 새로운 장소, 새로운 경험, 그걸 함께 할 수 있는 사람이 있고, 그걸 이야기 나눌 사람이 있기에 늘 행복했습니다. 가장 행복할 때는 여행하면서 함께했던 경험들을 이야기 나누면서 우리의 미래를 그려 나갈 때가 아닌가 싶습니다. 그 전에는 저 역시 남들처럼 단순히 풍족하게 잘 살아야겠다고 생각했지만, 이제는 그 미래라는 그림에 구체적으로 우리의 것들을 채워 넣고 그리고 있는 모습이 너무 감사하고 행복합니다.

Q.부부세계여행을 떠나기 전과 후 어떤 생각들이 달라졌나요?

사실 '세계여행' 자체가 주는 선물들은 엄청 많이 나열할 수 있습니다.
하지만 '부부' 세계여행이란 좀 더 특별한 상황이 준 가장 큰 선물이라면, 너무나 다양하고 풍성한 우리의 이야기가 생겼다는 것입니다. 보통 결혼을 하면, 효율성을 기반으로 역할분담을 하면서 공통분모가 없어지기 마련인데, 부부세계여행을 하고 나서는 서로가 함께 할 수 있는 일들을 더 많이 꿈꾸고 함께 그리고 있다는 겁니다.

다양한 여행스타일의 세계 여행자 인터뷰 2

펜팔 친구 찾아 떠나는 세계일주

이름 : 장찬영(〈세계일주 카우치서핑부터 워킹홀리데이까지〉 저자)

SNS : http://blog.naver.com/dartanyang/ 총 여행기간 : 529일

Q.여행을 떠난 계기, 그리고 여행경비는 어떻게 모을 수 있었나요?

대학교 2학년 때 영어공부를 위해 펜팔친구들을 사귀다가 모두 만나보고 오자는 생각에 세계일주를 결심했습니다. 여행 경비는 세계일주를 떠나기 전 아르바이트로 500만 원을 모았고, 여행을 다니다가 중간에 호주에서 일을 하며 여행경비를 보충했습니다.

Q.여행을 떠났던 시간들이 아깝거나 여행을 떠났던 걸 후회한 적이 있나요?

단 한 번도 후회하지 않습니다. 제가 만약 무언가 하고 싶은 일이 확고하게 있었다면 여행을 다녀온 긴 시간이 시간 낭비로 생각될 수 있었겠지만, 당시 저는 방황하는 청년이었고 학생이었기 때문에 그 여행의 시간이 저를 스스로 되돌아보는 좋은 시간이었어요.

Q.펜팔 친구를 찾아 떠나는 여행을 하면서 가장 행복했던 때는 언제인가요?

인터넷으로 사귀었던 친구들을 실제로 만난다는 것은 정말 행복한 일이었습니다. 매 순간 친구들을 만나는 그 순간이 저에게 행복한 순간이었어요. 약속 장소에 나가 친구들을 기다리는 그 순간 말이죠.

Q.특별히 기억에 남는 펜팔 친구가 있나요? 또 어떤 추억이 가장 기억에 남나요?

여행을 떠나기 전 사귀었던 펜팔 친구는 87명이었어요, 하지만 여행 중 실제로 만난 친구는 20명이었습니다. 그 중 가장 기억에 남는 친구는 마다가스카르 펜팔 친구입니다. 그 친구는 마다가스카르에서 공부를 하여 파리로 유학을 오고 싶어 했던 친구에요. 그렇게 그 친구와 몇 년 동안 메일을 주고받다 제가 세계일주를 떠났고 유럽으로 여행을 갔는데, 그 친구가 마다가스카르 전국 석차 4등 안에 들어 국비로 프랑스유학을 왔어요. 그래서 프랑스에서 만날 수 있었습니다. 자신의 운명을 개척하고 열심히 살아가는 그 친구의 모습을 보면서 너무 멋지다는 생각을 했어요.

Q.펜팔 친구 찾아 떠나는 여행스타일이 다른 여행스타일에 비해 매력적인 면이 있다면?

현지에 친구가 있다는 것이 가장 매력적인 것 같아요. 요즘에는 카우치서핑이나 비슷한 커뮤니티를 통해 친구를 사귈 수 있고 여행지에서 많은 친구를 만날 수 있지만, 만나기 이전에 몇 년 동안 연락을 해오며 그 친구와 드디어 만났다는 느낌을 갖는다면 더 특별할 수밖에 없어요.

다양한 여행스타일의 세계 여행자 인터뷰 3
혼자 떠나는 자전거 여행

이름: 박소리 / 블로그 : http://blog.naver.com/thfl41411
총 여행기간 : 420일

Q.여행을 떠나게 된 계기, 그리고 여행 경비는 어떻게 마련하셨나요?

15살에 테니스 선수로 합숙생활을 하고 있었을 때에요. 운동도 힘들었고 합숙 생활, 관계 속에서 무척이나 힘들었는데 친구를 찾고 글을 찾고 책을 찾다가 우연히 〈지구별여행자〉라는 책을 접했어요. 여자 혼자 세계여행을 떠난 내용의 책인데 그분의 용기보다는 그분의 자유로움이 너무 부러워서 그 때부터 여행을 떠날 거라 마음을 먹었습니다. 그 후 세계여행이란 꿈은 제 가슴 속 한 곳에 자리를 잡았어요. 시간이 지나고 대학교 2학년 때 아일랜드로 어학연수를 준비하고 있었어요. 생각해 보니 옛날부터 '세계여행' 이라는 꿈이 있었는데, 그동안 잊고 있었더라고요. 이미 어학연수 비용도 다 지불한 상태였지만 지금 아니면 안될 것 같은 마음에 여행을 떠나기로 마음을 바꾸었어요. 여행경비는 테니스 레슨과 고깃집 알바 그리고 스포츠센터 등에서 여러 가지 일을 병행하며 돈을 모았고, 여행을 하는 도중에 호주워킹홀리데이 비자로 일을 해서 돈을 벌기도 했어요.

Q.여자 혼자 여행을 떠나는 건 어떻게 생각하세요?

모든 사고에 원인이 있다고 생각해요. 예를 들어 밤에 혼자 돌아다니거나 짧은 옷을 입거나. 또 사람들이 없는 좁은 골목길만 주의해서 다닌다면 여자 혼자 여행해도 괜찮다고 생각해요.

Q.자전거여행의 매력과 또 자전거여행을 하면서 가장 행복했던 때는 언제인가요?

뉴질랜드에서 일본 친구와 함께 비를 맞으며 도로를 달릴 때가 가장 행복했어요. 캠핑장에 도착했을 때에도 여전히 비가 내렸지만, 텐트 안에서 "we took a shower together in the road" 하면서 웃었던 기억이 제일 행복했던 때 같아요. 자전거여행의 매력은 시간이나 계획에 얽매이지 않고 여행을 즐길 수 있다는 점이에요. 버스나 기차 혹은 비행기 시간에 맞출 필요 없이 머물고 싶으면 머물고 떠나고 싶을 때 떠나요. "사람 따라 마음 따라 바람 따라 간다" 는 말이 있잖아요. 자전거여행을 하면 집과 음식, 이동수단까지 해결되기 때문에 그런 점이 정말 큰 매력이에요.

다양한 여행스타일의 세계 여행자 인터뷰 4

일과 여행을 병행한 여행자 스타일

닉네임 : 독도해금소녀 / 홈페이지 : www.lunamor365.com
총 여행기간 : 1414일

Q.여행을 떠나게 된 계기와 여행경비는 어떻게 모을 수 있었나요?

어린 시절을 피지에서 보내며 한국과 다른 문화, 언어 그리고 사람들을 알아가는 것에 매력을 느껴서 세계일주를 떠나게 되었어요. 빚 없이 떠나기 위해서 대학교를 다니며 하루에 알바를 세 개씩 해왔고 졸업 후에는 초등학교 교사로 근무하며 열심히 모았습니다. 또한, 여행을 다니면서 근무한 여러 직업을 통해 여행경비를 모을 수 있었어요.

Q.한 나라에 오랫동안 머무르는 여행이 다른 여행에 비해 매력적인 면이 있다면?

여행을 할 때는 스쳐 지나갔을 것에 시간을 들여 찬찬히 바라보고 그 안에 사는 사람들을 알게 되는 것, 나도 그들 중 한 사람이 되는 것. 더 이상 그곳에 살지 않더라도 뉴스에 그 나라가 나오면 귀를 쫑긋하게 돼요. 기쁜 일이 있다면 덩달아 신이 나고, 안좋은 일이 생기면 마음이 아프죠. 여행지에 산다는 것은 그곳을 더 사랑하게 되는 과정인 것 같아요. 언제라도 그곳에 가면 나를 반겨줄 사람들이 있고, 매일 장을 보러 가던 곳이나 퀴퀴한 지하실 냄새가 나는 책방에 갔을 때, 매일 앉아서 수다를 떨던 카페의 창가 자리에 앉으면 묘한 안도감도 느껴지고요.

Q. 여행을 다녀와서 변한 점이 있나요?

시작했으면 끝을 봐야하는 것이 아니라 그 과정을 즐길 수 있다면 끝은 없을 수도 있다는 것을 알게 되었어요. 그래서 무언가를 새로 시작하는 것에 대한 두려움이 사라졌어요.

Q.여행을 하며 배운 점이나 얻은 가장 소중한 것은 무엇인가요?

여행을 통해 얻는 것이 분명 있겠지만 무언가를 꼭 배우거나 느껴야 한다는 마음을 가지고 있으면 여행이 즐겁지 않을 것 같아요. 순간순간을 즐기고 만나는 사람들을 진심으로 대하며 여행하면 하루하루가 모여서 산을 이룰 수 있을 거라 생각합니다. 여행을 하며 얻은 가장 소중한 것은 사람이에요. 아름다운 것을 보고 맛있는 것을 먹은 것도 즐거운 기억으로 남아있지만 여행이 저에게 준 가장 큰 선물은 사람입니다. 언제라도 그곳을 찾으면 나를 반겨줄 사람이 있고 그들이 내가 사는 곳에 오면 나 또한 내 방을 내어주고 함께 밥을 지어먹으며 삶을 공유할 수 있는 사람들을 만난 것이 참 기쁩니다.

다양한 여행스타일의 세계 여행자 인터뷰 5
직장인 여행자

이름 : 고은혜 / 블로그 : http://blog.naver.com/my50cent
1년 평균 여행 횟수 10회

Q. 해외여행을 자주 나가는 이유는 무엇인가요?

해외여행을 자주 나가는 이유는 새로운 경험을 하는 게 너무나 좋아요. 새로운 풍경 그리고 새로운 문화를 자주 접하다 보니 현실 속에 살지만 매일 같이 여행을 하는 느낌이 들어요. 그렇다 보니 제 삶에 활력이 생긴 것 같아요.

Q. 여행을 하면서 가장 행복했던 때는 언제인가요? 또 무엇 때문에 행복했나요?

캄보디아 씨엡립 룰루오스 유적지 근처에서 2명의 남매를 만났어요. 캄보디아에 사는 대부분의 아이들은 여행자에게 1달러를 달라고 하거나 호객행위를 했는데 이곳 아이들은 너무나도 천진난만하게 뛰어 놀고 있길래 가까이 다가가서 호기심 많은 눈빛으로 쳐다보았어요. 그런데 그들은 아무런 경계 없이 저에게 같이 게임을 하자고 제안을 하더군요. 나무 작대기로 땅에 선을 긋는 게임이었는데 어떤 방식으로 게임이 흘러가는지는 알 수가 없었지만 아이들과 함께하는 그 순간 자체만으로도 즐겁고 행복했습니다. 나중에 알고 보니 그 남매도 저에게 호객행위를 했어야 했는데, 함께 즐겁게 놀다 보니 잊고 있었던 거였어요.

Q.단기 여행을 하면서 힘들었던 적이 있나요?

단기 여행은 짧은 기간의 여행이다 보니 계획을 조금 더 체계적으로 세우고 또 효율적으로 여행을 해야 한다는 특징이 있어요. 하루는 여행 도중에 갑자기 아픈 적이 있었지만 짧은 여행 기간 때문에 쉬고 싶어도 계획된 일정을 따라 가야만 했어요. 또 여행을 하다 보면 가끔 정말 저에게 마음에 쏙 드는 여행지를 마주칠 때가 있는데 오랫동안 머무를 수가 없어서 무척이나 아쉬웠던 적도 있어요.

Q.자주 해외여행을 다니다 보면 시간과 비용이 많이 지출 되는데 아깝지는 않으세요?

여행을 떠나는데 필요한 시간과 비용이 아까웠던 적은 한 번도 없었어요. 여행을 떠나서 얻는 그 경험이 제가 여행을 준비하면서 쓰는 시간과 비용보다 훨씬 더 값지다고 생각해요.

Q.여행을 다니기 전과 후 어떤 점이 달라졌나요?

여행을 다니면서 가족과 친구를 더 생각하게 되었어요. 좋은 곳에 갔을 때 '가족이나 친구와 함께 같이 이곳에 왔으면 어땠을까' 라는 아쉬움이 들어요. 또 자연의 소중함도 알게 되었죠! 무엇보다 다양한 문화를 접하고 다양한 사람들을 만나다 보니 사고방식이 넓어지고 세상을 바라보는 눈도 달라졌어요. 여행을 통해서 하루하루 성장하고 있답니다!

마을 친구들에게 쓰는 편지

안녕. 친구들아.

처음 너희가 사는 마을을 발견했을 때 나는 마치 보물을 발견한 것처럼 기분이 좋았어. 나는 다른 나라에서 온 여행자이지만 너희가 나를 진심으로 친구로 생각해주고 따뜻하게 반겨주어서 그곳에 있는 동안 너무나도 행복했어.

"조이, 네가 여행을 다니면서 가장 좋았던 곳이 어디야?"

"지금 이곳. 여기 이 마을."

"에이, 괜히 거짓말하지 마. 하하, 안 믿어. 너 두바이도 갔었다며? 두바이가 더 좋지 않아?"

"아니야. 정말 여기가 더 좋아. 여기에 있는 것보다 더 행복한 적은 없었어."

"야야, 방금 들었어? 조이가 우리 마을이 세계에서 가장 행복한 마을이래."

그래. 마을에서 너희와 함께 있을 때가 가장 행복했어. 너희는 그 말을 듣고 믿기지 않아서 몇 번씩이고 다시 내게 물어보았던 게 생각이 나네. 지금도 다른 여행지는 그립지 않은데, 왜 너희가 있는 그 마을은 그리운 걸까? 문을 열고 나가면 지금이라도 당장 너희가 웃으면서 나를 반겨줄 것 같아.

로래나, 노르마, 에스테반, 레오, 찌끼, 피스키소, 우헤니오, 미겔, 훌리안, 안드레스, 세바스티안, 나탈리아, 카탈리아, 줄리아나, 디디엘, 글로리아, 알베이로, 동호세, 로리아, 존니, 알바론, 알쎄데스, 제시카, 에리카, 다니엘라, 카를로스, 루이스, 닉슨, 산드라, 이사벨, 알레한드로, 알레산드라, 후안, 앙헬라, 다쟈나, 밀레나, 소니아, 베로니카, 레이나, 고아, 케빈, 다니엘, 레이디, 마리아, 마페, 다니, 라우라, 리카르도, 테노리오, 루벤

너희가 나보고 절대 잊지 말라고 했지.
그래! 평생 안 잊으려고 너희 이름 다 적어서 책으로 쓸 테니까...
그리고 생각이 날 때마다 꺼내서 읽어 볼게.
그러니 너희도 나 잊지 마.
다시 돌아간다는 약속 나도 지킬 게.
나에게 좋은 추억을 만들어줘서 무척이나 고마워.
보고싶다.

RUN
DMC

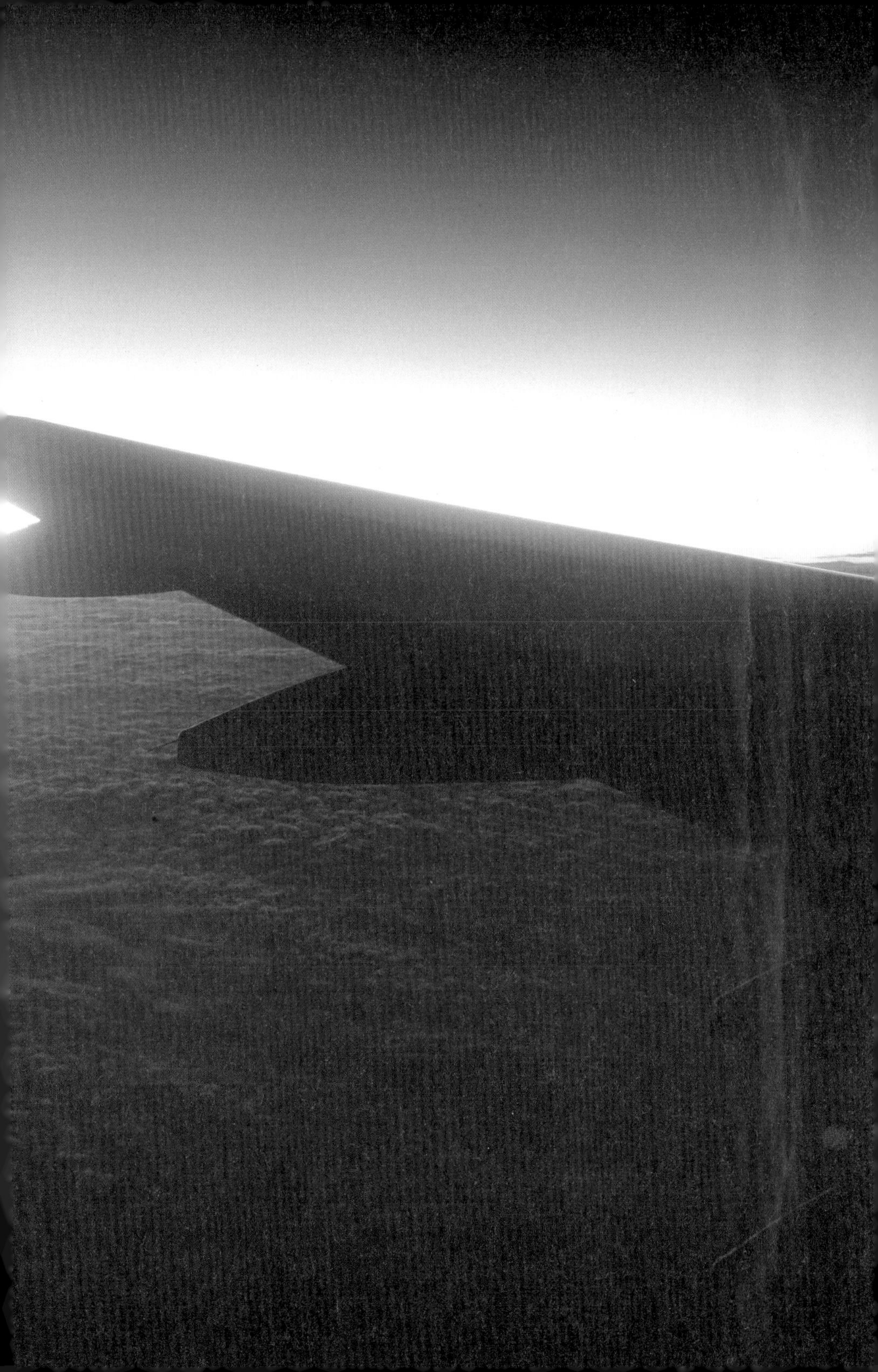

보이지 않는 길을 걷다

오지여행

초판인쇄	2016년 5월 20일
초판발행	2016년 5월 25일
지은이	조민석
발행인	조현수
펴낸곳	도서출판 더로드
표지 & 편집 디자인	조고은 디자이너
ADD	경기도 고양시 일산동구 백석 2동 1301-2 넥스빌오피스텔 904호
전화	031-925-5366~7
팩스	031-925-5368
이메일	provence70@naver.com
등록번호	제2015-000135호
등록	2015년 06월 18일
ISBN	979-11-87340-10-203810

정가 15,800원

파본은 구입처나 본사에서 교환해드립니다.